The Passenger
パッセンジャー

リサ・ラッツ
Lisa Lutz
杉山直子［訳］

小鳥遊書房

Mr. BとMr. Dへ
Ms. Cに捧ぐ

Contents

凡例
・日本語としての可読性を考え、段落の切替位置などを調整したところもある。

ターニャ・デュボイス

Tanya Dubois

第一章

夫が階段の下で倒れていた。

人工呼吸をやってみた。死体を始末することを考えたのはその後だ。厚ぼったい胸を押して、紫色になった唇に息を吹き込む。唇が触れあうことに嫌悪感はなかった。そんなことは何年ぶりだろうか。

一〇分後には諦めた。フランク・デュボイスは死んでいた。昼寝をしているように、安らかに、静かに横たわっていた。ただフランクは、起きている時より寝ている時のほうがうるさい人だった。正直なところ、いびきのすごさを知っていたら結婚しなかっただろう。人生をやり直せるなら、次はあんなことはしない、ということがたくさんある。でもその時には、ぴくりとも動かず口もきかないフランクを見ていると、それほど不愉快な気持ちにならなかった。お別れにはいいタイミングだ。わたしはフランクのとっておきのバーボンを一杯注いで、フランクのスエードまがいの安楽椅子に腰かけると、死者に敬意を払って飲んだ。

念のために言っておくけれど、わたしは何もやってない。フランクの死に関わりはない。アリバイはないし、わたしの言い分以外に証拠はないけれど。フランクが死んだ瞬間、わたしはシャワーを浴びていた。きっと階段から落ちたのだ。最近めまいがすると言っていた。都合のいい話だ。それはわかっている。それにたぶん彼はそのことを誰にも話していない。警察が来るのを待って本当のことを話したら、今までと同じ、平凡な人生が続いたかも。フランク抜きで。

わたしはもう一杯注いで、どんな選択肢があるか考えた。まず頭に浮かんだのは、死体を始末すること。警察には、フランクは女ができてわたしを捨てて出ていったと言えばいい。あるいは借金取りから逃げていると。彼が賭けトランプが好きなこと、そしてヘボなプレーヤーであることは誰でも知っていた。

やってみることにした。むくんでたこのある足を引っ張る——嫌でたまらなかった、彼の足——どうして大の大人に、足の爪を切りなさいと言わないといけないの？死体を倒れていた場所から五〇センチばかり引きずって、諦めた。フランクはこの一年で体重が増えていたが、スリムだとしても運んで隠すのは無理だ。それに今では、頭の真上のところに、クエスチョン・マークの形をした怪しげな血の染みがある。警察に電話して気をしっかりもてば、説明できるかもしれない。でもその後で、警察はわたしを調べるだろう。調べられるのは嫌だった。

裁判の様子を想像する。さっぱりと清潔に、女教師のように、ひっつめ髪をお団子に丸めて、清純そうなピーターパン・カラーの花模様のワンピースを着る。「無罪」に見せようとしつつ、砂漠のように乾いたかたくなな無表情。涙を流したり、夫の死にショックを受けているように見せかけたりは、できそうにない。わたしはもう感情を表現できない。わたしのそういうところをフランクは気に入っていた。泣いたこともあったがそれは別の人生を生きていた頃の話だ。心が壊れたのはたった一回。でもその時に、わたしの心は完全に壊れてしまった。

フランクの椅子に座り、飲み物を手に、いくつかの選択肢について考えるふりをした。でも実際には道は一つしかなかった。

フランクはギャンブルの金を工具箱に入れていた。一二〇〇ドルとちょっとあった。わたしは小旅行用のスーツケースに荷物を詰めて、フランクのシボレーのトラックの後ろに乗せた。

後に残していくのは、フランクの他には二人だけ。バーのキャロルと、マイク先生だ。

マイク先生はウィスコンシン州ウォータールーで一番のカイロプラクターだった。といってもウォータールーにはカイロプラクターが二人しかいないから、一番といってもたいしたことではない。マイク先生は、三年前にビル先生が引退した時に診療所を引き継いだ。わたしは事故以来、背中の調子が悪かった。ビル先生の時には一か月に一度か二度通った。マイク先生にはもっと頻繁にかかった。初めて彼に体を触られた瞬間、電気ショックみたいになった。何年もたって目が覚めたような感じだった。翌週行ってみると、そっくり同じことが起きた。その次の週にも行った。その次の週には行かずにいると、マイク先生がわたしの様子を見にバーにやってきた。フランクは釣り旅行に出かけていた。マイク先生は奥の事務室で施術してあげようと申し出てくれた。施術はされずじまいになった。

この時間にキャロルに連絡したら迷惑だ。子どもたちを起こしてしまう。たぶん途中で、葉書でも出せばいい。

高級住宅街の、アン女王形式の三階建ての一階が診療所だ。今すぐ出発して、フランクが生きていると世界中が考えている貴重な数時間のうちに逃げたほうが賢いのはわかっていた。でもわたしには、この世界でほんの少ししか本物のつながりがなく、マイク先生はその一つだった。

わたしはフランクのトラックでマイク先生の家まで行き、石の下に隠してある鍵を取り出した。ドアの鍵を開けて寝室に行くと、マイク先生は、ぐっすり眠っている時に出すため息のような声を出した。わたしが子どもの頃飼っていたシャム猫みたいだ。彼の動作もシャム猫のようだった。目が覚めると必ずひょろ長い両手両足を伸ばして、意識的にゆっくり、それから素早く、という二種類の動作を交互にやった。わたしは服を脱ぎ、彼の隣に潜り込んだ。

マイク先生は目を覚まして、わたしに腕を絡めてきた。

「施術してほしい？」

「そうね」

それはわたしたちのちょっとしたジョークだった。彼はわたしの首筋に、それから口にキスして、それからあおむけになり、わたしが始めるのを待った。それが彼のやり方だった。わたしが決めるまでは何もしない。始めたのはわたし、続けるのもわたし、そして今日わたしはそれを終わらせようとしていた。

マイク先生とわたしのあいだに、ロマンチックな恋愛はなかった。わたしは忘れたくなると、彼のところへ行った。マイク先生といるとフランクのことを忘れ、法の手から逃げていることを忘れ、自分がかつて誰だったかを忘れられた。

ことを終えると、マイク先生は背中のこりをマッサージして、背骨をまっすぐに矯正しようとした。

「状態がよくないな。何かあったのかい？　やるべきでないことをやったとか？」

「そうかも」

マイク先生はわたしをあおむけにした。

「何か変わった」

「そろそろ潮時じゃない？」

氷の塊にずっと閉じ込められている、ちっぽけな塵のような気持ちだった。フランクが死んだお蔭でこうやって行動を起こしはじめたが、それよりずっと前に、この人生について何かしているべきだったのだ。

　時計を見ると、真夜中過ぎだった。出発の時間だ。わたしは素早く服を着た。

　マイク先生は職業的な目でわたしを観察した。

「これで終わり、だよね？」

　なぜか彼にはわかった。その質問に答えることには意味がなかった。

「あと何日かのうちに、わたしのことが色々耳に入ると思う。それは本当じゃないって知っててほしいの。その後、わたしについてもっといろんなことを聞くかもしれない。それもたいていは、本当じゃないと思う」

　さようならのキスをした。最後のキス。

　トラックで五〇キロ走ったところでガソリンを入れた。キャッシュカード一枚、クレジットカード一枚。上限二〇〇ドルをそれぞれ引き出した。それから次のガソリンスタンドまで三〇キロ、濃いコーヒーを一杯、それからまたカードで二〇〇ドルずつ引き出した。フランクは吝嗇《りんしょく》なたちだった。クレジットカード一枚とささやかな銀行預金、長い休暇を取るとしたら充分な資金とはいえない。クイックマートでもう一度ストップして、また四〇〇ドル引き出し、ゴミ捨て場でカードを二枚とも捨てた。現金二四〇〇ドルとシボレーのトラック。トラックはもうじき乗り捨てなければならない。レジの鍵を預かった時から、少しずつ現金を抜いておくべきだった。こんな日が来るとわかっているべきだった。
　トラックは夫の臭いがした――いや、元夫、と言うべきか。それとも、わたしは未亡人？　決めなければならない。結婚がそもそも無理だったのか。いずれにせよわたしは窓を開けたままトラックを走らせ、フランクの臭いを消そうとした。

三九号線の南方向に合流し、ウィスコンシンを後にする。しばらくイリノイ州を走った後、八〇号線の表示を見た。そちらに行けば、どこかに着く。あてもなくとりあえず西に向かったのは、そうすれば朝の光がまぶしくないからだった。夜明けの時間帯もずっと運転し続けるつもりだった。

運転中に聞く音楽を持ってこなかったので、一晩中ラジオの地方局で牧師の説教を聞く羽目になった。アイオワの丘陵地帯を走り抜けるあいだ、一つの局に固定していた。雪や裸の木々、荒涼とした二月の風景を見るには暗すぎた。

旅程の最初の半分をつきあってくれたアイオワの説教師は、「反キリスト者の七つの印」を列挙した。一つ目は、彼はキリストのように見えるということだった。遠くなる雑音混じりのローカル局が、見分け方のポイントをさらにいくつか教えてくれた。ハンサムで魅力的。この人こそ、と思わせる。そこで聞こえなくなった。だからわたしが反キリスト者に出会っても気づかない可能性は大ありだ。

他の局をいくつか試して、赦しについて説教する別の牧師に行きあたった。わたしには興味のない話題だ。ラジオを消して、耳元をかすめる風の音、アスファルトの上のタイヤの音に耳を傾ける。対向車線でヘッドライトが点滅し、視界の外に消えていく。

フランクに出会った日のことは覚えている。わたしは引っ越して数週間たったばかりで、仕事を探していた。わたしは彼のバーで飲んでいた。彼の名前がついたバー、「デュボイスの店」。フランクと結婚したのは名前のためだったかもしれない。ターニャ・ピッツという名前は好きになれなかった。苗字も、名前も気に入らなかった。間違いなくターニャ・デュボイスのほうがよかった。

その頃、フランクにはまだ覇気があり、わたしには何もなかった。だからわたしたちはうまくいった。フランクはわたしに最初のちゃんとした仕事をくれた。わたしは飲み物を注いだり、カクテルを作ったりするやり方を覚えた。とはいえ、そのみすぼらしい店でカクテルを注文する客はそれほど多くなかった。フランクとの人生にはたいしたことは起こらなかった。子どももはもたなかった。もたないように、わたしが気をつけていた。

一晩中走り続けて、ネブラスカ州リンカーンに近づいた。休憩してトラックを始末する潮時だった。わたしは中古車屋を見つけ、フランクが二年前に買ったばかりのシボレーのシルバラードを、七年もののビュイックのリーガルと交換し、一七〇〇ドルの現金を受け取った。ボラれているのはわかっていたけれど、注意を引かないほうがよかった。いずれにせよ、ビュイックにも長く乗るつもりはなかった。そこから一五キロ走り、ミルフォードという小さな町で「モーテル」という名前のモーテルを見つけた。現金払いでも大丈夫そうだった。身分証明書の提示を求められたので、紛失したと言った。前金を払い、宿帳にジェーン・グリーンと書いた。

八時間ぐっすり眠った。有罪だったらそんなことは無理、そうじゃない？　目覚めると空腹すぎて気持ちが悪かった。一四号室のドアを開け、スタッコ造りの建物の二階のバルコニーから身を乗り出して、今いる町を眺めた。バルコニーは建築法の基準を満たしているとは思えなかった。わたしは後ろに一歩下がり、「食堂」という明かりの消えた赤いネオンサインを見つけた。

部屋に戻り、身づくろいをして外出した。急いで自分に言い聞かせた。「今のお前はジェーン・グリーン。過去の自分のことは忘れること」

夜の八時、夕食時の混雑が一段落していたから、ボックス席に座った。カウンターはおしゃべりをするところだ。誰でもない今のわたしにはまずい。それはもっと後にしなければ。

カーラという名のウェイトレスがわたしの前にメニューを置いた。

「まずお飲み物は?」

「コーヒー。ブラックで」

「試してから決めたら」と言って彼女はコーヒーを注いだ。

「注文はもう少し後がいいかしら」

彼女は正しかった。コーヒーはブラックで飲めたしろものではなかった。ミルクと砂糖をたっぷり入れたが、それでも飲み下すのがやっとだった。メニューを調べて、自分がどんな気分か決めようとした。ジェーン・グリーンは、ターニャ・デュボイスとは違う物を食べたいだろう、という考えが頭に浮かんだ。でも服装も髪もそのまだったし、あと一日ぐらいターニャの好きな物を食べてもいいだろう。ジェーン・グリーンは、わたしが生まれ変わる前のさなぎの殻にすぎない。

「ご注文は?」

「アップルパイと、フライドポテト」

「それ、わたしの好物よ」とカーラは言って、実用的な白いナースシューズを履いた足で素早く歩いていった。

カーラはカウンターの隅でミートローフの皿に覆いかぶさっているトラック運転手と話していた。彼が何かぶつぶつ言ったが、わたしには聞こえなかった。カーラは目を細めて真面目な表情になった。

「サンシャイン、抗うつ剤が必要だと思うわ。そうよ。ハッピーになる薬がいるのよ。今度うちに入ってくる時に、あんたのハンサムな笑顔が見たいのよ。聞いてる? あそこの掲示が見える? わたしたちは接客サービスを断ることだってできるのよ」

「カーラ、そいつをいじめるのはよしてやれよ」台所から男の声が怒鳴った。

「ほっといてよ、デューク」カーラは言った。それからコーヒーのお代わりを注いで回り、客に「ハニー」とか「ダーリン」と呼びかけ、面白くもない冗談に大笑いをした。カーラになるのはすてきだろう。たぶんほんのちょっとのあいだだけでも。できるかどうか、試してみなければ。

わたしがパイとポテトをむさぼり食べた早さに、カーラでさえ感心した。

「体重一五〇キロぐらいあるトラック運転手だって、そんなに早く平らげないわよ。あなたよっぽど飢えてたのね」

「そうね」

短い答え。いつもそうする。

代金を払って店を出ると、小さな町の退屈な通りを歩いた。名前も必要ないような町だった。ドラッグストアに入り、シャンプー、歯ブラシと歯磨き、赤と焦げ茶のヘアカラー、使い捨ての携帯電話を買った。

ゴードンという名札をつけたレジ担当の中年男が言った。

「五八ドル三四セント」

現金で払った。店を出る時に言ってみた。

「ありがと、ダーリン。それじゃまたね」

しっくりこない。決まりの悪さに身震いしそうだった。

＊　＊　＊

帰る途中に酒屋があったので、フランクの好きなバーボンを一壜《びん》買った。飲んで記憶をすっかり流してしまいたい。現金で支払い、レジ係には「どうも」と言うにとどめた。

ホテルの部屋では、暖房が不規則なカタカタいう音を立てていた。わたしはベッドの上に有り金を並べて、これからどうするか決めようとした。本当はわかっていた。勇気が出なかっただけだ。バーボンをぐいと飲み干すと、バッグから電話帳を出した。息を吸い込み、何回かもしもし、という練習をした。それから電話した。

「オリヴァー&ミード建設です」受付係が言った。

「ローランド・オリヴァーさんをお願いします」

「どちら様かうかがってもよろしいでしょうか?」

「いいえ。でもオリヴァーさんはわたしと話したがるはずよ」

「少々お待ちください」

カチリという音、それから大音量のベートーヴェン。たっぷり二分間待たされた後で、受付が再び電話に出た。

「申し訳ありませんが、オリヴァーはただいま手が離せません。番号をうかがって折り返しお電話いたしましょうか」

わたしは名前を言いたくなかったが、それ以外に彼と連絡を取る方法を思いつかなかった。

「古い友人のターニャから電話だとオリヴァーさんに伝えて」

今度はベートーヴェンがほんの数小節、そしてオリヴァーさんの野太いざらざら声が聞こえてきた。

「どちらさん?」

「ターニャ・ピッツ」

わたしは小声で言った。

彼は何も言わなかった。あえぐような息遣いが聞こえた。

「助けが必要なの」

「ここに電話してくるべきじゃなかった」

「奥さんに伝言を頼んだほうがよかった?」

「何が入り用なんだ?」

「手助け」

「どんな手助けが?」

「新しい名前が要るの」

「今の名前で何が不都合なんだ?」

「もう使えなくなったの。こういうことをやってくれる人を知ってるでしょ」

「かもな」

「きれいな身分証明書が欲しいの。今回はもっとすてきな名前がいい。それにできれば、何歳か若いほうが」

ターニャ・デュボイスはもうじき三〇歳の誕生日を迎えるところだった。でもわたしは実際以上に早く三〇歳になりたくなかった。

「身分証明書は、言えば出てくるようなものじゃないんだぞ」

「なんとかして」

「こちらからどうやって連絡すればいい」

「わたしから連絡する。ああ、それからよかったら、現金も少し必要なの。二〇〇〇ドルぐらいでいいから」

「この期に及んで、ごねはじめるのじゃないだろうな、ミズ・ピッツ?」

彼はその名前をわざと武器のように使った。内臓に突き刺さるナイフのようだった。

「五〇〇〇ドルにして」

もっと請求しようと思えばできるのはわかっていたが、もう何年もオリヴァーさんから一セントももらわずにやってきて、そのことにプライドをもっていた。

「今どこにいる?」

「連絡する」

「待て。今までどうしてた」

本当に関心があるとしか思えない真剣な口調だった。でもそうでないのはわかっていた。

「さよなら、オリヴァーさん」

第二章

次の日には八一号線、それから三五号線でオクラホマをまっすぐに南下した。三時三〇分少し過ぎにノーマンという町に着き、「スワン・レイク・イン」というホテルにチェックインした。そこに二泊したが、スワンも湖《レイク》も見あたらなかった。きっちり四八時間後、オリヴァーさんに二度目の電話をした。

「用意できてる？」

「そう、君が要求した物を持っている」

「待つのは嫌。今教えて。わたしの名前は？」

「アミーリア・キーン」

「ア・ミー・リ・ア・キー・ン」

ゆっくり発音してみる。それから自分にしっくり合うかどうか、もう一度やってみた。合うと思った。

「いい名前ね」

「喜んでいただけてうれしい」

オリヴァーさんはロボットのような口調で言った。

「どういう人？」

「一年前、自宅の火事で焼死した。誰も死亡保険金を受け取っていない。未婚で、子どももなし。亡くなった時には二七歳、ということは今君は二八歳ということだ」

「年齢はぴったり。身分証明書は？」

「社会保険番号と、写真のついてないパスポートだ。住所を教えてもらえるかな？」

「オクラホマ州ノーマン市、クライド通り、スワン・レイク・イン気付ジェーン・グリーンに、速達で。それからクライド通りのウェスタン・ユニオンに、アミーリア・キーン宛で五〇〇〇ドル送金して。この携帯は捨てるから、何もかもちゃんとしておいて」

「君――ミズ・キーン――その名前に慣れたほうがいいだろう」

「そうね」

「ミズ・キーン。気をつけること。もし捕まったら、自力でなんとかするしかない」

「わたし、今までだって自分で何とかしてきたじゃない？」

「必要な物は明日手に入る。二度と話す必要はないだろう」

「もう一つお願いがあるんだけど」

「なんだ」

「わたしを殺そうとしないで」

　アミーリア・キーン。アミーリア・キーン。何かになれそうな名前だった。アミーリア・キーンは野心家かも。大学に行き、外国語を学ぶ。アミーリア・キーンは教師とか、実業家になれるかもしれない。飛行機の操縦をしたり、ひょっとすると医者になる。いや、それはちょっとやりすぎか。でもアミーリア・キーンは教育を受けられるかもしれない。テニスかスキーを始める。土曜日の夜にビリヤード以外のことをする人たちともつきあえるかも。苗字がすてきだという以上の男と結婚できるかも。

　わたしはスワン・レイク・インのロビーへ降りていった。ホテルに名前をつけた迷える魂に会ってみたい気にさえなった。彼、ひょっとすると彼女は、もっと大きな計画があって、それがだめになってしまったのか。聞いてみるだけでもよかった。最後に泊まった蚤の巣みたいなモーテルよりも努力の跡が見えるだけに、かえってうらぶれた気配が漂っていた。

　フロント係と話した。一九歳以上には見えなかった。スワン・レイクはどこかへ向かうための足がかりではなく、せいいっぱいの到達点という様子だった。歯を食いしばって口を結んでいる様子からすると、子どもの頃にどんな望みがあったにせよ、それは酒やメスカリンの中に消えたらしい。身分証明書も求められず、すんなりチェックインできた。名札には「ダーラ」とあった。名前を覚えるのは苦手だから、名札はありがたい。どうせ忘れなければならない名前を覚えるのが嫌、というだけかもしれないが。

「ハーイ、ダーラ。こんにちは」

「こんにちは、ミズ……」

「ジェーン・グリーンよ」

「はい」

焦点の定まらない目だった。

「明日、わたしに小包が来るはずなの。とても大事なもの。それが届いたらすぐ部屋に電話をもらえるかしら」

「はいわかりました、奥さん」ダーラは言って、メモを書いた。

わたしは彼女に二〇ドル札を渡した。「奥さん」と呼ばれたにもかかわらず。

使い捨て携帯の電源を切り、ホテルの外のゴミ捨て場に捨てて、角のコンビニで新しいのを買った。それから大通りをぶらぶら歩き、別の食堂を見つけてハンバーガーとフライドポテトを注文した。ウェイトレスにはおしゃべりしたい気分でないことを態度で示した。近くの人々と目を合わせないようにした。

名前がないのは危険だ。一歩間違えると、身元がないことがばれる。そうしたら、本当は誰なのか知られてしまうのも時間の問題だ。

その夜はモーテルで、他人のふりをする人々をテレビで見て過ごした。新しい人格、ふるまい方や態度、話し方、好き嫌いが必要だ。ベッドの脇のテーブルにあったメモ用紙と安物のボールペンを使って、捨てたほうがいい自分の特徴をリストにしてみた。

ターニャはブロッコリとアボカドが苦手だった。誰のことでも「アイツ」呼ばわりした。親しい相手でも、名前が思い出せない時にも使った。ターニャは足首に刺青《タトゥー》があった。高校の時にしでかした馬鹿なことの一つ。ターニャはいつも背中をねじったり、肩をもんだりして、カイロプラティックにかかる前に自分で体のゆがみを取ろうとしていた。時々フランクの錠剤を盗んだ——彼には膝痛があった。不都合なのは、フランクは痛み止めを分けるのを嫌がり、算数は得意だったこと。

ターニャについてのメモを見返すと、なんて退屈な女だと思わずにいられなかった。彼女を捨てていけるのはラッキーだ。ターニャのバッグの底からマッチ箱を探し出す。メモ帳のページを引き裂いて、火をつける。火がついたままの燃えかすをトイレに落とす。ターニャとはこれでお別れ。


次に、アミーリア・キーンがどんな人物か、アイデアをメモしてみた。

彼女は姿勢がいい。読書好きなタイプに見えるし、実際に読書が好きだ。昔は水泳が得意だった。それはターニャも同じ。アミーリアはランニングを始めるべきかもしれない。いつか役に立つかもしれない。人と親しくなるのが得意。いや、それはいいアイデアではない。アミーリア・キーンについて確実にわかっていることが一つ。彼女は独身、そしてずっと独身のままでいるのだ。


ダーラが午前中に電話してきた。小包が届いている。パジャマの上にトレーナーを着てロビーへ急ぎながら、高まる興奮を鎮めようとした。

ダーラが大きな茶封筒を差し出した。わたしは笑顔をつくり、ありがとうと言って急いで引き上げた。

封筒を人差し指で開けようとして、紙で手を切った。

小さな血の一滴がわたしの新しい出生証明書の上に落ちた。アミーリア・キーン、一九八六年一一月三日、午前三時三二分、ジョージ・アーサー・キーンとマリアン・ルイーズ・キーンの子どもとして、ワシントン州タコマ市のプロヴィデンス病院で生まれる。さそり座だ。エネルギッシュで、人を惹きつける魅力の持ち主、嫉妬深く、所有欲が強く、思い込みが強い。母はよく熱心に星占いを読んでいた。わたしは興味がなかった。それは自分が「うお座《パイシス》」で、棘のないクラゲみたいな名前だと思ったからだ。でも今から考えると、それはまさにわたしそのものではなかったか。

今ならそれを全部変えられる。自分の嫌いだったところ、全部を変えることにする。手始めに髪を。髪を脱色すると男の目の色が変わることに気づいて以来、ずっとブロンドにしていた。ブルネットのわたしはどんな目で見られるだろう。まるで無視されるかもしれない。しばらくは人目につかない存在でいるほうが都合がいい。

わたしはバスルームに大きな鋏を持ち込んで、自分をじっくり観察した。安っぽく雑に染めたブロンドの髪は、スタイリングで手に負えないぐらい伸びている。薄茶色の目の周りに隈ができている。毛先を数センチ、真横に切った。自分で散髪をするようになって何年にもなる。ケチだからでもなく、カットが得意だからでもない。座ったまま美容師にあれこれ質問されると、胃の中に塊ができたような気になるからだ。

前髪を切りそろえた。髪が額にあたってイライラするのはわかっていたが、もうターニャではなくアミーリアのように見えてきていた。赤と茶色を混ぜて、調合液を入れ、プラスチックのボトルからじかに髪に色を塗りはじめた。液が髪の毛全体に染みわたり、鼻孔が薬品で焼けるように感じられるようになった時、時計をチェックし、手袋をはずして、テレビをつけた。

映画の途中だった。学園ものだ。石造りの支柱がある建物や階段が、そこいら中にある古いキャンパスだった。一〇〇年もの樹齢の樫の木陰で、学生たちが芝生でのんびりくつろいでいる。女子学生の一人の様子が気に入った。何かの請願に署名するように訴えている。話の内容はよくわからなかった。着古したTシャツのようにくたびれて色落ちしたジーンズと白いタンクトップ、緑色のアーミージャケット、チョーカー、それから家の鍵を首にかけていた。他人にどう思われようと気にしないという様子だった。それに、その服装は本当に楽そうだった。わたしはバーでいつもドレスやスカート、それに足が痛くなる歩きにくい靴を履いた。アミーリア・キーンは、痛くなるような物は何も身につけないことにしよう。

べとつく染料を洗い流して髪を乾かした。紙やすりのようにごわごわしたモーテルのタオルに黒い染みがついた。新しい髪に櫛をいれ、前髪のラインをまっすぐに整え、飛び出たところをカットする。古いジーンズと紺色のスウェットを着て、他の服はスーツケースにしまってスワン・レイク・インを出た時には、違う女になっていた。茶色い髪、茶色い目の女。一六七センチ、五八キロ、二〇代半ばから後半。誰もが見たことのあるような女。列に並んだ中から選べといっても、特定するのは難しい。

＊＊＊

写真屋に行き、パスポート用の写真を撮影する。「笑わないように」と写真屋が言う。それで笑いそうになった。本当に久しぶりに。

写真が現像されるのを待つあいだに文具屋に行き、ラミネート加工シートを買った。それからドラッグストアで剃刀、野球帽、赤い口紅、黒いアイライナー、マスカラを買った。チーク・カラーはなし。アミーリア・キーンの頬はバラ色に輝かない。写真屋に戻って写真を受け取った。かび臭いビュイックの後部座席でパスポートの仕事にかかった。写真に糊を薄く塗り、パスポートの空欄に貼りつけた。次の作業の前に、硬いスーツケースの上に置く。透明な糊つきシートをページの上にかぶせる。手が少し震えた。精神がコントロールできるまで待った。失敗せず仕上げるチャンスは一度。シートを平らに置く。剃刀の刃の背を使って、気泡をきれいに取った。それからパスポートがスーツケースから反り返るまで、周囲を丁寧に伸ばして仕上げた。

作業の結果に満足した。空港なら怪しまれるかもしれないが、飛行機に乗るつもりはない。

次にリサイクルショップを見つけた。ジーンズを何本かと、シンプルなチェック地のボタンダウンのシャツを二枚買う。軍放出品専門店では、映画の中の娘が着ていたような緑のジャケットを買い、そのついでに、サイズ8のコンバットブーツも買った。安物の下着も買った。アミーリア・キーンに仕事が見つかったら、もっといいのを買おう。ターニャ・デュボイスのスーツケースは、ガソリンスタンドの裏のゴミ捨て場に投げ込んだ。ほんの一瞬、以前に人生を捨てた時のことを思い出した。その時には胸が痛かった。二回目はそれほどでもなかった。

ビュイックに戻ると、バックミラーに自分を映してみた。唇を明るい赤に塗る。一つだけ外見のためにした贅沢。

ウェスタン・ユニオンの事務所まで車を走らせ、通りの反対側に駐車した。事務所に行き、ま新しい身分証明書を見せて、何事もなく出てこられるかもしれない。しかしわたしが強請《ゆす》ったばかりの獲物は、あっさり支払う以外のことを考えているかもしれない。

わたしは警官でも、私立探偵でも、退役軍人でも、傭兵でもない。特別な観察のスキルもない、ほぼ平均的な民間人にすぎない。どうやって追跡者をまくかもわからない。普通に論理的に考えられる頭と強い生存本能、この取引が望みどおりにスムーズにいかないかもしれないという危機感だけが頼りだ。

ウェスタン・ユニオンの正面入り口の周囲を見回してみた。ガラスのドアの向こうには三人の従業員の他に三人——男二人、女一人——の客が見えた。わたしはビュイックをレンジ・ローヴァーとアウディのあいだに停めた。黒いレンジ・ローヴァーの中で中年男が煙草を吸っていた。アウディは州外のナンバーだった。店の正面に古いサンダーバードがあって、二〇代に見える男が一人、シートに背中をもたせかけていた。サングラスをかけたまま眠っているように見えた。寝たふりをしているのかもしれない。

次に何が起こるか、座って待っていることもできた。しかしもし彼らがプロなら、わたしが行動を起こすのを待ち続けるだろう。それに、車の湿って饐《す》えた臭いにこれ以上我慢できそうになかった。男の目を見れば、何を考えているかわかるだろう。以前はできなかったが、あれ以来学んだのだ。わたしは髪の毛を野球帽に押し込んで、サングラスをかけ、レンジ・ローヴァーまで歩いていった。

男はわたしが近づいてくるのを見た。わたしが立ち止まると、彼はウインドウを下ろした。

「こんにちは」

「どうも、……お嬢さん?」

少年のような服と野球帽、それに口紅を見て混乱したようだった。

「わたしを殺すつもり?」

「なんだって？」

「すごく単純な質問だったと思うけど」

「あんたを殺すってなぜだ？　これは冗談か何かなのか？」

レンジ・ローヴァーの男は明らかに仰天し、怖がってさえいた。

「落ち着いてよ。すごくシンプルな質問をしてるだけ。答えてくれたらそれ以上面倒かけないから」

「いや、あんたを殺そうとは思っていない」

「どうもありがと。すごくいいニュースだったわ。それじゃお元気で」

わたしは彼の車の向こうまで歩いた。彼はエンジンをかけ、急発進して駐車場を出ていった。攻撃してくる可能性のあるのはたった一人。昼寝しているサングラスの男だ。わたしは通りを渡って、ウインドウをノックした。彼が名演技をしているのでなければ、ぐっすり眠っているところを起こされたようだった。

彼はウインドウを下ろし、サングラスを鼻の頭にのせて、くたびれて腫れぼったい目でじろじろ見た。

「何か用なのか？」

彼はからんだような声で言った。

「わたしのこと知ってる？」

「ハァ？」

「わたしに見覚えある？」

殺し屋ならもちろん写真を持っているはずだ。

「クララの回し者か？」

起きたばかりの男は尋ねた。

彼はわたしの殺し屋ではない。

「ごめんなさい、間違いでした」

わたしは彼の車から離れた。

「クララに言っとけ、もう終わりだってな！」

起きたばかりの男はわたしの後ろ姿に向かって怒鳴っ

た。

　わたしは店の外側をぐるりと回った。怪しいことは何もなかった。現金なしで立ち去るか、リスクを冒して、アミーリア・キーンとしての人生をちゃんと始めるかだ。わたしはウェスタン・ユニオンに入り、列に並んで待ち、現金を受け取って外に出た。ビュイックに戻って一五キロ走り、その間ずっと、目の前の道路よりもバックミラーを見ていた。車を路肩に停め、最近買った持ち物すべてをまとめて一キロ歩き、また中古車屋に入って一〇年ものとしてはまあまあのトヨタ・カムリを四九五〇ドルの現金で買った。形式的にはそれを買ったのはターニャ・ピッツで、アミーリア・キーンのために買ったということ。アミーリアはまだ免許を持っていなかったから。わたしは荷物をトランクに入れて駐車場から出ると、そのまま四時間運転し続けた。

　日没後に時速一五〇キロで車を走らせるうちに、体が内側から変化してDNAが組み替えられていくような気がしてきた。ターニャ・ピッツ・デュボイスは死んだ。彼女は、本来ずっといた場所、いるべきだった場所にいた。今のわたしはアミーリア・キーンだった。

二〇〇五年、一〇月二二日
To：ライアン
From：ジョー
　こうやってメールを書くのは暗黙のルールに反してるのはわかってるけれど、あなたさえ誰にも言わなければ、ばれっこない。あなたは秘密をいくつか、うまく守ってきたよね。この秘密も守れるといいけれど。わたしからメールが来て驚いているかもね。わたしも自分がメールを書いていることに驚いているもの。まだこの新しい人生に慣れていない。故郷に戻って運命を受け入れるべきかも、と思うことも時々ある。本当に。今いるところの人には話せないから、あなたにこうやって話してるの。わたしを本当に知っているのはあなただけ。わたしのしたこと、わたしのしなかったことを知っているのは。あなたのしたことにあんなに驚いたのは、きっとそのせいね。でもこうやって書いているのは、あなたを罰するためじゃない。寂しいから、書いているの。

家に帰りたいな。エディに会いたい。最後に会った時にあの子がわたしを見た顔は二度と見たくないけれど。寛容な気分の時には、母にも会いたいと思う。でもたいていは、会いたいと思うのはあなた。あなたのことをいつも考えてしまう。わたしの頭の理性的な部分は、あなたを憎むべきって言っているけれど。わたしたちの未来がどうなるのか、色々な可能性を想像してみた。いくつかの未来の中のあなたは、他の誰かと一緒になってた。あなたと二度と会えないなんて思いもしなかった。でもそれが現実。そうじゃない？　ある日あなたの髪は灰色になる、それともまったく髪の毛がなくなる。でもわたしが覚えているのは少年の姿だけ。そういうこと、考えることある？

何が起こったかについては、話したくない。みんながどうしているか知りたいだけなんだと思う。みんなの人生がどうなっているか。好奇心、ノスタルジア、ホームシック、それともただのビョーキ、なんとでも言ってくれてかまわない。知っている人がいる場所が懐かしいの。今は知らない人ばかり。わたしのことを知っている人も誰もいない。

どうかルールを破って、返事をください。わたしがいないあいだに起こったことが知りたいの。たいしたことは何も起こっていないよ、とあなたは言うかもしれない。わたし、町がゴミの山になり果てる前に脱出したのかな。
今はこれぐらい。
ジョー

二〇〇五年一一月二日
To：ジョー
From：ライアン
君からのメールで本当に心臓発作を起こしそうになった。でも注意を引きつけられた。それが君の狙いだよね？　僕が返事を書くと君にはわかっていた。でもそれはたくさんの理由でいい考えじゃないこともわかっているよね。君が自分にふさわしい場所を見つけたのならいいと願っていた。その場所にいるほうが、ここより幸せじゃないかとすら思っていた。自分の良心の重荷を軽くしたかっただけなんだろうな。色々な成り行きは申し訳ない。僕のしたことを理解してもらえないのはわかっている。でも今日もう一度選べと言われたら、僕は同じことを同じようにするだろう。
まだ君を愛している。まだ君が恋しい。君のことを考える時にはね。なるべく考えないようにしているけれど。何か月か前から、君が死んだというふりをしはじめた。ガブリエル教会の裏庭に、無名墓がある。それが君の墓だというふりをする。高校の裏手の原っぱから花を摘んできて、お参りをする。ビョーキなのか？　そのとおり。君から二度と連絡がないと思っていたんだ。
冷静に読めそうなら、故郷について書くよ。でも冷静でいてくれることが必要だ。
僕は昔ほど人づきあいがよくない。だから知っていることはこれだけだ。ネリーはブラッド・フォックスと婚約した。額の大きなホクロはなくなった。

二人はあのグリーン通りのぼろアパートを解体して、高級マンションを建築中だ。ビルマン市再開発のスタートってわけ。エディは戻ってきてる。大学進学を一年遅らせると決めたんだ。「学年で一番成功しそうな女子」はお父さんの工具店でフルタイム勤務してる。夏のあいだに、一度だけジェイソン・リオンズに会った。あいつは質問が多すぎる。もし誰かに連絡を取ろうと思っているなら、やめてほしい。僕たち全員が、ギリギリで何とかもちこたえているんだ。

お母さんのことも聞きたいのはわかってる。変わりないよ。悪くなってもいない。それでちょっと気持ちが軽くなったかな。誰かとつきあっているらしい。見たところ、前の相手よりもよさそうだ。最近、痣になっているのを見かけてないからね。こういうことを知りたいんだよね?

僕がいつも使うアドレスにメールしてくるのは、たぶん安全じゃない。いつ見張られているかわからない。かわりにこのアドレスを使ってほしい。

気をつけて。

R

PS　たいしたことは何も起こっていないよ。

二〇〇五年一一月一四日

To：ライアン

From：ジョー

嘘つき。でもありがと。そういうことが知りたかったんだと思う。わたしが消えてからもっといろんなことが起こったのじゃないかと思ってはいたけれど。自分のことはあまり書いてくれなかったけど、それ、わざとよね。あなたのことを調べてみた。町から出なかったのね。どうして?　あなたは何にでもなれたのに。
そのお墓にお参りするのはやめてよね。わたしはその中にはいないんだから。

J

ジョー

二〇〇五年一二月二五日
To：ライアン
From：ジョー
Re：メリークリスマス

わたしのことを忘れるのが簡単になってきてるみたいね。クリスマスシーズンはどう？　こちらは中西部の安ホテルで一人、テレビでディズニー・パレードを見ながら、缶からじかにチョコレート味のプリンを食べてる。
こういうこと全部の結果として、一つだけいいことがあった。わたしはもうあなたのこと愛してない。

第三章

これは住むところを探すウインドウ・ショッピングにすぎない、と自分に言い聞かせた。ずっと同じ場所に住む必要もない。でもテキサス州オースティンの表示が自然に目につきはじめて、実際、到着してみると自分に合った場所のように思えた。最初の晩は安モーテルに泊まり、散歩して、川の向こう岸で道に迷った。バス停留所のベンチに座って夢中で小説を読んでいる中年の女性に道を尋ねた。彼女はコングレス通りを指さし、橋を渡ってそのまままっすぐだと教えてくれた。

何ブロックか歩くと、人だかりが見えた。家族連れ数組、カップルが数組、そのほとんどが、見間違えようのない観光客の派手な服装だった——服の色は明るすぎ、靴のかかとは平らすぎ、サングラスにはチェーンがつきすぎ。全員が橋の手すりから身を乗り出していた。漠然と、何かを待ち受ける雰囲気があった。わたしは羊のように後について、手すりの手前のくぼんだところに降りた。何を待っているかもわからずに待った。ついに日没の光が薄れはじめると、何千、ひょっとすると何十万ものこうもりが、橋の下から飛び出して群になり、空に見事な黒い雲の形を作った。一つの群れが八の字の形を作り、別の群れが波のように遠ざかっていった。わたしは最後のこうもりがいなくなり、コングレス橋が暗くなるまで立ち尽くしていた。

ホテルへの帰り道、「メイの店」というネオンサインに目がとまった。どうしてその店が気に入ったのかわからない。メイという人がその店のオーナーで、初めての土地に女一人なら女性の経営する店に行ったほうが賢いと思ったからかもしれない。

重いマホガニーのドアを開けた。農家からはずしてきたドアみたいに見えた。入っていく時のしっかりした重さに、安心感をもたらす手ごたえがあった。中は涼しく、薄暗く、こぼれたビールや床に張りついた安物のナッツの匂いではなく、強い酒の匂いがした。カウンターの後ろに、きれいな女性が立っていた。タンクトップと膝より少し上までのスカート、白いスニーカー。何人か客がいたが、酔っているかもしれないが無害そうだった。ドアの横にタウン誌があったので、一冊取ってカウンターに行った。

スーツ姿の男から二つ離れた椅子に腰かけた。スーツはあまり上等ではなく、それ一着しか持っていないように見えた。しわになり、埃っぽかった。白いワイシャツ、八〇年代に流行した黒くて細いネクタイ、それから踵のすり減った茶色のウィングチップ・シューズ。腰を下ろすと彼の目線が感じられたが、わたしが彼のほうを見ると、飲み物に目を戻した。ミリタリー・ジャケットの効きめが現われたらしい。

「何にしましょうか?」とカウンターの女性が尋ねてきた。

アミーリア・キーンは何を飲むのか? ターニャはビールとバーボンを飲んだ。同じなのはよくない。

「ジン・トニックをお願い」

「ジンの銘柄は?」

そのうちに好みの銘柄を決めたほうがいい。今はまだ決めていなかった。

「まかせるわ」

「ノーブランドじゃないほうがいいでしょ?」

彼女はこちらを値踏みするように言った。

「そうね」

最低からスタートする必要がどこにある? いつだってそこへ着地することができるのに。

「ボンベイは?」

「それでお願い」

彼女はジンをたっぷり注いだ。ジン好きならともかく、わたしには強すぎ、味もきつすぎて、薬品のようだった。でもわたしはそれを飲み、抵抗する味蕾《みらい》を説得しようとした。

「ブルー、お代わりを頼むよ」と安物スーツが声をかけ、空になったショットグラスを指さした。

「ブルー」というのは、はっとするほど青い氷のような目だからだろう。彼女は目に化粧をしていなかった。目立たせたくないつもりかもしれなかったが、それは成功していなかった。おとなしいサクランボ色の口紅を薄くつけているだけだった。豊かな金髪はきつく編んで背中に垂らしていた。見た目がチップに直結する仕事をしているのに、ブルーは断固として追加のキャッシュをもらうまいとしているように見えた。

音を消した頭上のテレビでは、ニュースが高級車のコマーシャルで中断されたところだった。

「大金持ちとしたらあれをまず買うな」

安物スーツはブルーに言った。それともわたしに向かってか。あるいは誰にともなく。

「大金持ちだとしたら、よ。その場合は、だとしたら、が正しいのよ」

「なぜいつも話し方のことをあれこれ言うのかな」

安物スーツは尋ねた。

「英語に敬意を払ってほしいだけ」

「敬意ってなんだよ。そうやって一日中授業がしたいのなら、教師になったらいいだろ」

「そうね、考えとく」

ブルーの声には棘があった。

わたしはタウン誌を広げて求人欄を探した。わたしにはなんの資格もない。何かの基準を示す言葉を理解することもできなかった。「クオーク」っていったい何？　コンピュータの使い方は知っている、と言ってもまあ大丈夫。高校でタイプの授業を取った。成績はCプラス、それ以来技術が向上したとは思えない。トヨタを買ったので現金の残りが少なくなっていた。二〇〇〇ドルに少し足りないぐらい。アパート、家具、新しい衣類、食べ物。現金が底をつくまで、あとどれぐらい？

安物スーツは次第にわたしのほうに向きを変えた。もう少し教育的でない会話を求めて、だと思う。

「この辺りは初めて？」

「そう」

「どこから来たのかな、というか、もともとどこ出身？」

「オクラホマ」

「オクラホマなら親戚がいる。オクラホマのどこ？」

「ノーマン」

「ノーマンでは何をしてたんだい？」

「あまり何も」

「どうしてオースティンに来たの？」

「デニス、質問しすぎよ」ブルーが言った。

「よもやま話をしようとしてるだけさ」

「こちらのお客さんはよもやま話なんかしたくないかもしれないわよ。そういうこと考えたことある？」

「いや、実際のところ、ない。失礼したね」

デニスは礼儀正しくうなずきながら言った。

「今日は色々あって、ちょっと楽しくおしゃべりしたかっただけなんだよ」

「わたしと話せばいいじゃない、デニス」

「あんたは話すの嫌いだろ、ブルー。みんな知ってるよ」

「でも聞くのはできるわよ」

ブルーはバーの後ろからショットグラスを二個取り出して、棚の高いところにあったバーボンの栓を開けた。二つのグラスに注ぎ、一つをデニスの前に滑らせた。デニスとブルーのグラスが触れ合った。

「マーガレット・ローズ・トッドのために。あの婆さんが安らかに眠るように」

「お母さんのことをそんなふうに言うものじゃないわよ」

ブルーは言って、デニスのショットグラスにもう一杯注いだ。

「あんたお母さんいるのかい?」

「誰だっているでしょ」

「名前は?」

ブルーはため息をついて、自分にもう一杯注ぎ、一口すすって言った。

「ジャネットよ」

嘘だ。自分の偽名の名義で持っている金を最後の一セントまで賭けてもいい。しかも馬鹿な嘘。へたくそな嘘つきを見るのは居心地が悪かった。自分に伝染しそうな気がするからかもしれない。今では、これまで以上にシャープなだましの技術が必要だというのに。わたしは防腐剤のようなドリンクを飲み干すと、カウンターの上に札を何枚か置いて、ブルーとデニスにおやすみなさいと言った。

「またいつでもどうぞ。ここは、女にちょっかいを出させないお店だからね」

＊　＊　＊

アミーリア・キーンになるのは面倒だった。住む場所と、仕事と、テキサス州の運転免許が必要だった。役所の手続きをたくさん潜り抜けなければならない。いっそテキサスの山の中で自給自足の生活をしようと決断しそうになった。わたしはパスポートと一五〇〇ドルの現金で、銀行に口座を開いた。アパートを探したが、定職も、推薦状もなく、クレジットカードの履歴照会も危なくて取れないとあっては、いい物件は見つからなかった。

わたしが見つけたのはルースという女性の下宿屋だった。彼女は朝から晩まで部屋着姿で、薄っぺらい生地の下で大きな乳房を恥ずかし気もなくブラブラさせていた。部屋は一〇平方メートル、一週間一〇〇ドル。一つのトイレは三人の男と共有。二人は汚らしい豚だったが、幸運なことに、三人目のマーカスは病的な潔癖症だった。彼にははっきり目につくほどのチック症状があり、そのせいで話し終わる時にはいつもヒューッという音を立てた。いつも気を張っているわたしをギクリとさせる音だった。それさえなければ、彼と話すのは楽しかった。

わたしとテキサス州運転免許とのあいだにあるハードルの一つは、賃貸契約書だった。ルースに正式な賃貸契約書が欲しいというと、ベッドタイムにバイオリン・コンチェルトを演奏して寝かしつけてくれないかしらと言われたような表情をした。書類にサインしてくれたら五〇〇ドル余分に払うし、すぐにその契約書を無効にする書類にサインすると提案した。こちらで書類を全部用意したら、同意してくれそうだった。

その午後図書館へ行き、コンピュータを使って賃貸契約書をプリントアウトした。インターネットが使えるあいだにウォータールーの地域ニュースをチェックして、わたしがどれだけ指名手配犯扱いされているかを調べることにした。地方紙を検索してみると、バーのカウンターの後ろにいるわたしの、古くてきめの荒い写真がいきなり出てきた。まだ殺人犯扱いはされていない。今のところ「参考人」というだけだった。その記事は、わたしが失踪したタイミングが怪しいと仄めかしていた。完全にもっともだ。『ウォータールー・ウォッチ』紙を経営し、ほとんどすべての記事を書いているブレイク・ショーは、わたしを殺人犯だと決めつけるセンセーショナルな記事を書くこともできたのに、その誘惑に打ち勝っていた。わたしに同情してくれたのかもしれない。わたしは彼がバーのスツールからずり落ちそうになるまで酒を出してやった。車のキーを預かり、お代わりを注ぐ。しかしブレイクも含めて、皆がわたしに追及の目を向けるのは時間の問題だった。

わたしは賃貸契約書に記入し、無効条約にサインし、仮の住み家に戻った。ルースはわいろを受け取り、書類にサインした。この計画の問題は、運転免許テストを受けるのにテキサスで登録した自動車が必要だということだった。古い名前で買ったわたしのトヨタには、まだオクラホマの仮プレートがつけてあった。

マーカスは車を持っていた。彼はわたしのことが好きだったと思う。わたしが流しに細かい髪の毛を残さないから。少なくとも一度か二度、彼が挨拶代わりにうなずくのを見た気がする。しばらくのあいだ、彼に愛想よくすることにした。いつも微笑んでハローと言う。これは言うほど簡単ではない。コーヒーをもう少しいかが、と台所で話しかけ、トイレを念入りにきれいにし、同じ階に住むルーファスとトムをだらしないと言って大っぴらに辱める。でも夜に彼らのトランプのゲームに加わったり、一緒にテレビを見たりはできなかった。三人の貧しい中年男が、受け入れてくれる仲間を求めて社会の片隅で生きているのを見ると気が滅入った。

その家にはルースの他にもう一人女性がいた。彼女は地下室と、自分専用のバスルームを借りていた。彼女の目を見れば、あちら側へ行ったきり戻ってこない人間がどんなふうに見えるかわかる。精神や魂の存在を信じる人なら、彼女が魂のない入れ物だと言うだろう。

夜は食堂かヴェジタリアン向けの店で食事をした。オースティンには驚くほど多くのヴェジタリアンのレストランがある。代用肉はわたし向きでないことがわかった。肉を食べないこと自体、わたし向きではなかった。夕食の後には、自分が透明人間になったように感じられるバーを見つけようとした。何日か、テキサス大学キャンパス近くの安酒場に通った。「穴蔵」という名前。学生が常連に溶け込もうとして、若い舌には強すぎるウィスキーを注文するのは、面白い見ものだった。彼らは薬を飲むように、強い酒を注文した。アルコールが喉を消毒する時に、変なしかめ面になる。わたし自身、そんな表情をしたことはない。いつも心地よく温かくなるだけだ。夜が更けてくると、ステレオのボリュームを上げたみたいに彼らの声が大きくなった。学生たちが馬鹿に見えれば見えるほど、うらやむ気持ちがつのった。自分探しに四年間を費やせるとは、なんという贅沢。

「穴蔵」に通いはじめて三日目の夜、若い頃のロイ・オービソンに似た、ふさふさした黒髪と薄い色の入った眼鏡——絶対に信用できないと思わせる小道具——をかけた常連の一人が、ビリヤードのゲームで負けた後、話しかけてきた。

「僕、君と前に会ったことある?」若き日のロイが尋ねてきた。それがあたりまえの質問で、使い古された決まり文句ではないかのように。それにしてもあんまりだ。もう少し考えてもよさそうなものを。

「あなたが誰に会ったことあるとか、わたしが知るわけないでしょ」

「頭いいんだな、君？」

「別に」

「最近引っ越してきた？」

「そう」

「どこから？」

「いろんなところ」

可能な時には真実を話すこと。嘘は積み重なり、そのうち自分でも把握できなくなる。

「いろんなところ、の中で僕の知っている場所もあるかも」

「そうかもね」

「仲良くしたいだけなんだぜ」

「仲良くしたい気持ちを受け入れてくれる人を、どこかよそで探すべきかもね」

「言いたいことはわかったよ」

若き日のロイはビールを飲み干すと、ビリヤード台のほうへ歩いていった。

わたしたちのやりとりを観察している男が横目で見えた。わたしが彼に気がついた時にも、目線をはずそうとするそぶりすら見せなかった。一見、彼は若き日のロイよりずっとまともそうだった。おそらく三〇代前半、糊のきいた白いシャツと、黒いズボン、メタルフレームの眼鏡。上着は椅子の背にかけていた。シャツはパリッとして、まるで「穴蔵」のドアを開けて入ってくる直前にクリーニング屋から受け取って着がえたように見えた。夜はほとんど終わろうとしていた。バーにいる誰もの服がしわになっていた。しかしこの男は、きれいに拭いたホワイトボードのようだった。無表情で、何を考えているか読めなかった。情け容赦のない会計士といったところだ。

わたしはその瞬間、透明人間であることを忘れて、口を開けたまま彼をまじまじと見た。彼は目をそらさなかった。笑顔にもならなかった。わたしを見た次の瞬間、目線を手元の新聞に移した。人を観察するのが好きなだけかもしれない。害のない暇つぶしだ。ただわたしには都合が悪い。

わたしはカウンターの上に何枚か札を置くと、一〇平方メートルの寝室に戻り、それから八時間、眠っては夢にうなされ、繰り返し目が覚めた。寝ているあいだは、ターニャ・ピッツ・デュボイスに戻っていた。フランクが隣でいびきをかいていた。夢の中のわたしは彼を枕で窒息させて、その音を止めようとしていた。罪悪感の痛みとともに目覚めた。その痛みは、実際に起こったことを思い出した時にも、ほんの少し和らいだだけだった。

ルースの館に落ち着いてから三日後、免許交付所に行って筆記試験を受けた。七二点でギリギリ合格。毎日図書館へ行って、自分にできそうな仕事をインターネットで検索したが、ほとんど何も見つからなかった。フランクとの七年の結婚生活のあいだ、わたしは家事をしたり、非番の夜は酔っぱらって時間を無駄にした。今日のような日のために、何か準備をしておくべきだったのに。

マーカスにとびきり愛想よくするキャンペーンを始めて五日後、運転免許の試験を受けるから車を貸してくれないか、と彼に頼んでみた。マーカスは自分の車はアーカンソーで登録したものだし今は保険をかけていないと言った。つまりわたしはこの男になんの意味もなく微笑んだりコーヒーを注いだりしていたってこと。

何日か後、わたしは「メイの店」に戻った。嫌な思いをすることはないとブルーが約束したのを思い出したから。ブルーはその夜もカウンターの後ろにいた。くたびれたフランネルのシャツを着た老人が二人、あいだにスツールを一個挟んで腰かけていた。しかし二人は明らかに一緒に飲んでいた。

わたしはバーのもう一方の端に座った。そこなら老人たちの会話を聞くことができるが、二人の臭いはあまり気にならない。

「いらっしゃい」

「こんばんわ」

「ジン・トニック?」

まずい、覚えられてる。

「ウォッカお願い」

「お好みの銘柄は?」

「おまかせで」

「身分証明書をお願いします」とブルーはすまなそうに言った。

「おまわりが手入れをしてるらしいのよ」

わたしはパスポートを取り出して開いた。ブルーはそれを丁寧な手つきで受け取り、懐中電灯で照らした。なんだか注意深すぎるような調べ方だった。わたしが不安がっている気配を察しているかのように、彼女は言った。

「ここでパスポートを出す人はあまりいないから」

「免許証をなくしちゃったの」

「それわたしもやったことあるわ」

彼女はパスポートを閉じて、滑らせて返した。わたしはそれをバッグにしまった。ブルーは「どうぞ」と言いながらウォッカ・トニックを出した。

わたしはタウン誌を取り上げて、求人欄を読みはじめた。わたしにもできそうな仕事は、何年も前の絶望を思い出させるものばかりだった。昔の人生も大嫌いだったが、それでも人生と呼ばれるものに似通っていた。それと同じ状態を復元できるかどうかわからない。わたしはタウン誌をバッグに突っ込んで、カウンターの上の版画を眺めたり、老人たちが、大統領は俺たちの銃を取り上げて人権侵害をするつもりだと話すのを聞いた。

「お代わりは?」

「お願い」

　ブルーが飲み物をこしらえていると、ドアのきしる低い音がした。新しい客がまた一人。彼女はわたしの正面に飲み物を滑らせてきた。わたしが払おうとすると、彼女はカウンターを軽く叩いた。

「だんだん楽になるわよ」

「何がだんだん楽になるの？」

「新規まき直しよ」

　知るべきでないことまで知っている口調だった。店を飛び出したかったが、それは絶対に変に見えるだろう。溶け込まなければならないのに。何か言おうとすると、ブルーはカウンターの端でしぶい顔をしていた。新しい客はテーブル席で新聞を広げた。彼女と目が合うと、手で合図をしてきた。

「センセイは、テーブルでお給仕してもらえるとお考えみたい」

　ブルーは言った。

　ボタンダウンのシャツの上に焦げ茶のざっくりしたセーター、全体的に学者のような雰囲気。とはいえ、ネアンデルタール人みたいな額。

　ブルーは彼の注文を取った。他に注文があれば、カウンターまで一〇歩ぐらい歩けばいいのよと言っているのが聞こえた。しかし彼女は彼のテーブルにバドワイザーを持っていってやった。教授は新聞から目を離さず、うなずいた。

　出ようか考えているとブルーが来て、小声でささやいた。

「どうやって手に入れたの？」

「どうやって手に入れた、って何を？」

「あのすてきなパスポートよ」

「パスポートを発行するところからよ」

　言った瞬間、まずい答えだと思った。国外に出たことなどなく、合法的なパスポートを申請したこともなかった。だからどうやって手続きするのかも知らなかった。わたしぐらいの年齢の女なら——ええっと、何歳だったっけ、二八歳？　知っているべきだ。

ブルーは顔の左側だけで微笑んだ。わたしは飲み物の残りを飲み干した。

「もう行かないと」

「あれ偽物でしょ、わかってるわよ」

「なんの話？　わからないんだけど」

「アミーリア・キーンになってどれぐらい？」

氷のような寒気と同時にかっと熱くなる。アミーリア・キーンになってから二週間足らずで、もう彼女を失ってしまいそうだ。ブルーはわたしの目に死の恐怖を見たようだった。口調が少し柔らかくなった。

「厄介な目にあわせるつもりはないの。あんなに見事な偽造パスポートをどこで手に入れたか知りたいだけ」

公共の場で話したい内容ではない。わたしは客を一人ずつチェックした。誰もこちらを見ていなかったが、それでもだ。

「ここで話したくないわ」

「わたし、あと一時間で上がるんだけど」と彼女は言った。

「もう一杯飲んで、待っててくれない？」

二人の老人はラストオーダーの前に引き上げた。一人でダーツをやっていた客は、最後に一ゲームやって自分に圧勝し、ビールをもう一杯がぶ飲みした。教授は貴婦人のようにバドワイザーをすすっていた。ビール一杯飲むのに九〇分近くかけていた。彼はテーブルに二〇ドル札を残し、一言も言わずに出ていった。ブルーは客がいなくなるとドアに鍵をかけて、カウンターの後ろを掃除した。それから、わたしと古くからの友人同士であるみたいな口調で、言った。

「お腹減ってる？　あなたの暗い秘密をすっかり話しながら、ハンバーガーを食べない？」

ブルーに打ち明けるつもりはなかった。でも新しい名前を知られていて、それは安全にしておく必要があったから、何も言わないわけにいかない。外に出ると、彼女は裏口をボルトと南京錠で閉めた。裏通りは尿と車のオイルの臭いがした。三日月の他には、街灯一本の明かりがあるだけだった。

「わたしの車はあの角の向こうよ」ブルーは言って、広い通りに向かって砂利道を音を立てながら歩いた。

黒のリンカーン・タウンカーが一〇〇メートルほど前方に停まっていた。わたしたちがその車の横を通りかかるとドアが開き、運転席から教授がほとんど音を立てずに滑り降りた。

「アミーリア？」

喉が両手指で締めつけられるような気がした。

「失礼、でも人違いです」とわたしは言い、口がきけることに我ながら驚いた。

セダンの後部ドアがぱっと開き、男がもう一人出てきた。ずいぶん長いあいだ、座って待っていたように見えた。手足が蜘蛛のように、ゆっくりとこわばりをほぐすように動いた。ライトで一瞬彼の顔が見え、それから再び影になった。見覚えのある顔だ。糊のきいた白いシャツと、メタルフレームの眼鏡も覚えていた。別の夜にバーにいた、無慈悲な会計士だった。会計士は値踏みをするようにブルーをさっと眺めた。

「お嬢さん」彼は後部ドアを彼女のために抑えながら言った。

「さあ、こちらへ座っちゃどうかな」

「これはわたしと関係ない個人的なことみたい。わたしはいつもと同じように、普通に家に帰りたいんだけど」

ブルーは言った。

「ここでは何も起こらなかった。少なくとも、わたしに思い出せるようなことは何も」

ブルーの言葉に嘘はなさそうだった。彼女は警察を呼ばず、あれはなんだったのかと考えることさえしないで、ただ立ち去ることができそうだった。

「家まで送るよ。レディがこんな夜更けに一人で外にいるのは危ないからな」と会計士は言った。

教授は尻ポケットから銃を抜いて、ブルーを優しく後部座席へ導いた。

「アミーリア、それで？」会計士は言った。

「さっきも言ったでしょ、人違いよ」

「そうかもな。それじゃ、ターニャ？」

「あなた誰なの？」

「気にするな。一つ教えてくれ、ターニャ。あんたはフランクを殺したのか、それともあれは事故だったのか？」

第四章

教授と会計士はわたしたちをドライブに連れ出すと決めているようだった。銃を突きつけられて命令されているのに、この状況から何とかして抜け出せるのでは、とまだ考えていた。教授は助手席のドアを開けて、中に入れと言った。動かずにいると、銃口をわたしのあばら骨に押しつけてきた。わたしは二つの無理なオプションの板挟みになった。

「本当に乗りたくないのよ」

落ち着いて、論理的に聞こえるように努力をした。

「ここで話しあってもいいのじゃないかしら」

「乗れ、お嬢ちゃん」と教授が言った。

「わたしが後ろで、ブルーを助手席にしたらどう、ブルー、そのほうがよくない？」

「実のところ、わたしは自分で運転して家に帰りたいわ」とブルーは言った。

「わたしの車はあの角を曲がったところにあるし、これは何か内輪の話みたいだし」

「乗れ」と教授は繰り返した。

「トランクよ」とわたしは言った。

「わたしをトランクに押し込めるべきだわ」

教授は会計士のほうを向いて言った。

「こっちの女は何かおかしいぜ」

「わたしがトランクの中にいたほうが、あなたたちは安全なのよ」

それは本当だ。わたしの言っていることは論理的だった。しかし彼は、まだ見破れていない目論見が何かあると考えた。

会計士は黙って教授にうなずき、何か合図をした。教授は銃をわたしの顎の下の柔らかい場所に移動させた。そうすると現実味が増した。恐怖のバランスが、シーソーのように移動した。

「気が変わったかな？」

「ええ、そうね」

わたしは車に乗り、シートベルトをして、キャロルに昔教えてもらった深呼吸を練習しようとした。

教授は尻のポケットに銃を入れ、車を回って運転席に座った。会計士は後部座席で膝の上に銃を載せ、銃口をわたしの脇腹に向けていた。引き金を引くと、銃弾がわたしの腕を貫通して心臓に突き刺さるだろう。

わたしたちは横丁から暗い側道に出た。頭が燃えるようで、熱がある感じだった。

「わたしたちどこへ行くの？」とブルー。

「特にどこへでもないさ」と会計士が言った。

「俺たちはこのターニャと、ちょっとおしゃべりをしなきゃならんのさ」

「それはわたしの名前じゃないわ」

「あんたの名前がなんだろうが、だ」会計士が言った。

「わたしはアミーリア・キーンよ。一九八六年一一月三日、タコマ生まれ。両親はジョージ・アーサー・キーンとマリアン・ルイーズ・キーン」

教授は、会計士が言ったことに反して、行くあてがあるようだった。彼はビー・ケイブ・ロード、それからバートン・クリーク大通りに入った。その間、会計士はわたしにずっと話しかけていた。突きつけられている銃が目に入らなければ、まるで友人同士の会話のようだった。

「それでオースティンは気に入ったかね？」

「ええ、気に入ったわ」

「ずっといるつもりかな？」

「わからないわ」

「俺たちに手間をかけさせるつもりかな？」

「そう聞いているそっちは誰なの？」

教授が渋滞を縫って走るので、車は急激な動きで左右に揺れた。その中で会計士の言うことに集中するのは難しかった。彼は飛ばし屋で、思い切りアクセルを踏むか、ブレーキを踏み込むかのどちらかだった。胃がむかむかして、めまいがしはじめた。額を汗の玉が滴り落ちた。

「聞いているのは、俺だよ」と会計士は言った。

「それであなた、本当は誰なの？」

ほとんど声が出なかった。真空の中で呼吸しているみたいだった。

「俺たちに手間をかけさせるつもりなのか、ターニャ、アミーリア？」

「いいえ」とわたしは言った。でもなんと答えようが関係ないのはわかっていた。

教授は猛スピードで飛ばし続け、会計士の銃はさりげなく、致命的な角度を保ち続けた。

「停めてくれない？」とわたしは言った。胸に穴が開きそうなほど、心臓が激しく脈打っていた。車から降りなければ、何かわからないが病気で死ぬような気がした。いっそ会計士が撃てばいいのに、と願いそうにすらなった。

車は公園か緑地帯のようなところに入った。教授はスピードを出し、恐らく六五キロ制限の道路で一三〇キロぐらい出していた。運転席の彼は変化を遂げていた。もはや教授ではなく、彼だった。このドライブは終わらなければ、それしか考えられなかった。考えると同時に、わたしは両足を時計と逆回りに跳ね上げて、教授の頭をウインドウにぶつけた。それから緊急用ブレーキを引き、彼をもう一度蹴った。車は道路からそれて、斜面を下って森に入った。会計士は、体を支えようとしたはずみに引き金を引き、天井を撃った。車は一回転して、斜面の下で斜め向きに止まった。

教授は完全に意識を失っていた。頭がウインドウにもたれかかり、ちょっと昼寝というような穏やかな顔だった。

「そいつの銃を取って」ブルーが叫んだ。

わたしは暗がりの中で手を伸ばして、教授の銃を尻ポケットから出した。ブルーは後部座席で会計士ともみあっていた。

「撃つのよ」ブルーは叫んだ。

わたしは撃たなかった。ただ凍りついて、見ていた。ブルーは会計士から銃をもぎ取ろうとしていた。銃が発射され、フロントの窓ガラスが蜘蛛の巣のようにひび割れた。

「そいつを撃つのよ」彼女がまた言った。

最初どうやったら引き金が動くのかわからなかったが、フランクの叔父のトムがリボルバーの使い方を教えてくれた時のことを思い出した。わたしは安全装置をはずして、会計士の足を撃った。

彼は痛みで哀れっぽい声を出した。ブルーは会計士の銃を奪って頭に一発、心臓に一発撃った。それから、運転席の後ろから二発撃った。教授は二発目の後で、しゃっくりのような音を立てた。

こんなつもりじゃなかった。わたしはただ車から出たかっただけ。二人はわたしたちを殺そうとしていたのかもしれない。そんな意図はなかったかもしれない。でもわたしのほうから二人を殺すことは、まったく考えていなかった。これは一時的なピンチなのかもしれない。それでも、決して出られない深い穴を掘った気がしてならなかった。

「大丈夫?」ブルーは言った。

「大丈夫よ」とわたし。

ブルーは天井のライトをつけ、会計士を調べた。冷酷そうにこわばった表情だった。脈を探っていたが、わたしに言わせれば、死んでいることはこれ以上ないほど明らかだった。彼女は次に運転席に回り込んで、教授の脈を調べた。

「死んでる」

彼女は一瞬わたしを見た。その手にはまだ銃があった。難しい決断をしているような顔だった。わたしを生かしておくべきか殺してしまうべきか決めようとしている、と言われても驚かなかっただろう。わたしには手の中の銃が使えるだろうか。冷汗が背中をつたった。生き延びるためにどれだけのことをする覚悟があるのか。決めようとしていると、ブルーが安全装置をもとに戻し、銃を袖でぬぐって会計士の足元に落とした。わたしは再び呼吸ができるようになった。

ブルーはタンクトップの上に羽織っていたチェック地のシャツを脱ぎ、それでドアの取っ手を拭いた。それからそのシャツを使って後部座席のドアを開けた。地面が傾斜していて、肩で押さないと開けられなかった。次に助手席のドアを開けて、わたしにシャツを投げてよこした。

「触ったかもしれないところは全部拭いて。それから銃をもとあったところに戻して」

ブルーはテキパキしすぎのような気がしたが、少なくともこれからどうするか、考えがあるようだった。

わたしはブルーの言うとおりに指紋が残らないように銃を拭き、それを教授のコートのポケットに入れた。自分がどこを触ったかまるでわからなかったので、腕が届くところを全部きれいに拭いた。遠くで車の音が聞こえた。

「ライト消して」ブルーが言った。

わたしはスイッチを求めて手探りした。ライトを消していると、斜面の上の道路を車が通り過ぎていった。

「ここを離れないと」とわたしは言った。

「まず気を確かにもって。指紋一個でもあれば、警察は犯行とあなたを結びつける。もう指紋を取られたことがあったら、の話だけれど」

ブルーは最後の一言を、ジャブのように繰り出した。指紋を取られたことはない。でもどこかにわたしの指紋の記録があると考えたほうが無難だ。

わたしは座席をできるだけ完璧に拭いた。それからわたしたちは斜面を道路のほうへ這って進んだ。この場所は悪くなかった。この時間帯、道路は真っ暗だった。横転した乗用車もよくよく気をつけて探さなければ目にとまらない。

「これからどうするの」

「歩くのよ。わたしのうちはここから遠くないから」

ブルーについていくのが賢いことかどうかわからなかったが、選択の余地はなかった。一時間以上歩いた。

ブルーが暗い通りに面した長いドライブウェイの前で立ち止まった。荒れた生垣にそって曲がりくねった通路の向こうに、チューダー朝様式の大邸宅が見えた。道路からは幽霊屋敷のように見えた。

「ここに住んでいるの?」

バーテンの住まいにしては高級すぎる。

「この家にはおばあさんが一人で住んでいるの。わたしの家は裏側」

大きな家の二階の寝室の明かりがついていた。わたしたちは、楕円形のプールの向こうにある客用の離れまで、敷地の縁にそった石畳を歩いた。客用の離れは家と統一された様式ではなく、後から建て増したもののようだった。ブルーは自分のキーを使ってドアを開けた。

今まで見た中で最もがらんとした家だった。長期滞在用ホテルのような、清潔だが安っぽい小さな台所があった。寝室にはクイーンサイズのベッドとドレッサー。小さなリビングには、ソファ、コーヒーテーブル、テレビ。その他には何もなかった。部屋に個性を与えるようなものは皆無。彼女の住まいの冷たさに、不安を感じた。何を期待していたのだろうか。ひょっとすると絵が一枚、家族の写真、あるいは個人の好みを感じさせるような置物とか。わたしと一緒に二人の男を殺したばかりの彼女が、この世界のどこかに属しているとわかるような何か。

ブルーは台所からバーボンを持ってきて、ショットグラス二杯に注いだ。焼けるような感覚がゆっくりと喉を降りていき、やっとのことで正気が戻ってきた。ブルーは自分のグラスを空にするともう一杯注ぎ、今度はゆっくりとすすった。

「あなた敵がいるわね」

「そうみたい」

「あなたのお蔭で二人殺す羽目になったんだから、説明してもらってもいいと思うけど」

説明したことは一度もなかった。電話して新しい自分が必要だと言うまで、ローランド・オリヴァーの名前を口にしたことは、九年のあいだに一度もなかった。罵倒も含めてだ。しかし説明するしかない。それに、引き金を引いたのはブルーなのだから、わたしたちは同じ側にいる。彼女はまだわたしを殺していない。実のところ、わたしが今も生きているのは彼女のお陰としか言いようがない。この一〇年間、誰も信用してこなかった。たぶんそろそろ時期が来たのだ。わたしはコインを投げるように決断を下した。わたしはブルーに話した。わたしはブルーに何もかも話した。フランクにも、キャロルにも、マイク先生にも話したことのないことを話した。ブルーに会う前だったら、秘密を守る競争で金メダルを取れていたはずだ。過去を忘れよう、自分が昔誰だったかを忘れようと努力し続けてきた。自分の話なのに、作り話みたいに感じられた。

話し終えると、背中を横切る見えない切り傷の痛みが楽になった気がした。最後に本当のことを話してからずいぶん長かったから、自分にも嘘のように聞こえた。わたしの話はちょっとしたものだったが、ブルーはあっさり受け入れた様子だった。

「わたしたち、みんな何かしら抱えてるってこと」

わたしが話し終えるとブルーが言った。

「お腹ぺこぺこ。グリルチーズのサンドイッチ食べる?」

ブルーは一五分足らずでサンドイッチを二つ平らげた。わたしの話したことにも、ほんの数時間前に二人殺したことにも、たいして動揺していないように見えた。空腹がおさまると、ブルーはいくつか実際的な質問をした。

「オリヴァーさんは、もう一人殺し屋を送り込んでくると思う?」

「かもね。お友達が死んだと知ったら」

「しばらく身を隠していないとだめね。今の隠れ場所はどこ?」

「市役所の傍の下宿」

「荷物をまとめるのよ。うちに来ればいい」

「おばあさんはいいの?」

「おばあさんは昔ほど意識がはっきりしていないの。わたしたち二人を見かけたら、物が二重に見えると思うだけよ」

ブルーはいつも先のことを考えていた。それは真似するべき習慣のように思えた。今の苦境のことを考えれば。こんな状態がずっと続くことになるだろうから。

午前五時を少し過ぎた頃、わたしたちは離れを出て、ドライブウェイを歩いた。非の打ちどころのない状態の、一九八〇年代型の青く輝くキャデラック・フリートウッドが、大きな家の横に駐車してあった。

「おばあさんの車を借りましょう。まずあなたの荷物を取ってきて、その後で店からわたしの車を取ってくればいい」

「わたしが運転していい?」

ブルーはちょっと考えた。

「いい考えかも。さっきの運転手みたいな目にはあいたくないもの」

彼女はキーを投げてよこした。車は手入れが行き届いていた。ドライブウェイからバックで出るセダンは、港を出る船のようになめらかに走った。

静かな早朝なのに、わたしの頭の中は騒々しかった。起こったばかりの出来事を再現してみた。映画を早回ししているようだった。

「ブーツで顔を回し蹴りできるのに、頭や心臓にたった一発撃ち込むのはできないなんて、おかしいわね」

「殺すつもりなんかなかったもの」

「どういうつもりだったの？」

「車を停めさせる。それだけ」

まだアドレナリンを感じていた。背中の痛みがぶり返していた。でもブルーはまるで平気そうだった。

「あの二人を殺したこと、気にならなかった？」

「ぜーんぜん。あなただって気にしなければいいのに」

わたしたちは事件のあった場所を走っていた。事故現場を通りかかると、まだ氷のように静かだった。道路からは車が見えなかった。しかし夜明けが近づいていた。点滅するライト、まぶしい照明、救急車、事故現場の黄色いテープの現場と化すまでにあとわずかの時間しかない。

「ア・ミー・リ・ア。お・き・て」

わたしが遠くをぼんやりと眺めて、想像の中で衝突のイメージを描こうとしていると、ブルーが言った。彼女の断固とした口調にびくりとして、わたしは少し目が覚めた。

「起きてるわよ」

「喧嘩は始めるだけじゃだめ。終わらせなきゃ。どんなことをしても」

ルースの屋敷から出る時に、家の中は静かだった。マーカスはわたしと握手して、いつもの声を出した。ほとんど「さよなら」のように聞こえた。ルースが見張る中、落ち着いて見えるように気を配りながら荷造りをした。でも全身が震え、神経がざわついて、他人からもわかるに違いないと思った。

「何かまずいことになってるのかい？」ルースが尋ねてきた。

「まずいことなんかないわ。長いあいだいられる場所を見つけただけ」

「自分をだまさないことだよ。どこだって、仮の宿なのさ」

わたしはスーツケースをトヨタに積み込んで、おばあさんの家に戻り、何軒か離れたところに駐車して、曲がりくねったドライブウェイをスーツケースを引っ張り上げながら登った。離れに荷物を置くと、ブルーをキャデラックに乗せてバーの近くの横丁まで行き、そこで彼女は自分の黒のVWジェッタに乗り換えた。わたしたちは正午に家で集合した。

「おばあさんを見てこなくちゃ。食べ物が充分あるか、猫に餌がやってあるか。ゆっくりしてて」ブルーは家に入る時に言った。

「あなたとはどういう関係なの?」

「家族、みたいなもの。彼女とわたしのグレタおばさんは、昔何か関係があったの。どんな関係か、教えてくれなかったけれど」

ブルーは大きな家のほうへぶらぶら歩いていった。わたしはブルーのつつましい住まいの中を歩き回り、住んでいる者の印を探した。クロゼットを開けると、古い部屋着と何十年も前のワンピースがかかっていた。たぶんおばあさんか、グレタのだろう。引き出しの一つには、陶器のバレリーナ、オーケストラの団員、動物園の動物がいっぱい入っていた。別の引き出しにはアンティークの人形が二つ入っていた。一つはブロンド、一つはブルネットだった。ベッドの下には、服が詰まったスーツケースがあった。今ふうの服だ。ブルーはすぐに逃げられるように準備をしていた。彼女からはいくつか学べそうだった。

窓から見ると、母屋の中にブルーの影があった。わたしはバスルームを見た。少なくとも、どうしても贅沢したい物がいくつかあるようだった。シャワーの棚には、いい香りのボディソープとシャンプーとコンディショナーがあって、どれも高価そうだった。ボトルにはドラッグストアで見かけない外国のデザインがついていた。

まだ時間があるうちに寝室に入り、ベッドの横の小さいテーブルの引き出しを開けた。たいていの人が秘密を隠している場所だ。中には古くてぼろぼろの熊のぬいぐるみと、銃が一丁入っていた。ブルーが返ってきた時、わたしはソファに横になり、彼女が入ってきたから目が覚めた、というふりをした。ブルーはアパート全体を見回して、わたしの目を見た。

「銃を見たわよね？」

「ええ」

否定してもしかたがない。

「夫がいるの。わたしからしてみれば、元夫なんだけど」

武器を所有する説明として、ごくありふれたものという口調だった。

「暴力？」

そう尋ねてから、その答えが明明白白であることに気づいた。その時まで目に止まらなかったが、ブルーの眉毛の上には傷痕があり、左目が少し垂れていた。カーニバルの鏡に映る姿のように、ほんの少しだけ。神経の損傷。一度だけ、同じような傷あとをフランクのバーで見たことがある。名前も知らない、旅の途中で立ち寄った女で、男が一緒にいた。時々見かけるような怯えた表情の女だった。ブルーは違った。過去に何があったにせよ、そのために何かを失ったように見えなかった。いや、ひょっとすると良心を失ったかもしれない。ブルーは何もかも、普通と逆だった。

「わたしと似たり寄ったりかな。でもわたしだって、前はそんなことなかったのよね」

「あなたは誰なの？」

当然の質問だ。わたしはすべてを打ち明けたのに、彼女についてわたしの知っているのは、「ブルー」と呼ばれていること、メイの店で飲み物を作っていること、元夫とできるかぎり距離をおこうとしているということだけだ。

「わたしの最初の名前はデブラ・メイズだった。それから結婚して、デブラ・リードになったの。しばらくは小学校三年生を教えていたんだけれど、そのうち子どもたちの前に出られる状態じゃなくなって辞めた。それからいよいよ追い詰められて逃げることになって、わたしの妹に見えなくもないいとこが古い免許証をくれたの。今のところわたしはカーラ・ライトで、クレジットカードを申し込むとか何か正式な申請をしなければ、もう少しこの名前を使い続けられると思う。でもいずれわたしも過去に追いつかれてしまうんでしょうね。あなたみたいに」

「結婚して何年ぐらいだったの？」

「七年」

「逃げてからは？」

「六か月よ。あの偽パスポートが今まで見たこともない見事な出来栄えだったから、あなたにはつてがあるんだと思ったの。そっちの立場がわたしのよりひどいなんて思いもよらなかった」

「わたしのゴタゴタに巻き込んでしまって、悪かったわ」

「謝ることないわ。この先、わたしの面倒に巻き込まれることだって、ないとは言えないじゃない？　そうしたらおあいこってこと」

彼女はタオルやシーツがぎっしり詰まった戸棚を開けて、毛布と枕を引っ張り出した。

「あなた、眠らないと。わたしもだけど。ちょっと目をつぶったら、いろんなことがずっとシンプルに思えてくるものよ」

それから彼女は寝室へ入ってドアを閉めた。

わたしは彼女のバーボンを見つけて一杯飲み、靴を脱ぎ棄て、毛布を頭からかぶって、ソファをまともに照りつけてくる日差しを遮った。全身に疲労が染みわたっていたが、頭が落ち着かなかった。自動車事故の光景が切れ切れに、何度も繰り返された。一コマごとに体の奥底のあの嫌な感じ、ただ座っているだけで何一つできない無力感が再現された。誰かの手がハンドルを握りしめ、足は思いっきり踏み込み、指の関節が白くなり、皮膚の下で腱がぐっと動くのが見えた。

夢の中では、自分が何をするべきか知っている。以前のわたしはそれをしなかったから。その場面を頭の中で何度も再生する。ただ、運転しているのは彼。彼の表情が見える。彼が何をするつもりか決心した瞬間を覚えている。顎の線に決意が見えた。止めるタイミングをずっと前に逃してしまった、これが起きるとわかっているべきだった。彼が何をしでかすか、彼自身よりも先にわたしにはわかっていた。一〇年前のことなのに明日のような気がする。何度も何度も繰り返して起こることのような気がする。

最初の時にしているべきだったことをする。ハンドルの上に足を振り上げて、彼の顔面に蹴りをいれる。彼は車のコントロールを失い、わたしたちはガードレールを突き破って、凍えるように冷たい湖に落ちていく。それからゆっくりと沈む。何をするべきかわかっている。シートベルトをはずし、車がすっかり沈む前に窓を開ける。彼を見る。意識を失っている。彼を車から引っ張り出すぐらいの空気は残っているが、運転席の彼は、安らかな様子をしている。わたしは彼を後に残していく。後部座席を見ると、もう一人乗っている。彼も残していくべきだろうか、と一瞬考える。その時、車に冷たい水が流れ込んでくる。わたしは飛び起きる。

ブルーが椅子に腰かけて、わたしを注視していた。

「怖い夢？」

「ううん、ただの夢よ」

その夢を何度も見る。やるべきだったことを想像しているのだ。夢が本当だったら自由になれるのに。

二〇〇八年六月一〇日
To：ライアン
From：ジョー
結婚しました。名前も変わったの。もとの名前よりいい名前。あなたには教えない。そうすれば、「知りません」と言い張れる。知らなければ嘘をつくこともない。わたしはまだ肩越しに後ろを気にしているべき？　それともみんなわたしのことはもう忘れたかな？
夫は、とりあえずルー、ということにするけれど、悪い人じゃない。子どもの時は「悪い人じゃない」以上を夢みたこともあったわ。しばらくのあいだ、わたしの「悪い人じゃない以上の誰か」はあなただった。それでどうなったか考えてごらんなさいよ。いずれにしても、昔の知り合いには誰も教えられないから。あなただけ。あなたとルー。
ということで、このあいだメールもらってから、何か新しいことあった？
ジョー

二〇〇八年六月二一日
To：ジョー
From：ライアン
おめでとう、というべきなんだろうな。今お祝いに「サンダウナーズ」へ行って、バーボンを六杯空けた。「お祝い」というのはいい表現じゃないかもしれない。彼はどこの誰？　何をしている人？　彼のこと愛してるの？

　君の本当の正体を知らない男との、長く実り多き結婚に乾杯。君にアドバイスをしたいところだけれど、うちの両親によれば、結婚を長続きさせる秘訣はなるべく同じ部屋にいないようにすることだとさ。

　結婚しちまったのか。クソ。もう少し祝う必要があるな。

R

二〇〇八年八月三〇日
To：ライアン
From：ジョー
　あなたがどういう人か知らなければ、嫉妬していると思ったところよね。
　いいえ、ライアン、わたしは彼を愛してない。でも結婚するのはいいアイデアのように思った、というかもっと正確には、新しい名前はいいアイデアのように思ったの。それにわたしは夫を手に入れただけじゃなくて、夫と仕事を手に入れた。ルーはバーの所有者で、わたしは飲み物を出す係。わたしが思い描いていた将来像とはかなり違うけれど、故郷を離れて一人暮らしを始めた時にやった掃除の仕事よりはまし。結婚式は、オーティスという近所の修理屋がやってくれたの。自動車部品教会の牧師。そんな教会があること自体知らなかった。式を執り行うために爪をきれいにしてきてくれてね。感動したわ。オーティスが「死が二人を分かつまで」と言った時に、「彼が長生きの家系じゃないといいけど」とまっさきに頭に浮かんだわ。もしわたしたちが五年続いたらびっくり。でも少なくとも、新しい名前がもらえたんだもの。

　これが今のわたしの人生。でもわたしの人生はそれだけじゃない。目を閉じると時々、違った世界に入っていける。わたしのもう一つの宇宙。あの夜は起こらなかった。あるいは、起こったけれどわたしたちは巻き込まれなかった。わたしたちはするといったとおりのことをした。粗末なワンルームであなたと住んでいるところをはっきり思い描くことすら、できてしまう。エレベータのない建物の三階。暑い夏の夜には非常階段に腰かけて、ビールを飲んで星を眺めるの。考えてみれば、今そうしていてもよかったのに。

　でもそれは現実じゃない。だから現実がどうなってるか、わたしの知らないあいだに起こったことを、教えて。

ジョー

二〇〇八年一〇月五日
To：ジョー
From：ライアン
　もうやめたほうがいいかもしれない。最初の計画にはなかったことだから。何もかも、君が本物の人生を得るチャンスを提供するのが目的だった。あの時こうだったら、と考えるのはやめなよ。ルーもいい奴かもしれないじゃないか。しばらくこんなことはやめよう。目新しいことは何も起こっていないよ。君の人生を歩みはじめるんだ、ジョー。お願いだ。
R

二〇〇八年一一月五日
To：ライアン
From：ジョー

わたしに消えろと言い続けることはできない。言われたことはやったし、もう充分消えてきた。その間、これは続けたいわ。わたしを失望させないでね。そうしたらわたしもあなたを失望させない。

ジョー

第五章

納得するまで数日を要した。これ以上アミーリア・キーンでいることはできない。数えきれないぐらいの借りがわたしに対してある古い友人に電話することを考えたが、オリヴァーさんの仕事仲間を始末した今、いかなるコンタクトも危険だという気がした。古い友人がどちらの側にいるかもわからなかった。自分で自分の面倒を見る立場であること、使える新しい名前が必要であることを受け入れなければなるまい。アミーリア・キーンがいなくなるのは残念だった。彼女にはかなり期待をかけていた。車の登録をどうしたらいいか、まだはっきりしたアイデアがなかった。ターニャの名前で登録された車両を持っていることは危険だが、アミーリアにも危険の可能性がある。

二週間、三月の終わりから四月の上旬まで、わたしはブルーの自宅に隠れて、掃除をしたり、心細くなる一方のたくわえから食料品を買ったりして家賃の代わりにしていた。謎の自動車事故の調査について最新情報を知るために新聞を読んだ。警察の担当者は、二人の犯人が被害者たちと車に同乗していたと考えていた。二人の男性の身元はまだわからず、近親者として名乗り出る者もなかった。警察はマスコミに情報を隠しているとわたしは思った。SWATチームがブルーとわたしの住処を襲撃するのは時間の問題だと思った。外で木の葉がさらさら揺れる音、エンジンをふかす音にも被害妄想がつのった。神経を落ち着かせ、周囲の世界の絶え間ない音を遮断するため、わたしは早い時間から飲みはじめた。

夜、母屋にはいつも二つの明かりが見えた。一つは二階、一つは一階。半透明のカーテンの向こうにテレビのちらちら動く画面が見えていた。テレビは一晩中ついているようだったが、二階の照明は時計仕掛けのように、夜一〇時一五分に消えた。ブルーはいつもバーの仕事の後で老婦人の様子をチェックして、最後に一階の照明を消した。老婦人は——彼女の名前はミーナ、とわたしはじきに知った——家にこもりきりだった。関節炎、緑内障、認知症。ミーナが歩き回っているのを見たのは数回だけだった。ブルーは、ミーナは若い頃から一人でいることが多かったと言った。外出は日食なみの頻度で、ブルーの叔母のグレタが外に出て体を動かさないとわたしが出ていくわよと脅かした時だけだったそうだ。わたしはミーナを煩わせないことになっていた。彼女は知らない人が苦手、と言われていた。それは理解できる。わたしだって人が苦手だ。

二週間その家にいただけで、何か月もたったような気がしていた。すごい速さで谷底へ転げ落ちているような感じだった。毎朝新聞の死亡欄を読むようになった。それは少し慰めを与えてくれた。時間がなくなりつつあるのは自分だけではない、と思い出させてくれたから。思ったより多くの人が、若くして亡くなっていた。

そうしているうちに、なりすます人物を近くの葬儀屋で見つけるというアイデアが浮かんだ。毎日死亡欄を熟読して候補者を探した。最初、わたしの基準はかなり単純だった。若死にした一人暮らしの女性。わたしはブルーに自分の計画を話した。すると彼女も一緒にやると言った。協力して獲物を探し、死んだ本人に似ているほうが優先。

わたしたちは黒いドレスを着て、地味な化粧をして、新聞に掲載された葬儀屋に車を走らせた。ブルーの車を使ったが、彼女はいつもわたしに運転させた。最初の葬儀は、ジョーン・クレイトンのものだった。彼女は子宮癌で亡くなった時、わたしより二歳年長なだけだった。「マーカー&ファミリー葬儀場」の開いた棺の横に大きな写真があった。写真の彼女は人生の真っ盛りだった。たぶん何年も前に撮った写真だ。頬は桃のようにふっくらしていた。棺の中の痩せ衰えた体は安っぽい偽物のように見えた。

「この人、背の高さはどれぐらいだったと思う?」ブルーはわたしにささやいた。ビジネス優先だ。

「わからない。でもあなたにもわたしにも似てないわ。以前も今もね。だめだと思う」

弔問客の一人が近づいてきた。ジョーンの父親のように見えた。

「初めてお目にかかるのでは」と父親かもしれない男が言った。

「ご愁傷さまです」ブルーは言った。

「わたしのジョーンをご存知でしたか?」

「ええ、もちろん」ブルーは言った。

「学校で?」

「ええ、学校で」

「ジョーンの学校友達は全員会ったことがあると思っていたのですが」

「友達、というより知り合いに近かったです」とブルーは言った。

「でもお葬式にはうかがいたくて」

「グローバー・クリーブランド、それともヴァン・ビューレンのほうですか?」

「クリーブランドのほうです」ブルーは適当に言ったが、自信なさげな口調になりかけていた。

「ヒューストンからいつ出られたのですか?」

「何年か前です」ブルーは言い、なるべく早く会話を終わらせなければならないと気がついた。

「ジェイコブはご存知でしたか?」

「いいえ、お目にかかったことはありません。ご家族がおられるのに、お引きとめしてすみません」ブルーは後じさりしながら言った。

「そして心からお悔やみ申し上げます」

ブルーは踵を返して通路をドアに向かって歩き、外に出た。わたしは彼女の後について出た。

「危なかったわよ」わたしは帰る途中で言った。

「同じ葬儀場に二回行かなきゃ大丈夫よ」

次の葬式はローラ・カートライト。二八歳。自殺。わたしより二歳若いだけ。新聞記事によれば、遺族は母親、父親、それと夫。子どもはなし。「ハンメル親子葬儀場」には、二〇人ほどの参列者しかいなかった。棺の横にはローラの写真があった。彼女はブルーのようにブロンドで青い目だった。しかしふくよか——というか病的な肥満——で、顔の造作がよくわからないほどだった。

ブルーとわたしは棺の中の大型サイズの女性を眺めた。

「銃痕もなし、首もきれい、たぶん錠剤ね」ブルーは言った。

「たぶんね」

「わたしだったらすぐ彼女になれそう。朝起きてドーナッツを六個食べるところから始めればいい」

「ドーナッツ工場全部丸のみにしないと無理」

男が一人近づいてきてわたしたちの隣に立った。

「ご友人の方ですか?」

「そうです」とブルーが言った。

「もう何年も会っていなかったのですが。あなたは親しかった方ですか？」

「そう言ってもいいかもしれませんね。わたしたちは結婚してましたから」

「お悔やみ申し上げます」とわたしは言った。

「ありがとう。予期できたはずだったのですが。でも妻は、何もかも問題ないというようにふるまっていましたので」

そう男が言った時、背中にぞっと嫌な感じがした。何か変だった。

「落ち込んだりはしていなかったと？」

「そうは思わなかったのです。でもそうだったに違いないんです。わたしたちは子どもをもとうとしていました。それはうまくいっていませんでした」

「彼女、とてもきれい。薬を飲んだのでしょうか？」

ブルーがわたしの肘を、警告するようにぐっと掴んだ。でもカートライト氏は、わたしが関心を示したことで慰められたようだった。

「レモネードに不凍液を入れたのです」

「まあ、なんてこと。そんな恐ろしい。あんなに若くて。あなたたちはどうやって知りあわれたのですか？」

「バーで。その場にいた一番かわいい女だった。それ以来、ちょっと体重が増えたけど」

彼は淡々と言った。

「結婚してどれぐらい？」

ブルーはわたしの腕をまたつねった。今度は前よりも強く。

「五年間です、あなた、お名前はなんとおっしゃいましたっけ？」

「ジェーン・グリーンです」

これにアミーリア・キーンを巻き込む必要はない。

「ローラとはどうやって知り合いに？」

「小学校の時です」

「それ以来、会っていない？」

「ええ。ただ死亡記事を見て、お悔やみをしようと思って」

「ローラは喜んだでしょう」

「お目にかかれて光栄でした。お名前をうかがい損ねました」

「レスター。レスター・カートライトです。ローラの友人のケリー・ブロックをご存知でしたか？　彼女もローラと小学校が同じだと思ったが」

「その名前には心当たりがないけれど、もうずいぶん前のことですから。失礼、お手洗いに行ってきます」

ブルーは洗面所についてきた。そしてわたしたちは参列者が着席し、レスターが弔辞を述べはじめるまで待って、外に出た。彼のスピーチは上手とは言えなかった。

「ローラはあまりにも早く逝ってしまいました。……でも彼女は今、よりよい場所にいるのです」

「あの言い方、ほんっとうに大嫌い」

二人がかりで重い木製のドアを押して外に出ながら、ブルーはひそひそ声で言った。

駐車場まで来るとブルーはわたしのインタビューのやり方に文句を言いはじめた。

「もう少し目立たないほうがいいんじゃないかしら。わたしがローラ・カートライトになるなら、なおさらね。彼女、すごくいい候補だと思うのよね。どうやったらやりとげられるか考えさえすればいいだけ。両親に電話して、社会保険番号を聞き出せないかしら。免許証や身分証明書があったらもっとずっと簡単だけど」

「どうやってそんな物を手に入れるの」

「そうね、お財布は埋葬しないでしょ。どこかに置いてあるに決まってる。亭主の後をつけて、出かけたら家に忍び込めばいい」

「ご冗談を」

「それよりいいアイデアある？」

なかった。わたしは角を曲がったところの古い楓の木の後ろにVWを駐車した。若葉がちょうど掌のように開いたところだった。

この何年ものあいだ、人生で何一つなしとげてこなかったとはいえ、その一方でわたしは一つの技能を完璧に身につけた。男が嘘をついている時にはわかる。邪悪な心が見分けられる。

「あの男が殺したのよ」わたしは言った。

「なんですって？　亭主？」

「そう」

「どうしてわかるの？」

「奥さんが亡くなって一週間もたたないのに、体重のことなんか言って。普通じゃないわ」

「普通でもそうでなくても、証拠にはならないわ」

「自分で自分の始末をつけたい時に不凍液を飲む人なんかいない。もっといいやり方がいくらだってあるのに」

「警察に匿名で通報するとか？」

「彼女がいい候補だと思うんだったら、やめた方がいい。注目されないほうがやりやすいもの」

「彼女がどうやって死んだかって、大事なこと？」

「大事じゃないと思う」

「わたし、ローラ・カートライトを試してみたい。うまくいくような気がする」

わたしたちは参列者が解散するまで待って、夫の赤いGMCシエラの後をつけた。彼はフェアビューという名の郊外まで何キロも車を走らせ、それから白い板張りの家の前に駐車した。芝生は茶色く、まばらで、ベランダには古い家具が置いてあった。わたしたちはそれから一時間、ブルーの車の中から見張っていた。レスターは外出する時、尾行されていないか気にしているかのように、辺りを見回した。彼はトラックで走り去り、ブルーは車から降りた。

「誰か来たら携帯にメールして」

「何をするつもり?」

「中に入って、財布を見つけるのよ」

わたしは運転席で体を低くして、待った。全身の神経が発進寸前のロケットのようだった。風鈴や木の葉の鳴る音、すべてに神経が逆立った。

ブルーが家に入って三〇分ほどたった。メールした。

出てきて。危ない。

ブルーから返信。

まだ探し中。

車が何台も通り過ぎた。わたしが見えるかどうかはわからなかったが、見慣れないジェッタが駐車してあったことを一人か二人は覚えているかもしれない。部屋着の中年女が芝生に水をやりながら、こちらをまともに見た。

赤いトラックが戻ってきて、ドライブウェイに入った。わたしはブルーに再びメールした。

彼が帰ってきた。外に出て。

ブルーの返事はなかった。レスターはビール一ケースと食料品の入った袋を荷台から降ろした。彼は正面玄関の階段を上がり、ドアの鍵を開けて中に入った。ブルーは車に戻ってこない。

どこにいるの? 彼は家の中よ。

一〇分後、ブルーは風呂場の窓から出てきて、車まで落ち着いた様子で歩いてきた。

「行きましょう」彼女は言った。

わたしはエンジンをかけ、ゆっくりとその場を離れてハイウェイに乗った。

「中で何があったの?」

「書類が見つからなくて」

ブルーはしゅんとしていた。

「でももし見つけられても、うまくいったかわからない。彼女の社会保障番号では就職に使えないわ、亭主がたぶん死亡保険か何かを請求するだろうし。それに運転免許局でうまくやれるコネがなければ、わたしに似ても似つかない写真で免許を作ることになっちゃう。どんなにドーナッツを食べたとしてもよ」

「何かいい方法があるはず」

「もちろんよ。どうしたらいいか、まだわからないだけ」

二〇〇九年七月二〇日
To：ライアン
From：ジョー
あなたたち、わたしの秘密をすごくうまく守ってきたけれど、一般論としてはもう秘密なんて守れないと考えておかなくちゃ。わたしからでさえね。退屈していて、まだ過去を引きずりながら生きていて、そう、わたしみたいによ、そうしたら、ネットを検索して出てきた情報から別のサイトをたどって、かなり面白い糸をたぐり寄せられる。あなた精神病院に入院してたでしょ？　だから六か月以上、メールが来なかったのね。
どうしてそういうことを隠すの？　発見してなんだかほっとしちゃった。あなたが病気ならいいとは思っていないけれど、あなたが自分で自分に耐えられなくなった、というのが、少しいい気分だったのかもね。そこの様子だとか、『カッコーの巣の上で』みたいな描写はいらない。でも秘密にしておくこともできない。
わたしだって、こんなに緊張し続けの人生でなければ、精神病院送りになっていたかも。緊張感のせいで、動物のように神経が研ぎ澄まされる。憂鬱になっている余裕なんかない。

アタマのいかれた連中と一緒にいるあいだに、自分の厄介ごとについてじっくり考えられた?

ジョー

二〇〇九年八月一四日
To:ジョー
From:ライアン
あそこにいたあいだに、誰にも、何も話さなかった。君が本当に知りたかったのはそれだろ? あそこにいたあいだ、ほとんど一言も口をきかなかった。だからあんなに長く入院する羽目になったのかもしれない。話したいと思う日もあった。他には漏れなかっただろう。でもそうすると良心が少し軽くなるとわかってたし、それは僕の望まないことだった。君だって望まないはずだ。

二〇〇九年九月三日
To:ライアン
From:ジョー
ライアン、あなたはもうわたしのことがわかっていない。わたしが何を望むかなんて、わかるわけがない。
こんな秘密を守っているのは不自然よ。他のところで表面に出てくる。フランクは去年わたしを神父様のところに行かせたの。わたしに宗教の助けが必要だと思ったのよ。わたしは悪夢を見て、それで彼、とても怯えちゃってね。一番重要なことは、それで彼の貴重な睡眠時間が妨げられたってこと。というわけで神父様を訪ねて、睡眠を妨げているのは罪の意識ではないかと言われたわ。浮気とか、レジの金を盗んで買い物に使っていると思ってたみたい。わたしの罪がささいなものだと思っているのがわかった。彼の口調で馬鹿にされたような気がして、告白したわ。わたしの犯した罪ではなく、でもかなり近い話を。

よくギャング映画に出てくる、格子窓で仕切られた囲いの中に入った。ポール神父様を見分けることはできたけれど、たった今一時間話したばかり、ということはなかったふりをした。

それで嘘の告白をしたの。わたしは若くて、恋をしていました。でも恋をした相手の男の子にふられてしまいました。わたしはお酒を飲みました。完全に意識を失うまで。それから車を運転しました。途中でまた意識を失ったに違いありません。そう神父様に言ったの。なぜなら、その次に意識を取り戻した時には、病院にいたからです。自動車事故にあった、その事故で少女が一人亡くなった、と聞かされました。その少女は、わたしから彼を奪った人でした。神父さまから、あなたは犯した罪のために罰せられたのかと尋ねられたから、はいと答えた。だってそうでしょ？　マリア様の祈りを一〇回唱え、父なる主の祈りを二〇回唱えるように言われた。お祈りの文句はネットで見つかったので、言われたとおりにやった。何週間か、悪夢を見なかった。それから戻ってきた。偶然かもしれない。

あなたも試してみたら？　自分の魂から、数週間でも逃れて安らぎが得られるかも。

ジョー

二〇〇九年九月三〇日
To：ジョー
From：ライアン

フランクって誰？　君の夫、ルーのこと？　作った偽名を覚えておくのは難しいんだろうね。それともうっかり本名のほうを書いてしまったか。フランクは元気かな？
　これには答えなくていい、君の新しい人生のことは知りたくない。時々、君の言うもう一つの世界を想像しようとしてみる。僕たちが考えていたようになった未来だ。でも僕の想像するその世界では、必ず何かがおかしくなる。本当のところ、僕たちは最初からうまくいくはずがなかったんだ。
　君にニュースがある。ひょっとするといいニュースだと思うかもしれない。君のお母さんは中毒を直したよ。九〇日間のリハビリ・プログラムを受けたんだ。退院してからまだ数か月だけれど、別人みたいだ。君がまだ小さな子どもだった頃、お父さんがまだ生きていて、お店もまだあった頃のお母さんの話を君から聞いたことがあるよね。それと同じではないかもしれないけれど、僕の知るかぎり、今までで一番具合がよさそうだ。

R

二〇〇九年一〇月三日
To：ライアン
From：ジョー
　母のリハビリの費用は誰が払ったの？　保険だけじゃ九〇日プログラムは無理なことはわかってる。前に教えてくれた男と、まだつきあってる？　母を母を殴らないことが唯一のとりえだっていう人。
　どうして知りたいのかもわからないんだけど。

J

二〇〇九年一〇月二三日
To：ジョー

From：ライアン
あの男は最近見かけない。君は誰が費用を出したか知ってるだろ。どうしてわざわざ質問する？
R

二〇〇九年一一月一一日
To：ライアン
From：ジョー
確かにね。彼が払ったのは知ってた。彼、他の費用も出してるの？　母とはどういう関係なの？

二〇〇九年一一月一三日
To：ジョー
From：ライアン
知らない。尋ねたこともない。

二〇〇九年一一月一五日
To：ライアン
From：ジョー
あなたは何も尋ねない。黙って、言われたとおりにするだけよね。

第六章

ブルーのことをどう考えたらいいのか。信用はできないが、居候をさせてもらってずいぶん助かっているぶん、大きな借りがあった。彼女の仕事は夜なので、昼は邪魔にならないようにしていた。追い出されるリスクは冒せない。ブルーは自分の人生について、何も話さなかった。小学校の教師をしていたことがあり、ジャックという名のひどい夫がいた。それ以外のことを尋ねると、用心深くなり、あいまいなことしか言わなかった。子どもも時代について——子どもがみんなするようなことをやってたわ。遊んだり。家族——何人かはいたけど。ブルーがいると安眠できなかった。目を覚ましたら頭に銃を突きつけられている、なんてことになりかねない。

でもブルーが一番の問題ではない。オリヴァーさんのことが気にかかっていた。次にどんな手を打ってくるのか。これといった特徴のない独身女性をオースティンで探すとしたら、どこから手をつける？　目立たないのも、時にはいいこともあるということだ。

オースティンの図書館がわたしの第二の家になった。見覚えられるのは危険なので、同じ分館には週に一度以上行かないようにした。なるべく色々な分館を利用した。ヤーボロー、ツイン・オークス、ノース・ヴィレッジ、カーヴァー、フォーク・セントラル。子どもたちが学校から解放される前に、コンピューターを使った。混雑しすぎていたら本棚を見て回り、旅行ガイドをめくって、想像上の新しい人生のことを、単なる大がかりな休暇のように思おうとした。

最近お別れした夫の死因の調査結果も検索した。検死報告によれば、フランクの死因は頭部に強い力が加えられたこと。その強い力が、階段のようなものに頭蓋骨がぶつかった時のものかもしれない、とは書かれていなかった。わたしは彼の死の直後に行方不明になったために、捜索の対象だった。消息はいまだに不明。あの場に留まっていたら、こういうことすべてに片がつき、家と、名前と、フランク抜きの人生が手に入っていたかもしれない。戻ることも考えてみたが、オリヴァーさんを怒らせてしまったし、隣人たちには恐い未亡人だと思われているに違いない。今さら何くわぬ顔で帰郷するのは無理だ。

生きている人たちのことを考えないでもすむように、

死亡記事のチェックに戻った。シャーロット・クラークという死人には期待がもてそうだった。この名前にならなじめそうだ。遺族は妹と、甥、姪が一人ずつ。葬儀の情報をメモすると、ブルーの家に戻った。

ドアを開けると、ブルーがソファに座ってテレビのニュースを見ていた。足がハンマードリルのように絨毯を叩いていた。リモコンでテレビを消して、立ち上がる。

「よかった、帰ってきて。何時間も待っていたのよ」

いつもは氷山のようにクールなのに、今はイライラして、心配そうで、アドレナリンを注射されたみたいだ。そんなブルーの様子にわたしの緊張はつのった。

「大丈夫?」

「そのうち、大丈夫になるはずよ。でも今はわたしたち、出かけなくちゃ」

「どこへ?」

「車の中で話すわ」

彼女は正面のドアから出た。わたしが後をついてくると期待していた。だからわたしは従った。車まで来ると、ブルーがキーを投げてきた。

「あなたが運転したいでしょ」

わたしたちはそれ以上何も言わずに車に乗り、曲がりくねったドライブウェイをバックで出た。

＊＊＊

辺りが暗くなってきた。道が混んでくる中、ブルーの最小限でそっけない指示に従い続けた——右、左、その先を左、それから右。

「二九〇号線を東方向に曲がって五〇キロ、それから二一号線に入って」

「どこへ向かっているのか、わたしに教えてくれるつもりはある？」

「自然を見に行くのよ」

「夜だけど？」

「そう」

「昼間のほうが、よく見えるんじゃない？」

「夜なら観光客も少ないから」

ブルーはおしゃべりする気分ではなさそうだったし、わたしにも質問する気力がなかった。二人とも何も言わなかった。そのうちに、ブルーがＦＭ60をつけてと言った。混雑がなくなり、州立公園の道標が目につきはじめた。暗くて会話もなく、嫌な想像ばかりが頭に浮かんだ。

「わたしを殺すつもりじゃないわよね——ねえ、ブルー？」

ブルーは深く息を吸い込んだ。それが何を意味するのか見きわめようとしたが、できなかった。彼女は物入れを開けると、銃を引っ張り出した。車がふらつき、センターラインを越えた。血が一度に凍りついた。トラックがクラクションを鳴らした。わたしは車を安定させて、動悸を鎮めようとした。

「落ち着いてよ」とブルーは言った。彼女はリボルバーのシリンダーをはずして、弾を掌で受けた。

「これ、持っておきなさいよ。そうすれば、馬鹿なことを考えないでしょ」

彼女は銃弾をわたしの掌に落として、指を包むようにして握らせた。その手をジャンパーのポケットに入れて、一つずつポケットの中に落とし込みながら数えた。一、二、三、四、五……

「公園道路五七、という表示があったらスピードを落として。そこが目的地」

「キャンプする気分じゃないんだけど」

「ほんの短いあいだよ」

幹線道路からそれて、サマーヴィル湖州立公園に向かった。管理事務所は閉まっていた。入り口はチェーンでふさがっていたが、チェーンのフックは穴にかけてあるだけだ。ブルーがフックをはずした。わたしたちは舗装していない道路の奥の、誰もいない駐車場に駐車した。ブルーは後部座席から懐中電灯を取ると車から降りて、キャンプ場への短い道のりを歩きはじめた。わたしは懐中電灯の明るい光についていった。二人の足が踏みしめる砂利の音と、コオロギの規則的な声の他には、辺りは静まりかえっていた。焚き火用の穴がいくつもあった。どれも何か月も使われていないように見えた。

ブルーは車に戻った。わたしは従った。彼女はわたしに懐中電灯を渡した。

「しっかりしてよね。助けてくれるでしょ、アミーリア?」

ブルーは答えを待たずにトランクを開けた。中には大きい、かさばる毛布があった。近寄ると、その大きいかさばる毛布から靴がつき出ているのが見えた。もっと正確に言えば、サイズ一二のワークブーツだ。明かりを頭のところまで移動させると、大きな血の染みが見えた。体の上にはシャベルが置いてあった。

「あなた、人を殺したの、ブルー?」

馬鹿な質問だった。

「もちろんやったわ」ミルクを買ってきたかと聞かれたみたいな答え。

「誰なの?」

「アミーリア、夫のジャック・リードを紹介するわ。もっといい時に紹介できたらよかったんだけど」

ブルーとわたしは、ジャックの死体をできるだけ森の奥まで引きずって運んだ。その時わかったのはこういうこと。ジャックはブルーを見つけ出した。彼女を殺そうとした。そうはいかず、逆に彼女に殺された。ワン、ツー、スリー、と数えるみたいにあっさりした説明だった。

どうやってジャックはブルーを見つけたのか？　彼は、彼女に伯母がいることを知った。グレタが亡くなる前の手紙をいくつか見つけたのだ。封筒には住所がはっきり書いてあった。彼はグレタ・マイルズの最近の住所、オースティンまで直行した。わたしが図書館に出かけた直後に、彼がドアをノックした。でもブルーは、彼がドライブウェイを歩いてくるのを見ていた。銃を取り、彼を招き入れる。彼はナイフを取り出し、彼女は銃を出して車まで歩かせた。死体をトランクに入れるのはたいへんだろうし、家の中を汚して掃除するのは嫌だったので、防水布を敷いて、トランクに入れと言った。ジャックは言うとおりにした。その瞬間、彼女は彼を撃った。こんなに血があるのはそのせいだ。

「防水布を敷いたトランクに入れと言われたら、おとなしく入るかどうかわからない。だって自分のお墓に入っていくようなものじゃないの」

「頭に銃を突きつけられていたら、誰でも黙って言われたとおりにするわよ。自分の墓に入れと言われてもね」

「確かにそうね」

森は松と樫、それから自然だけが発する純粋な香りがした。ジャックは九ボルトの電池みたいな鉄錆くさい臭いを放っていた。

ブルーが最初に墓を堀りはじめた。そのうち息が荒くなり、夜の寒さの中というのに額から汗が落ちてきたのを見て、わたしには彼女の夫を埋める責任があると思えなかったもののとりあえず掘るのを交代した。念のために言っておくと、これでは事後従犯になるということが頭をよぎらなかったわけではない。でも、すでに二件の殺人の従犯になっている以上、もう一つの追加はバケツにあと一滴の水みたいなものだった。この時点で、実際にやってもいない犯罪の報いを受けたほうがまだ賢いという気になりかけた。

泥は最初柔らかかった。それから硬くなり、体重をかけないと掘れなくなった。

「どれぐらい深く掘ったらいい？」

「墓地なら二メートルのはず。今は一メートルで足りると思う」とブルー。

ブルーは前にもこんなことをやったことがあるのか。あるいは実行についてじっくり考えてきたのかもしれない。

ちょうどいい穴を掘るのに二時間かかった。ブルーは夫を墓穴に転がし落とした。毛布がはずれて、撃たれた顔がむき出しになった。わたしは顔をそむけ、胃がひっくり返りそうになるのを抑えようとした。

「失礼」とブルーが言った。

彼女は毛布を引っ張って頭を覆い、シャベルで土をかぶせはじめた。作業が終わると、浅い墓が少し盛り上がっていた。

「これじゃだめね」

ブルーは石や苔を集めてくると、墓の周りの地面を観察して、ジャックの最後の休息の場が周囲と同じに見えるようにやってみた。まだ新しい墓のように見えたが、前よりはましだった。

ブルーは仕上がりをちょっと見た。たぶん死者に少しばかり敬意を払っていたのだろう。

「さよなら、ジャック。いろんなことがうまくいかなくて、残念だった。でもこれはあなたの自業自得よ」

わたしが参列した中で、一番短い葬儀だった。フランクにさようならを言った時でさえ、ウィスキー一杯を飲む時間はかけた。とはいえ、わたしはフランクを殺したのではない。もし誰かを殺したら、弔辞は述べない気がする。それとも弔辞を述べる理由がそれだけ増えるのかもしれないが。

ブルーはシャベルを持って、車に戻った。わたしは懐中電灯を持って後に続いた。

　帰り道は最初のうち静かだった。ブルーは罪の意識に悩まされていて、それをなんとか振り払おうとしていた、と思いたい。

「どんな気持ち？」と聞いてみた。おしゃべりをしたかったのでも、緊張を和らげようとしたのでもない。ブルーのことがまったくわからないので尋ねたのだ。彼女は怯えていなかったし、ほっとしたようにも、後ろめたそうにも、悲しそうにも見えなかった。何かを考えているように視線をゆっくり動かし、学者のように考え深げだった。表情は平静で、心配そうなしわ一つなく、涙ぐんでもいなかった。わたしがあの男を殺したのではない。でもこの顛末で果たした役割に、罪の意識を感じていた。ブルーはもっとずっと大きな役割を果たしていたが、わたしの罪の意識のほうが、間違いなく彼女のより大きかったと思う。

「自由になった気持ち」ブルーはあっさりと言った。

「ふうん」

　わたしの経験からすれば、死体を後に残したら、間違いなく自由は減っている。

「もう逃げなくていいもの」ブルーは言った。

「ジャックからはね。でもこれからは、警察から逃げないといけないんじゃないの」

「彼、わたしを追ってきたことを誰にも話していないと思う。あの世に旅立った愛しい彼の計画では、わたしは今頃すっかりお陀仏だったはず。ジャックは誰にも何もいわずにいなくなるタイプ、ただ消えちゃうような人だった。それとも、彼を消しちゃうような誰かともめごとを起こすようなタイプ」

「そんなに簡単なこと？」

「もちろん簡単じゃないわ。車のトランクの血をきれいにしなくちゃ。何時間もかかるわよ」

第七章

ブルーは今の生活を、なんの気苦労もなく楽々とやってのけているように見えた。かくれんぼ遊びをやっているだけ、とでもいうように。過去に追いつかれることなどまるで心配せず、毎日を過ごしていた。ジャックは悪者で、たぶん自業自得だったんだろう。わたしだって悪い奴なら知っている。一人か二人殺してもいいとさえ思う。でももし殺したら、後からそのことを考えるだろう。それは何かを意味するだろう。機会があってもやらない、なんて言うつもりはないけれど、ブルーのように、今テレビで聞いたばかりのポップスをシャワーで歌ったりはできないだろう。

すべてが終わって何日かたち、わたしの神経の震えがようやく落ち着いてきた。ピアノの残響のように。手持ちの現金を確かめた。これ以上貯金を食いつぶしてはいられない。残金はあと七〇〇ドルちょっとで、ブルーの家計にいくらかでも入れずに居候し続けるわけにもいかなかった。

一〇年前に、自力で暮らしはじめた時には、単純労働、つまり掃除か家政婦の仕事しか見つけられなかった。建設現場の仕事をやる気はあった。友達だったエディ・パーソンズの両親は工具店をやっていた。わたしはハンマーを使いこなせたし、鋸の扱いも捨てたものじゃなかった。足に始終ささくれができるというのに母には何もする気がなかったから、自分で床を張り替えたことだってある。

でも何度か不採用になるうちに、女は工事現場の労働者として雇われないとわかった。資格がないとか言っても、本音は、女には自分で自分を支えられないと思っているのだ。文字どおりに。

フランクと出会って、清掃人の日々は終わった。同じことはもう二度とやらないと自分に約束した。でも自分に約束をしても、たいていは守れない。わたしは図書館に行き、家事サービスやりますというチラシに自分の電話番号を書いてプリントアウトした。何日もしないうちに、最初の電話がかかってきた。

彼の名前はカイル。見たところ、独身主義。市議会堂の近くにワンルームを借りていた。わたしの経験では、収入が少なくて家をきれいにしたい男は自分で掃除をする。自分なりの基準があるのだ。そうでなければ家政婦を雇って、アパートが巨大なバイ菌培養装置にならないように掃除をしてもらう。カイルが最後に雇った家政婦は自分から辞めた。家庭で問題があったからだとカイルは説明したが、ドアを開けたとたんに襲いかかってきた臭気からして、その女性が我慢できなくなったからだとわかった。

カイルはその場でわたしを雇うと、仕事に出かけた。彼は隠れ不潔男の一人だった。一見きちんとして、なんの問題もないように見える。ハンサムだし、ベッドの下に放置された使用済みコンドームのコレクションからすると、かなり女にもてるらしい。わたしは分厚い黄色のゴム手袋と手術用マスクをつけた。この仕事はやったことがあるし、それで食べていくこともできたけれど、やりがいを感じるようにはならなかった。染み一つない家を後にしても、仕事をやりとげた満足感は得られなかった。逆に、触った物の汚れがうつったような気がした。どれだけシャワーを浴びても、見えないゴミの層が体にくっついたままだった。

次の電話は、死期の迫った老女の娘からだった。スミス夫人と、酸素ボンベと、加湿器と、通いの看護婦の周囲を掃除する仕事だ。看護婦は、テレビを見て、色とりどりのいくつもの錠剤を一日三回飲ませて、テレビを見てるんだから静かにしてとスミス夫人に言う以外は、何もしていなかった。テレビはいつもスミス夫人の人工呼吸機の立てる音よりもほんの少し大きい音で鳴っていた。古い家にありがちなように、その家のあらゆる隅に長年の埃が固まってこびりついていた。風呂場の目地には年代物のかびがつき、もとの白に戻すのは不可能だった。わたしは通いの看護婦の居座っているソファの周りに掃除機をかけた。充満する臭気についてはほとんど何もできなかった。それは老女から直接発せられるもので、三週間働くと、スポンジでの清拭がサハラ砂漠の暴風雨と同じぐらいの頻度だとわかった。吐き気を催す臭気をうっかり吸い込んでしまい、わたしがやりましょうかと言いさえした。看護婦はその申し出に冷たい目線を返しただけだった。

一つぐらいはまともな家に出会えるのではないか、世界は塵と罪だけでできているのではないと信じさせてくれる仕事先があるのではないか——現実とはかけ離れた望みだが、わたしには手放すことができなかった。ブルーの家に戻ると、三〇分シャワーを浴び、それからソファで横になってテレビをつけて、これはわたしの人生じゃないというふりをしようとした。でも毎朝目覚めると、人生はこれだけ、これ以上よくなることはない、と気づくのだ。

ある夜、ブルーはわたしを励まそうとして、家庭料理を作ってくれた。人生や家族をもっている人々が食べるような食事。カルボナーラ・スパゲティとサラダ、それからブルーがメイの店からくすねてきた、悪くないワインを二本空けた。夕食の後、クリームをかけたイチゴを食べると、ブルーは新聞の死亡欄を読みはじめた。

「普通、身元不明の死体は死亡欄に掲載しないんじゃないの」

「ジャックの記事を探してるんじゃないわ」

「死体愛好家の好奇心？」

「アミーリア・またの名・ターニャ、あなたには新しい身分証明書が必要なの。この先ずっと名もない掃除婦として生きていきたいんじゃなければね。銀行強盗のほうが幸せじゃないかと本気で思ってるんだけど」

「かもね」

「じゃあ、あなたが抵抗ないんだったら、フェアビュー銀行の防犯装置には欠陥があって……」

彼女が本気なのか、まるでわからなかった。わたしは飲み物を注いで、その質問を宙ぶらりんのままにしておいた。いいかもしれない。法律を守る市民であり続ける理由が、本当に何かあるだろうか？

ブルーはまた死亡欄を読みはじめた。

「モーガン親子葬儀会社に、ちょっといけそうな死体があるわよ。自動車事故。葬儀は明日の一一時」


夜に嵐が来て、その嵐はしばらく居座ることに決めたようだった。次の朝、葬儀場の外に見えるのは黒い塊だけだった。カラスの葬儀のようだった。土砂降りから参列者を守る傘だ。ブルーとわたしは駐車場から建物の雨よけまで走った。途中で水たまりに踏み込んでしまい、中に入った時には足がずぶ濡れだった。

室内は湿ったウールの匂いがした。弔問客が大勢いて、お互いに話したり泣いたりしていた。ぴかぴか光る金属が目についた。制服、それも警官の制服を着た男だらけだった。その部屋の中だけで二〇人はいた。

「これ、何、ブルー？」

ブルーも驚いて、それから少しばかり動揺しているようだった。

「警官が大勢いるみたい」

「それは見ればわかるんだけど」

警視の制服を着た男が後列に座っていた。自分を冷静で強い人間に見せようとしていたが、弔問客が一人ずつ猫撫で声で話しかけるたびに、その決意が揺らいでいるようだった。

わたしは出口のほうへ歩き、自分の物というわけではない黒い傘を一つ失敬して、外へ出た。そして弱まる気配を見せない土砂降りの中で、傘を広げた。ブルーがついてきた。

「顔も見られなかったわ」

「わたしにそっくりだったとしても、警察官の妻になりすますのは無理よ。今の立場がいくら危険でも、これじゃブレーカーを落とさずに家の配線をやり直すみたい。メチャメチャすぎるわ」

わたしたちはがっかりしてその場を離れた。帰り道はうるさいけど静か、頭の中の声が乱暴に、出口はないとがなり立てていた。コンピュータや巨大データベース、国家安全保障局のない時代なら、適当な名前を拾って、新しい町に引っ越して、それでやっていけた。でも今は新しい人格という上着を着ようとするたびに、袖を通した瞬間、縫い目が綻びてばらばらになりはじめるのだ。

ブルーの家に着くと、わたしはソファによじ登って毛布を頭からかぶり、眠って不安を忘れようとした。ブルーは自室にこもり、物音一つ立てなかった。やがて真夜中過ぎに、ブルーの部屋から音が聞こえた。衣擦れの音、何かがきしむ音、何かをよりわけているような音。静かにしようという配慮もしていなかった。わたしは時計を見た。二時四八分。彼女の部屋の明かりがついていて、ドアが少し開いていた。

わたしは明るいほうに歩いていき、ドアの隙間から覗き込んだ。ブルーはスーツケースを荷造りしていた。衣類はそれほどなく、書類や本が多い。彼女は一番上にウールのコートを置いた。

「ブルー、何やってるの?」

「よかった、起きてたのね。二人分コーヒーを淹れてくれる?」

無意識の国に戻れる可能性はまるでなかったから、ブルーに質問する時にカフェインの助けがあるのはいい考えだと思った。わたしはコーヒーメーカーをセットして、ドリップがほとんど終わるまで辛抱強く待った。それから濃く淹れたコーヒーのカップを二つ持ってブルーの寝室に戻った。

わたしは彼女にマグカップを手渡し、カフェインが彼女の神経を直撃するのを待って、それから誰でもするだろう質問をした。

「どこかに行くつもり、ブルー?」

「いいえ。どこかへ行くのはあなた」

歓迎される客である時間は短いとわかってはいた。わたしは驚かなかった。とはいえ、ブルーがわたしのでないスーツケースに、わたしのでないものを詰め込んでいる理由は説明できない。

「自分の荷物なら自分で詰められる。それにあなたのそれ——その書類がなんだかわからないけれど——いらないと思う」

「あなた、わかってないみたいね、ターニャ改めアミーリア」

「説明してくれてもかまわないわよ」

「あなたに新しい身元を見つけてあげたのよ」

「誰?」

「あなたは、わたしになるの。デブラ・メイズに」

＊＊＊

そのセリフが頭に入ってくるのに、数分を要した。それから、もう一度、頭に入れるのに、さらに数分。

「今言われたことを、わたしが誤解してる可能性もあるわよね」

「ないわ」

「その案にはいくつか穴があると思う」

「たぶんね。でもいいアイデアの閃きでなんとかならない穴はないわよ」

「じゃあこんなのは？　わたしがあなたになったら、あなたは誰になるわけ？」

「わたしはアミーリア・キーンになるのよ」

「最近アミーリア・キーンを殺そうとした二人のこと、都合よく忘れちゃった？」

「いいえ。それでも、あの男たち、それから男たちを送り出した奴は、あなたがどんな外見か、知っていたみたいよね。だからアミーリア・キーンという名前に反応しているとは思えない。その名前、それからその前には別の名前を使っていた人が気に入らないだけ。もしわたしの居場所を突き止めても、あなたではなく、このわたしを発見する。わたしがアミーリア・キーンになれたら、結婚もできるし、夫の苗字を使って社会保障番号をいじって――そうすれば、居場所を突き止められないでしょ――そうしたらもうアミーリア・キーンは消えちゃうってわけ。わたしはアミーリア・ライトフット」

「ライトフット？」

「想像の中ではわたしはハンサムな先住民の男に出会って、二人で居留地に住むの。でもジョーンズやスミスみたいな名前の男でも、同じぐらい幸せに、目立たないようにやっていけると思う」

「ブルー、あなたがわたしにしてくれたことには本当に感謝してるけど、あなたの身元はわたしのと同じぐらいやっかいなことをしょいこんでるじゃない」

「わたしはあなたに人生を提供してるのよ。本物の出口を。この先どうするつもりだったの？　いつまでも居候するつもりだった？」

彼女の声は落ち着いていて平板だったが、脅しは本物だった。わたしはそれをやるか、出ていくかだ。ブルーの視点から考えようとしてみた。わたしの身元が彼女にどう役に立つというのか。絶望のあまり、ろくに考えられなかった。わかっているのは、アミーリア・キーンとしてのわたし、デブラ・メイズに匿われているわたしはもう終わりだということ。それでも、答えのわかりきった質問をしなくてはいられなかった。

「そうすることで、あなたにはどんないいことがあるの、ブルー？」

「自分の過去を捨てられる」

「あなたの過去は自然保護区に埋めたんじゃないの？」

ブルーは台所に行き、もう一杯コーヒーを注いだ。それからウィスキーを入れた。一口すすると、目を閉じ、壁にもたれかかった。立ったままうたた寝をしているように見えた。目を開けると、表情が少し穏やかになっていた。

「デブラ・メイズを探している人は誰もいないはず。でもジャックは行方不明、わたしも行方不明となったら、ジャックの親族が何かする可能性はあるわ。彼らがわたしを探しはじめてあなたを見つけたら、そこで追跡は終わりだと思う。それに、この宇宙にはデブラ・メイズが一人以上はいるはずよ。わたしの独身時代の名前は、しばらく使えると思う。でもできるだけ早く名前を変えたほうがいいわ。わたしなら法的な手続きはしない。保証人がいればいいだけ。結婚をおすすめするわ。大恋愛の必要はないのよ。適当な名前で、何か月か一緒にいられる男をひっかければいい。それから社会保障番号をいじる。もし誰かがあなたの居場所を突き止めても、何かの間違いだったと思ってもらえる。わたしたち、お互いに助け合えるでしょ。あなたはもうアミーリアでいたくないし、わたしはデブラでいたくないの」

「それ、全部あなたの思いつき?」

彼女に翻意させようとする最後の試みだった。

ブルーは寝室に行くと、スーツケースから本や書類を出した。証明書を一枚ビニールケースから取り出して、わたしに渡してよこした。

『わたしになれば、本物の人生とちゃんとした仕事がもてるのよ。これが教員資格証明書。わたしは七年間、小学校で教えていたの。二年生から五年生までの授業計画書も用意してある。あなた子ども好き?」

「さあ、わからない。たぶん好きだと思う」

「あの年頃の子どもは純粋で、善良なの。まあ時々、最初から性悪なのもいるけど。でもたいていはわたしたちよりはまし。それに、教室は工場で働くとか、家を掃除するとか、日雇い仕事をするより、絶対にいい。夜うちに帰ってきた時、死んだ亭主みたいな恐ろしい連中のことを考えないですむ。しつけのできてない子どもに集団で喚かれたら、頭の中の他の声は全部押しのけられるから」

ブルーは、この計画には穴あきソフトボールと同じぐらい穴があるというわたしの頭の中の声を押しのけつつあった。実をいうと、まさかのアイデアだがわたしは気に入った。名前もなく、家もなく、税金の申告書類に書けないような仕事しか探せない、こんな生活をこれ以上続けられない。本物の人生が欲しかった。願いはそれだけだった。

わたしは何も言わなかった。一度か二度、首をうなずかせたかもしれない。わたしの動作のすべてを、彼女は無言の同意ととった。

「必要な物を買ってくるわ」

一時間後、わたしはバスタブの縁に腰かけ、彼女がわたしの髪に漂白液を塗りつけていた。ひりひりする薬品のせいで頭皮が焼け、目に涙が浮かんだ。一時間後に漂白液を洗い流すと、ブルーがわたしの髪を乾かした。藁のような色だった。国中どこででも見かける、染めたと丸わかりの色。防弾ガラスの向こう側のレジに縛りつけられている女たち。ブルーのようにはならなかった。あういう女たちと同じように見えた。くたびれて、トラブルにつきまとわれている女のように見えた。

「心配しなくても大丈夫。これから仕上げるから」

彼女はレジ袋から、「すてきで簡単!」印のブロンドの箱を取り出して、その色とクリームを混ぜた。それからクリーム状の液をわたしの頭に塗りはじめた。頭が冷蔵庫の中みたいにひんやりした。色が落ち着くのを待っているあいだ、ブルーは自分の変装用ヘアカラーを箱から出した。中間色の茶色。彼女は鏡に向かってセクシーなポーズをとってみた。

「恵まれない人の人生も体験すべきよね」とブルーは言い、わたしにボトルを手渡した。

「これお願いしていい?」

＊＊＊

四五分後、ブルーはブルネットでわたしはブロンドだった。ブルーはカラーコンタクトをケースから取り出して、冷ややかで美しい瞳にはめ込んだ。はめ終えると彼女はわたしのほうを向いて言った。

「どう?」

一時間足らずのあいだに美しさを失った女に、なんと言えばいい? わたしは第三者の目で彼女を見ようとしたが、うまくいかなかった。彼女はアミーリア・キーンになりすますために、不器量な女に変身した。いやおうなく、罪の意識を感じた。

「ジャックでもあなたを見分けられないと思う」

ブルーは赤い口紅をつけた。それで平凡な印象が少しはましになったが、ブルーが期待したような変化にはほど遠かった。彼女は落胆を隠そうとしながら、わたしに小さな容器を渡した。

「あなたの番。茶色い眼にさよならよ」

蓋を回して開けると、氷のように青い一対のコンタクトがわたしを見つめ返していた。

「どうしてあなたが青いコンタクトを持ってるの？」

「ああ、それ、セットで持ってるのよ。緑や紫もある」

「紫？」

「一度だけ試してみたけど、すごく変だった」

あの残酷なレンズをはめようとするのは初めてだった。体全体が引きつって、涙が出た。ブルーはウィスキーを一杯注いでくれて、何回か深呼吸して、と言った。わたしは気持ちを引き締めてもう一度挑戦し、血走って金色がかった茶色の瞳の上に、青い偽物をどうにかねじ込んだ。鏡を見ると、別人が映っていた。ブルーではない。でももはやわたしでもない。これはまずい、ジャックの墓を掘っている時と、ほとんど同じぐらいそう感じた。

髪の色を変えるのはメークをするようなもの。それもごまかしだが、ずるではない。DNAを変えること、茶色い目を青い目に変えることは嘘をつくことで、鏡を見るたびにそれを思い出すのだ。

ブルーは、彼女の免許証の写真に似せてわたしにメークをほどこした。夫候補ハンティングの最中に、戦闘モードで厚化粧をして撮った写真だ。はっきりと濃い黒いアイライナー、グレーのアイシャドウ、深紅の口紅、バラ色の頬紅。

ブルーは後ろに下がって、メークの仕上がりを見ると深い満足のため息をついた。

「もうじき完成」とブルーは言って、バッグの中をかき回した。

「いくつか現実問題を解決する必要があるの。これがデブラ・メイズの出生証明書と社会保障番号。免許を取るのに必要よ。それからトヨタの書類を取ってきて。ターニャ・デュボイスはアミーリア・キーンに車を売る必要がある。最初に所有権を書き換えたのは危険だったけれど、今はもうきっと大丈夫」

「それでわたしは何を運転するの、ザ・犯罪に使用した車？」

「確かにね。あの車は処分しないとね。あなたはおばあさんのキャデラックに乗っていきなさいよ」

「だめよ。目立ちすぎるもの」

「でもすごくきれいじゃない？　わたしが自分で乗っていたいけど、実際問題として、あなたがあの車を取るべきなの、だってあれはわたしのだから。ミーナは何か月か前に頭がはっきりしている時に、あの車をわたしに譲ったの。所有権はあなたの新しい名前になっている、だからあれはあなたの車」

「燃費はどれぐらいなの、リッター六キロとか？」

「ハイウェイなら八キロ。どうしてそういうつまらない細かいことをゴチャゴチャ言ってるわけ？　落ち着いたら売ればいいじゃない。状態はとてもいいわ。ガソリン代は少しカンパするわよ」

わたしたちはそれぞれの車の書類を取りに行き、名前を交換し、車を交換し、そしてブルーはわたしに五〇〇ドルくれた。書類は完璧だった。さよならの時間だった。

わたしたちは車まで歩いていき、ブルーはジャックに使った銃を取り出した。彼女はそれをキャデラックの物入れにしまった。

「それ何？」

「お餞別よ」

「銃は必要ないわ」

「持っていきなさいよ。世界は危険な場所なのよ、デブラ・メイズ」

車を走らせながら、気がついた。わたしはたった今、凶悪犯罪者になりすました。そして殺人に使った凶器はわたしの車の物入れに入っていた。

二〇一〇年三月二二日
To：ジョー
From：ライアン

ジョー、
このメールはもう二〇回ぐらい書いて、削除して、また書きはじめた。そんなに難しいはずはない。少なくとも、僕たちのやりとりで、これだけが難しいということはないはずだ。

僕は婚約した。――さあ、書いた。

君の知らない女性だ。彼女は僕たちの過去とはいっさい関係ない。君からの質問を予想しようとしている。これが僕のやっているゲームだ。僕はどれぐらい君のことを知っているのか？　どれぐらいか、やってみよう。

僕は昨年ハワイで休暇中、彼女と出会った。そう、そのことは君には書かなかった。正しいこととは思わなかったんだ。僕が南の島にいて、君はどこだか知らないところ――おおかたウィスコンシン辺りに――いるってことが。プールサイドで酔っぱらい、毎日起き抜けにバーボン入りのコーヒーを飲む。僕は燃えるような日差しを浴びながら眠ってしまった。彼女は僕のところへ歩いてきて、僕の胸に日焼け止めでスマイルマークを描いた。僕が起きると彼女は言った。

「あなたエビみたいに赤くなってる。でも少なくとも、スマイルつきのエビだけど」

そう言って歩いていってしまった。

彼女はアイダホで小学校の教員をしている。でもこちらへ引っ越してくる予定。彼女のいるところへ引っ越すほうがいいのはわかっているが、僕はここにいて、皆がするべきことをしているか見張っていなければいけない。

彼女は金髪で、そう、可愛らしい。美人というのではないが、感じがいい。頬はバラ色で、目はグレー、すぐに唇が荒れるのでいつもなめている。他にも色々知りたいのはわかっているけれど、君は質問しないだろう。自尊心が許さないと思うだろう。だから君の声が質問しているのが聞こえるようだけれど、答えるのはやめようと思う。

教師という以外には、彼女は真面目に教会に通い、編み物をし、自家製のパンを焼き、奉仕の精神の持ち主だ。今これを読んでいる君の顔が見えるようだ。彼女は君じゃない。そのことを怒らないでほしい。君のことを思い出させるような人とは一緒にいられないよ。それでなくても、君を思い出すと耐えられないほどつらいんだ。

大事なのはこういうことだ。彼女はいい人だ。親切だし、信頼できる。それに僕が無口になることを受け入れてくれるみたいだ。僕が考え事をしていても、何を考えているのと尋ねない。これが女性に求める一番大事なことだ。

さあ、書いた。

僕たちはこういうことを続けるべきだろうか。配られた札でやるゲームは終わりにする潮時じゃないだろうか?

Rより

二〇一〇年四月二九日

To：ライアン

From：ジョー

クソ。もとい、おめでとう。バーボン五杯でお祝いしたところ。飲んで忘れたいことがあるたびに、バーのオーナーと結婚してよかった、とまあ思う。

奥さん、パーフェクトな女性みたいね。それじゃ、なんでもお見通しの超能力者さま、あなたが答えてない質問を、まずはいくつか。彼女の名前は？　彼女のこと愛してる？　でもそれ以外にもたくさん質問がある。あんな事をしでかしておいて、結婚して幸福になる権利があるの？　何か罰があるべきじゃない？　あの日死んだのは三人。二人じゃない。唯一の慰め、わたしの妬みをなだめてくれるもの――妬み、というのはこの感情を表わすには小さすぎる言葉だけれど――わたしに慰めを与えてくれるのは、今のあなたは本当のあなたじゃない、ということを知っているということだけ。お名前はなんだか知らないけど、わたしが知っていたあなた、昔のあなた、親切でいい人で、誰よりも広い心をもっていたあなたを、その彼女は知らない。以前のあなたは、わたしにとって誰よりもすばらしい人だった。今のわたしは、あなたよりまともな人を、たちどころに一ダースぐらい見つけることができる。

そう。わたしは残酷よ。でも真実を言わないあなたは毎日もっと残酷なことをしてるのよ。

ジョー

二〇一〇年六月二〇日

To：ジョー

From：ライアン

何と言っていいかわからないよ。僕はするべきことをした。でもすまないと思っている。死ぬまですまないと思い続けるだろう。僕は六年前、君のせいで、生きるのをやめた。長い時間だ。ほんの少し慰めがあってもいいんじゃないだろうか。君の質問に答えるよ。僕は彼女を愛してる。違う種類の愛だけれど。もし彼女が僕の心をめちゃくちゃにしても、僕は同じ自分であり続けるだろう。言ってる意味わかるかな？　前の時とは違うってこと。

R

二〇一〇年七月二日

To：ライアン

From：ジョー

　わたしはあなたの心をめちゃくちゃにしなかった。あなたがわたしの心をめちゃくちゃにしたのよ。これで二回目。

　幸福な人生をお祈りするわ。あなたのために、お祈りする。本当よ。しばらく連絡しないつもり。あなたは正しいわ、人生は長いし、こんなふうに生きていきたくはない。

　さよなら

　ジョー

デブラ・メイズ

第八章

　ガソリンをまき散らすアメリカ製のクラシックカーでオースティンから遠ざかるにつれて、さまざまな疑いが頭をもたげてきた。バックミラーに映る自分の姿を見ながら、新しい人生が可能なのか考えてみる。本当にデブラ・メイズとしてやっていけるのか？　それともこれは、頭が悪そうな人間を見た瞬間に、メイの店でブルーが考えついた何かの詐欺なのか？

　キャデラックは穏やかな海を行く船のようになめらかに走った。ターニャ・デュボイスとアミーリア・キーンの惨憺《さんたん》たる残骸を後にして走っていると、やり直そうとしては失敗した記憶が次第に薄らいで、人生に希望がもてる気がしてきた。もう一度自分を見つめて、可能性を信じようとした。自分がなりたいもの、何にでもなれるのだと。

　出発する前、わたしは疑いと恐れでいっぱいだった。ブルーが彼女の書類を使って教員になる方法を教えてくれた。

「ところで、就職したら指紋を取られるから」

　彼女は何気なさそうに言った。

「わたし、指紋を取られるわけにはいかないのよ、ブルー。わかってるでしょ」

「でもわたしの指紋はまだきれいよ」

そう言うと彼女は、封筒から正式のカードみたいな物を出した。

黒い指紋。さまざまな形の渦巻きが、カードに押してあった。

「少し調べておいたの。わたしが昔教えていたオハイオで仕事を探さないほうがいいかもね。ワイオミングでは、指紋のカードを郵送してくるだけなの。就職したら、正式に指紋を取るにはどこへ行けばいいか教えてくれる。どこか、あまり規則を厳密に守らないところを見つけられるはず。指紋を直接校長に提出するだけ、とか、警察で指紋を取ったらカードを取り換えられるところとか。カードは五枚。システムを出し抜くチャンスも五回よ」

「それでも、うまくいかなかったら?」

「わたしならキリスト教系の私立学校を試してみる。公立学校みたいに政府の指針を厳格に守らないから。他に質問ある?」

「ある。このカードはワイオミングのでしょ。他の州でも使える?」

「いいえ、使えないわ」

彼女がいつわたしをアミーリアとかターニャと呼ばなくなったか思い出せなかった。でもたぶんそれは突然で、しかも意図的だった。

「だから、この計画をうまくやるためには、ワイオミングに行くしかない、目的地は選べないってこと?」

逃亡生活でわたしが唯一気に入っているのがそれだった。町を出て、地図の上でどこでも新しい居場所を選ぶというところが。

「システムを出し抜くにはそれが一番いい場所だと思う。それにジャクソンはこの時期、とても気候がいいのよ」
「どうして知っているの？」
「新婚旅行で行ったから」
ブルーは計画をよく考えていて、説得の才能があった。本物のセールスマン気質だ。

テキサス州オースティンからワイオミング州ジャクソンまで直行する幹線道路はなかった。何時間かおきに、方向を地図で確認する必要があった。初日の出発は遅かった。目が疲れて、ついには追ってくるパトカーがバックミラーに見えるような気がしてきた。休憩所を見つけて、明け方まで仮眠をとった。それからまた、人が足を踏み入れることもないコロラドの自然の中の山道を走った。何時間かおきにガソリンを入れては背中と足のこわばりをほぐす、というのを繰り返して、ワイオミング州キャスパーにたどり着いた。その間ずっと、温度計が気になった。古い車なので、山中でオーバーヒートするのが心配だった。老婦人は、長年のあいだキャデラックをとても大切に扱っていたに違いない。車はわたしがそれまで運転したどの車にも劣らず頼りになった。それでも山道を運転するのは難しかった。

キャスパーに到着すると、今夜はちゃんとしたベッドで寝ると決めた。わたしは「陽気な幽霊ホテル」という名前の安モーテルを見つけた。町角の店でプレッツェル一袋とソーダを夕食代わりに買い、部屋に戻った。シャワーを浴び、鏡の中の新しい自分を見た。見返してくる姿にぎょっとした。改めて、すっかり目が覚めた。寝つけそうにもなく、新しい自分を試してみることにした。

かび臭いモーテルの部屋を出て大通りを歩いていくと、大きすぎて中で迷うようなバーを見つけた。安いメニューと上等なテレビのあるスポーツバーだ。名前は「サイドライン」。皆スポーツに夢中で、わたしにちょっかいを出してくる者はいないだろう。でもまるきり最低のバーではなさそうだから、身分証明書を見せてと言われるかもしれない。そうしたら、運試しのチャンスだ。

バーのカウンターにいるのは年配の男だった。鼻が格好よく、若い頃にはそれなりにいい目も見たに違いない。奥の部屋では男たちが大声で騒ぎながらビリヤードをしたり、部屋の隅のテレビで流している野球の試合を見たりしていた。

わたしはバーで、女の隣に腰かけた。自分の名前も何時間か前に忘れました、という様子だった。フランクの店で働いていた時には、女性がこんなありさまになる前にタクシーに押し込むことにしていた。

「お姉さん、いらっしゃい。身分証明書見せてもらっていいかな?」

わたしはブルーのオハイオの免許証を財布から出して、バーの向こうへ滑らせた。胸の奥がどきどきしたが、老人はそれを滑らせて返して、「ずいぶん遠くから来たんだね」と言った。

わたしは気持ちを落ち着かせるために深く息を吸って、言った。

「自動車旅行よ」

「ご注文は?」

また決断。新しい人格に合うように習慣を変える? それともこういう細かいことは、結局どちらでもいいのか? もういい。かまうものか。デブラ・メイズがどんな人物か決める時間はたっぷりあった。今は、このわたしがウィスキーを飲みたいのだ。

「ウィスキー。ストレートで」

「ノーブランドでいいかな?」

「いいわ」

しばらくは、節約しなくては。

「俺はハル」とバーテンは言って、飲み物をよこした。

「用があったら、声をかけて」

そう言って彼はウィンクした。気味悪かったが、ただ親し気にしたつもりなのだろう。ウィンクをちゃんとするのは難しいが、うまくできないのにやってしまう男は多い。

いくつか離れたスツールに座っている女性が、頭をテーブルにつけていびきをかきはじめた。部屋の向こうで、ビリヤードのショットを失敗した男が、犬が吠えるような声をあげた。

別の男の声が叫んだ。

「ブロンドの姉ちゃん、こっちへ来てくれよ、俺に運がつくようにさ」

別の男が言った。

「あの人にかまうなよ」

また別の低い声が言った。

「あんな女を一人にしておくべきじゃないな」

男たちが誰のことを話しているのか、バーの中を見渡して探した。中学生の時に母からひどいパーマをかけられた時をのぞいて、わたしの見栄えは悪くなかった。かわいい、すてきだ、親しみやすそう、と言われたこともあった。しかしわたしのことを本当に美しいと思ってくれたのは、パパとライアンだけだった。二人がいなくなってから、そんなふうに言われたことはない。フランクが、彼なりの穏やかさでわたしに求婚している時を含めてもだ。わたしと、寝ている女の他には、バーにいる女は一人だけだった。彼女の見た目については、ノーコメント。彼女は首に不格好なギプスをつけていた。おしゃれなアクセサリーというにはほど遠い。

わたしはアミーリア・キーンを実在させることができなかった。変装を脱ぎすてた時にはまださなぎにすぎなかった。それなのに、今またこうやって、新しい変装を試してみている。それは子どもの時に飲んだ粉末オレンジジュースほどの自然さしかないというのに。

男が一人ビリヤードの集団から離れて、カウンターに近づいてきた。背が高くて引き締まった体つきで、古い西部劇のような、野外生活が長かった雰囲気だった。長袖シャツを肘までまくり上げ、育ちすぎた蔦のようにボディ全体を覆っているらしい、インディアンふうの繊細な刺青が見えていた。

ハルは別の客の相手をしていたから、男はカウンターの向こうへ手を伸ばして、ウィスキーのボトルを取り――わたしが飲んでいるよりいいものだ――自分で一杯注いだ。彼はわたしのグラスの上にそのボトルをかざした。

「もう一杯、どう？　俺のオゴリだ」と刺青の男は言った。

「オゴリというより盗み飲みしてるみたい」

「ハルは俺を信用してる」

「でもわたしはあなたを信用できるかわからない」

「それは俺と会って一分もたたないからさ。深い個人的なつきあいには、二分は必要だ」

彼はわたしの飲み物にお代わりを注いで、カウンターに二〇ドル札を置いた。

「ここ空いてるかい？」

「空いてるわ」

その椅子は空いていたからで、男の気を引きたかったからではない。その質問に正直に答えて、しかも求める結果（男が座らない）を得る方法がわからない。今回は、いずれにしても違いはなかった。刺青の男はわたしが答える前に腰を下ろした。

彼は袖を肘の上まで押し上げて、乾杯のポーズでグラスを持ち上げた。

「一気にいこう」

わたしは彼とグラスを合わせた。以前知らない男とグラスを合わせなかった時、その男はわたしを「下衆女」と呼び、事態は収拾がつかなくなった。時には相手に合わせる方が楽だ。要求が無理なことでないならば。わたしはたいてい誰とでもグラスを合わせるが、他のことでは線を引く。

「押しが強すぎると思わないでくれるといいんだが、でも君の目は……そんなきれいな青い目は初めて見たよ」

「ありがと」とわたしは目線をカウンターに落としたまま言った。

男って、偽物にやすやすと引き寄せられる。

「いつもそう言われてるだろうけど」

「まさか。これが初めて」

刺青の男はわたしがとぼけているのだと思って、笑った。

「なかなか厳しいな、君は」

わたしはウィスキーをすすった。

「飲み物をどうもありがとう」

ビリヤードをしている男の一人が叫んだ。

「おい、殿下、お前の番だぜ」

「次のゲームから入るよ」殿下は言った。

わたしは説明を待った。

「キングっていう名前なんだ」と男はちょっとうんざりしたように言った。

「キング・ドメニック・ローウェル。ドメニックと呼んでほしいな」

彼は手を差し出した。わたしたちは握手した。彼の手は暖かく、握り方はしっかりして、わざとらしいところはなかった。

「すごい名前、名前負けしそう」

「ほんとだよな。君の名前は？」

これがこの世で一番易しい質問だったこともある。今は、鍵のかかった箱の中にある謎のようだった。わたしはデブラの身分証明書をバーテンに見せたが、その身元で通すかどうかをまだ決めていなかったし、使えなくなるかもしれない名前をまき散らすのが賢いことかどうかわからなかった。というようないろんなことがある上に、質問に答える前にあいだが空きすぎると、本当のことを言ってもなんだか嘘に聞こえる。

「デブラ」

この名前を名乗ったのは初めてだった。三サイズぐらい小さいジャケットを無理に着た気分だった。

「いい名前だけど、君にはもっとすてきな名前がふさわしい気がする」

わたしの中の小さな部分が、褒められてうれしいと感じていた。残りの部分は、酔っぱらったウィリアム・テルがゲームをするような危うさを感じていた。男がブロンドにとち狂うのはなぜだろう。世の中のブロンドの半数は人工的なのだが、効果はまったく同じ。もしわたしがいつも人目を引きつけるとしたら、どうやって群衆の中で隠れていられる？　この状況をなんとかする方法を考えなければ。でも今のところ、このバーで、わたしはドメニックの褒め言葉を受け入れた。なぜって、本当に褒められたのはずいぶん昔のことだったし、彼のがっしりした顎と、焦げ茶色の瞳の奥には何かがあった。何かを証明しようといきりたつ男ではないように見えた。そんな男には何年も出会っていなかった。一度も出会ったことがないのかもしれなかった。

「でもわたしの名前だもの」

「この町には来たばかり？」

「通りかかっただけ」

「行き先は、デブラ？」

「ジャクソン、たぶんね。まだ決めてないけど」

もう一つ嘘をでっちあげる理由はない。

「われらがすばらしいワイオミング州に、何をしに来たのかな?」

「仕事」

「どんな仕事?」

「教員」

まだ実現していなくても、ちゃんとした仕事だと言えるのはいい気分だった。それは認めざるをえない。

「教えるのは何年生?」

「あなた、ずいぶんたくさん質問するわね」

「お互いに相手のことを知るためには、そうするしかないだろ?」

「それがわたしたちのやっていること?」

「そう。俺はさっき入ってきた時より、今のほうが君のことをたくさん知ってる」

わたしはドメニックの刺青をじっと見ていたに違いない。目を見つめるのはやめたほうがいいような気がしたから。彼はもう少し袖をまくって、わたしによく見えるようにした。思っていたより凝った刺青だった。

「それ、すごく痛かったでしょ」

話題を自分のことからそらすのが一番だ。

「それは君も刺青をしたってことだな」

「あてずっぽうね。そうは言ってないもの」

ブルーが言いそうなセリフだ。

「だとしても、そうなの?」

「ええ」

自分を特定できる目印を教えるのは賢いことだろうか。自分についての質問をされて、頭の中で必死に答えを計算しなくてもいい時が来るのだろうか。

「どこに? 他人に見せられるところ? 見せられないところ?」

「見せてもかまわないところよ」

「見てもいいかな?」

わたしはうなずいて、飲み物を飲み終えた。ハルが近づいてきて、お代わりはと尋ねた。ドメニックは一番上等なバーボンを指さして、わたしたち二人に一杯ずつ注文した。わたしの収入にとってはちょっと高級すぎる銘柄だ。

「入れてるのは肩？」

「いいえ」

「手首？」

わたしは足を持ち上げて、ドメニックの太ももの上に乗せた。

「足首よ」わたしは言って、ジーンズを引っ張り上げ、赤い三つの小さな中国の文字を出して見せた。いつもは忘れたいと思っているものに目を向けるのは奇妙な感じだった。フランクと暮らしていた時には、時々バンドエイドを貼って、切り傷ができたふりをした。

「きれいだね」ドメニックは言った。しかし明らかにがっかりしていた。なんていう決まり文句。でも彼自身はトライバルタトゥーを入れているのだ。あれこれ言われる筋合いはない。

「これ、どういう意味なの？」

「何も・意味は・ない」

ドメニックはわたしの答えを聞いて、ちょっと考えているように見えた。しばらくして、何か思いついたようだった。

「わかるような気がする。でも説明してくれるかな」

高校時代の友達、ウォルト・バーデンが、ある晩、中国人観光客のグループと出会った。そのうちの一人が彼の奥深い欲望をいたく刺激した。その後、彼は二度と白人の女とデートしなかった。その観光客が彼のアプローチにそっけない態度をとると、彼は中国語で「平和」を意味する字を刺青で入れたい、「そんなことを、誰もやったことがないから」と言った。彼は、中国語に翻訳してほしいと彼女に頼んだ。旅行中の娘は彼のことを相手にするつもりはなかったが、彼が何度も頼んで、書いてもらったらそれ以上つきまとわないから、と言うと、刺青にする字をナプキンに書いてくれた。

友達のアーサー・チャンはそれを数学の時間に見て、こっそり笑っていた。わたしはアーサーにメモを回した。

「何がそんなにおかしいの?」

彼はウォルトが自分に彫った文字が何を意味するかまるでわかっていないと言い、わたしに教えてくれた。

六か月後、水泳大会で勝った後、親友のメリンダが、勝った記念に刺青を入れてお祝いしようと言い張った。わたしたちはそれぞれのデザインを持って、タトゥ・ショップに行った。彼女はイルカ――二日前に、自分の守護動物だと決めたばかりだった。彼女はわたしにもイルカを入れさせたがったが、おそろいの刺青というアイデアも、守護動物というアイデアも、わたしにはピンとこなかった。後でやらなければよかったと思うたぐいの成長の儀式だということ、自分で自分に刻印を押しつつあることははっきり自覚していた。そしてまさにそれこそ、わたしがやりたいと思っていることだった。わたしはウォルトの刺青の写真を持っていき、それを小さくして足首の内側に入れてほしいと注文した。

どうしてイルカやカエルや、中国語の文字なら「呼吸」のように自然にすることではなく、その刺青がよかったのかよくわからない。でも今となってはその文字、本当に「何も意味しない」を表わす中国語を選んだのはとても適切なことだったように思える。メリンダからその字はどういう意味かと聞かれた時、わたしは「水泳」という意味だと答えた。

わたしはかいつまんでドメニックに話した。メリンダに嘘をついたところは省略した。彼は微笑んでうなずいた。

「それはすてきな刺青のストーリーだな。たいていのより、いい話だ」

「ありがとう」

褒められるとうれしくなった。

やっと本当のことを話せるのはいい気分だった。自分についての本当の話を、ブルー以外の誰かに最後に話したのはいつだったか思い出せなかった。

「で、あなたの言い訳は？　二パーセント・チェロキー族とか？」

ドメニックは大笑いした。腹の底からの本物の笑い声だった。

「いや、全然」

「それじゃ、わたしの会う男の二人に一人がしているような刺青をしているのはどういうわけ？」

「フォーティ・ナイナーズがスーパーボールで勝てなかったからさ」

「その刺青がどこまで入れてあるのか見えないけど……」

「喜んでお見せするよ」

「……でも賭けに負けただけで、ずいぶん長く我慢したのね」

ドメニックはグラスを飲み干した。

「俺は言ったことは守るたちなんだ」

わたしは彼を信じた。想像がつくだろうが、長いあいだ、男はわたしの優先順位のリストに載ってこなかった。全員が悪者でないことは知っていたが、どうしようもなくひどい男に何人か会ってしまって、全体の印象が汚されていた。しかし男としては、ドメニックは悪くないようだった。会ってから一時間もたたない男にしては、悪くなかった。

ハルがカウンターの後ろに戻ってきた。

「殿下はあんたに悪さをしてないかい？」

ただの軽口で、意味はなかった。

「いいえ、今のところはね。何かあったら呼ぶわよ」

ドメニックはわたしの目を見つめた。彼の目は欲望と好奇心を伝えていたが、この女をどれぐらい利用しようかと品定めをしている男の醜さはなかった。わたしは目をそらすまいとしたが、この三か月ずっとそればかりやってきたのだから、習慣を破るのはたいへんだった。

「ハンバーガー、食わないか?」

「ええっ?」

わたしが予期していたのとは、かなり違うタイプの質問。

「俺は腹ペコなんだ。この先ちょっと行ったところに食堂がある。メニューにはひどいのもあるが、ハンバーガーは特別うまい。ミートローフは絶対注文しちゃいけないし、チキンステーキは食品衛生法違反に間違いないんだけどな」

彼は返事を待ちながら、何となくしゃべり続けていた。

「いいわ」

ドメニックの新しいフォードF－150はバーのすぐ外に駐車してあった。彼は助手席のドアを開けた。紳士らしいふるまい。心臓が、覚醒剤でもやったかのように激しく動悸を打ちはじめた。空気が薄くなり、気持ちを落ち着かせるには歩き出すしかなかった。

ドメニックはドアを勢いよく閉めて、後を追ってきた。

「いや、もちろん歩いてもいいいんだ。ここをほんの三キロぐらい行ったところさ」

第九章

ドメニックはハンバーガーについては正しかったが、わたしはその食堂の雰囲気が気に入らなかった。照明が明るすぎて肌がきれいに見えないし、蛍光灯の下で青いコンタクトがどう見えるかわからなかった。ドメニックは時々わたしのほうを、疑るような横目で見た。でも、わたしはこの男を知らないのだ。誰にでもそうする男なのかもしれない。

わたしたちは二人とも空腹で、何も言わずに食べた。ドメニックは食べ終えるとナプキンを皿の上に置き、皿をテーブルの真ん中に押しやった。ウェイトレスが来て、他にご注文はと尋ねた。ドメニックは料理を褒めて、ウィンクした。彼がやると魅力的に見えた。ウェイトレスは彼の前に勘定書を置いた。ドメニックはそれをさっと取り上げた。わたしはもちろん財布を出そうとしたが、彼はいらないという仕草をした。

勘定を払うと、ドメニックは満腹そうにリラックスして、椅子に背中をもたせかけた。食事に満足した様子だった。

「デブラ、君のことを話してくれないか」

これはたいへんな難問だ。答えたい質問でもない。

「照明で頭が痛くなりそう」

「それじゃこの照明のないところへ行こう」

バーも食堂も、問題はなかった。彼と親しくふるまうことは、理にかなっていた。通りに出ると、寄るべのなさが心に迫った。欲しい、ないのがつらい、それなのに求めてはいけない——そうやって、理性で強くブレーキをかけているものがいくつかあった。首の後ろが熱くなっていた。そんな気持ちにさせる男はめったにいない。最後にそうなったのはカイロプラクター、でも、この人通りのない舗道で今、この瞬間に感じているほうがずっと強い感情だった。まるで高校生の恋。靴の紐を結ぶような簡単なことすらできなくなる、欲望の熱い閃き。文学の授業の最中に、ライアンが窓の外を通りかかる。彼がわたしを見て、にっこりする。わたしは『華麗なるギャツビー』に視線を戻し、同じところを何度も何度も何度も読む。まだその箇所を覚えている。

事故には二人の人間が関わるものだ。

事故には二人の人間が関わるものだ。

事故には二人の人間が関わるものだ。

——でも実際には、三人だった。

ドメニックとわたしは同じ方向に歩いていたが、向かっているのはわたしのホテルでも、バーでも、わたしの知っている場所でもなかった。ここで別れるべきだと思った。そのタイミングで彼はわたしの手を握り、通りを渡った。他人に触られてからずいぶん長いあいだがたっていた。彼の手の温かさに驚いた。

「わたしたち、どこへ行くの？」

「それは君しだいさ」

人生で方向転換したことは何度もある。用意された道を行くほうが楽だったこともある。わたしたちは黙ったまましばらく歩いた。やがてドメニックは手作りふうの家の、赤いドアの前で立ち止まった。月あかりの中で、その家は青く、白い縁取りがあり、古いが手入れが行き届いているようだった。

「俺の家だ」

「すてきな家」

「外側だけはね。君をバーか、今泊っている場所まで送っていってもいい。中でお茶を一杯飲んでもいい」

「お茶？」

「他の物もある」

「そう」

彼は辛抱強く答えを待った。わたしは主義として用心深くしていた。男には、あまりにもひどい目にあわされてきた。でも男が全員悪者なわけはなく、ドメニックはここしばらく会った中では、飛び抜けてまともそうだった。もちろん彼をそんなに長く知っているわけではない。それにわたしの直観はかつてわたしを手ひどく裏切って、その裏切りをわたしはまだ許せていない。でも彼の手はとても暖かく、わたしは一人でいること、ずっと一人ぼっちでいることがもう嫌になっていた。

「お茶をいただくわ」

家の中は外のように、よく手入れがされている感じだった。床は幅広の板で貼られ、なめらかに光っていた。家具は流行の物ではなく、古い物も新しい物もあったが、よく選ばれ、きれいに磨かれていた。壁にいくつか家族の写真がかかっていて、その横には、額縁に入ったアマチュアらしき花の絵がいくつかかかっていた。どれにもメアリとサインがしてあった。

ドメニックはわたしがその中の一つ、ボウルに生けたデイジーの絵を見ていることに気づいた。

「いい絵だろ」

「すてきね」わたしは礼儀正しく言った。実際、すてきな絵だった。

「母なんだ」

これには好感がもてた。彼はまったくの初対面にしては害がないように見えた。おそらくはほんの少しだけ、無害すぎるのかもしれなかった。まずいことになる可能性を考えようとした時、ドメニックにキスされた。彼の片手が首の後ろを支え、もう一方の手が腰を抱いた。人間に戻った気がした。この瞬間、わたしの求めるものはシンプルだった。たくらみや計画やいくつもの違った名前や地図とは関係のないものだった。

彼の唇は、なんだか懐かしい感じがした。ファーストキスにありがちな、細かいことばかり気になる不器用なキスではなかった。ドメニックはいったん体を離して、わたしを寝室のほうへ導いた。わたしはぞくぞくし、温かく、期待で胸がときめいていた。もう二度と感じることはないと思っていた感覚だった。

その時、ドレッサーの上に銃とバッジが見えた。

ショックで血の気が引いた。傍目にわかるぐらいに蒼ざめたに違いない。ドメニックはもう一度キスしようとして振り向いたが、おもわず一歩後ろに下がった。

「大丈夫か、デブラ？」

「銃が」

心臓が激しく動悸を打ち、ようやくそれだけ口に出した。

「悪かった」

ドメニックは引き出しに銃をしまった。

「大丈夫だ。俺は保安官なんだよ」

「バーではそんなこと言わなかったじゃない」

「聞かれなかったから」

「非番の時も銃を持ち歩くんじゃないの？」

「そうする奴もいるけど、この町では俺の顔は知られてるし、友達連中と一杯やる時に銃を持ち歩くのはちょっと人間不信みたいじゃないかな」

呼吸を整えようとしたが、酸素を求めるマラソン選手のようなあえぎが止められなかった。

「いったいどうしたんだ、デブラ？　何か警官とまずいことでもあるのか？」

もちろんある。でも口には出さなかった。

「気分がよくないの。帰ったほうがよさそう」

「送るよ」

「大丈夫よ」

「もう遅いだろ」

わたしはドアのところへ行き、取っ手を回した。鍵がかかっていた。パニックが、体の中で川のようにどっとあふれた。わたしは鍵をがちゃがちゃいわせた。ドメニックがわたしの手をどかせて、取っ手を回した。ドアを広く開けてわたしを通す。プールの中に潜って息をこらえる競争をしているようだったが、ポーチに出て、冷たい夜気にあたるとすぐに気分がよくなった。ドメニックはわたしのほっとした表情に気づいた。彼は傷ついたように見えた。

彼はモーテルまでわたしについてきた。安全に戻ることを確かめるためだ、と思う。ロビーで立ち止まった。部屋の番号を彼に知られたくなかった。

「ありがとう。えーっと、ハンバーガー。それに今日は楽しかったわ」

「さっきのはなんだったんだ?」

「なんでもない。知らない人と二人きりになるべきじゃないって突然気がついただけ」

「まあいいさ。でも、またこの町を通りがかったとするだろ、その時にはもう知らない人じゃないよな?」

「たぶんね」

彼は財布から名刺を出した。

「何か必要な時には、そこに携帯番号が書いてある」

「ありがとう」

「用心するんだ。世の中は、いろんな妙な奴だらけだ」

「それは知ってる。ずいぶん前から」

二〇一一年五月一一日
To：ライアン
From：ジョー
わたしにばれないと思った? 最近、皆が守れる秘密はわたしのことだけみたい。他のことは全部明るみに出る。図書館のコンピュータで一時間も検索したら、昔の友達の情報が出てくるのよ。ローガンとエディが、ビッグ・サーでロマンチックな休暇を楽しんでいる写真。とても幸せそう。あなたがいながら、どうしてそんなことになるの?
何をしてもかまわないから、彼女に何を言ってもいいから。やめさせて。
ジョー

二〇一一年六月一〇日
To：ジョー
From：ライアン
　僕は努力はした。始まる前から、何とかしようとした。彼女が大学をやめて帰省して、サンダウナーズで飲んでいる時に彼が目をつけたのに気づいて、何とかしようとした。入院以来、みんな昔ほど僕の言うことにとりあってくれない。僕はクレイジーな奴なんだ。一方ローガンは強くて、成功してて、責任感のある兄、というわけ。
　こういえば少しは気持ちがラクになるかな。彼は変わったと思う。内面は変わらないが、それを前のように外に出さないようにしている。彼女にはいい相手かもしれない。君の聞きたいことじゃないのはわかってる。でも今はこれしか言えないんだ。
　僕を代理人のように利用できると思っているみたいだな。君が指図して僕はただそのとおりにコマを動かす、これはそんなチェスのゲームじゃない。
　もういなくなった人間――しかもこの辺りで君は死んだことになってる。それなのに、何かを変えることなんかできないよ。ローガンは何か間違ったことをするかもしれない、その時には、やめさせる努力をする。

二〇一一年六月一五日
To：ライアン
From：ジョー
　お幸せな結婚生活みたいね。今の生活を壊されたくないでしょうね。ああ、それから赤ちゃんのこと、おめでとう。
　あなたはいつも卑怯なところがあったけど、成長したらなくなるのかと思ってた。今いるところに居心地よく座り込んでるだけじゃなくて。

これはお願いじゃない。問題を解決して。終わらせて。エディに何かあったら、あなたの責任よ。そしてわたしも、今度こそ黙ったままではいない。

ジョー

第一〇章

デブラ・メイズとして外出してみて、自分の人生が「脱出ゲーム」のようなものだと改めて思い知らされた。パーツが一つでもはずれると、世界全体が崩れ落ちる。次の日には警察との危機一髪の接近を頭から追い払って、旅の目的地を目指した。

ワイオミング州ジャクソンに到着する頃には、本当に破産ギリギリだった。最後のガソリンを使ってモーテルを回り、取引をもちかけた——働く代わりにエアコンつきの部屋に住まわせてもらう。清掃の仕事は二度とやらないと自分に約束をしていたけれど、時は五月の半ば、学校はほとんど年度の終わりに近かったし、デブラ・メイズとして身元を確保する時間も必要だった。キャデラックに寝泊まりしながらそれを全部やるのは無理だ。フラット・クリーク道路ぞいのムース・ロッジというモーテルのオーナーと話がついた。仮住まいのあいだにちょっとした固定給をもらう取決めもできた。

一つはっきりしていること。うまくやってのけるには、ブルーではなく、わたし自身のように見えてもよい方法を考えなければならない。今、鏡に見えるのは嘘の姿だ。その嘘が自分で受け入れられないなら、他人が受け入れるとは思えない。

皆に見られながら姿を消すには太るのが一番、そうブルーは言っていた。だからわたしはミニドーナッツの六個入りパックを三つ買った。中学生の時には朝食代わりに食べていた。スイミングのコーチに、もっと栄養のある物でカロリーをとりなさいと言われた。

髪はハニーブロンドに染めたままにして、根元が目立たないように時々染め直した。一か月のあいだ、ドーナッツ、ピザ、フライドポテト、ビールだけのダイエットをして、毎晩はち切れそうになるまで食べた。三週間で九キロ体重が増えた。鏡の中のむくんで赤らんだ顔を見ると、泣きたくなった。肉付きがよくなると、ブロンドが集めていた注目がたちまちなくなった。一キロ増えるごとにわたしの姿は見えなくなっていった。一〇キロ以上増えたところでワイオミングの陸運局へ行き、デブラの社会保障番号と出生証明書を使って運転免許を申請した。今度も筆記試験にギリギリで合格し、数日後に路上試験を受けた。そちらのほうがうまくできた。とはいえ、試験官に新しい名前を呼ばれて返事をしそびれた。よい兆候ではない。

書類がそろうと、写真を撮影する列に並ぶように指示された。わたしはトイレで青のコンタクトをはずし、列に並んだ。写真係は書類をろくに見なかった。笑って、と言われたが、微笑まなかった。二週間から四週間待つように言われた。

免許は二週間少しで送られてきた。他人の汚れ物の始末をしながら、詐欺、殺人、その他思いもよらない悪行の犯人として摘発されるのではないかと待ち受けていると、二四時間スローモーションの時計の針を見ているようだった。私書箱に封筒が届いた時には、逮捕状ではないかと思った。でもそこにいるのはわたしだった。デブラ・メイズ、一六五センチ、六八キロ、青い目、金髪。ただ、写真の目は茶色。

なりすまし可能なデブラ・メイズに変身するのに、さらに一か月かかった。わたしは髪を茶色に染めた――毎月、根元を脱色するのが嫌になっていた。それから青いコンタクトはケースにしまった。ある日誰かがわたしの目を覗き込んで、本当のわたしを見てくれるかもしれない――という望みが捨てられなかった。陶器の人形のような偽物の目で、そんなことは起こりっこない。

陸運局に行ったその日、わたしはスモウ・レスラー・ダイエットをやめた。九キロはすぐに落とせたが、最後の二キロに手こずった。モーテルには「水泳プール」というネオンサインが点滅していた。暑苦しい屋内プールで、湿った空気に消毒液の臭いが充満して、喉に張りついた。自由形で三回ストローク、ターン、キック、また三回ストローク、それで一往復だ。客が入れるのは夜の一一時までだが、わたしは鍵を預かっていた。二〇分かけて一〇〇往復した。

一四歳の頃、ワキ石切り場で泳いでいた時のことを思い出した。わたしよりこの場所をよく知る人はいない、ここはわたしのもの、と思っていた。青緑色のセメントに囲まれて、狭苦しく短い往復を繰り返すのは、あの時の自由でわくわくする気持ちとはまるで違っていた。自分の人生がどんなものになり果てたか、思い出してしまうだけ。ゴミ圧縮装置の中で、押しつぶされるのを待っているような気持ちだ。あの頃はどんなことでも可能な気がしていた。世界はとても大きくて、手が届きそうに思えた。望みさえすれば手に入れられるのだと。チャンスがあるあいだにもっと手に入れておくべきだった。

ジャクソンの夏は明るく温暖で、山々が煌めいていた。仕事の後、夏の日差しを浴びながら町をぶらついて、掃除したばかりの部屋の記憶を消し去ろうとした。時々バーかカフェで、旅行者のふりをした。

その夏、貯金はほとんどできなかったが、なんとか暮らしていくことはできた。一度だけちゃんとした美容院で気前よく金を使った。美容師はわたしの前髪を砂色ブロンドに染め、肩のほんの少し上でシャープなラインに切りそろえた。鏡を見ると、ブルーとは似ても似つかなかったが、ターニャ・ピッツにもアミーリア・キーンにも見えなかった。そこにいるのは真新しい誰かだった。デブラ・メイズ。そう呼ばれても本当にしっくりすることはないのはわかっていたが。

わたしは陸運局に戻り、免許証を紛失したと申し出た。書類を書く時、ほんのわずか変更を加えた。目の色の欄の青のかわりに茶色に印をつけた。覚えておかなければならない嘘が一つ減るのはいい気分だった。二週間後に新しい身分証明書が届き、わたしの変身は完成した。

＊＊＊

モーテルの清掃係から教師へと転身する準備は整った。しかし八月、新年度が始まると、わたしの意気込みはたちまちくじかれた。筆記試験を受けなければならないし、州のテスト結果の提出が必要だった。わたしの持っているのはオハイオの書類で、ワイオミングのではなかった。ブルーは簡単だと言ったけれど、指紋のことだけ調べて、資格については考えていなかった。うかつなだけかもしれない。でもわざとかもしれないという疑いも捨てきれなかった。

期待値を下げ、代用教員や補助教員補助に応募しようとしたが、これも実際には手が届かなかった。というわけで、わたしは網を広げて、小さな私立学校を見つけた。小さな町にあって、町の名は——冗談ではなく、本当に——隠遁者《リクルース》というのだ。学校はＪＡＣ（ジョン・アレン・キャンベル）基金により運営されていた。ジョン・アレン・キャンベルは、リクルースで最も尊敬されている偉人だった。特に産業もなく、何も起こらない場所。その小さな学校は、三年生と四年生を担当する教員を募集していた。ブルーの履歴書を書き換えた物をメールで送ると、数日後にはもう面接に来るようにと連絡があった。

熱波が到来したばかりだった。地味な夏用ワンピースとローヒールの靴、という、絵を教える教員のような格好をした。いい印象をもってもらいたかったので、早く出発した。キャデラックは換気してもサウナのようだった。温度計の数値がはね上がっていた。何度か停車してエンジンを冷やした。

それでも約束の時間より一時間早く着いた。ハイウェイを降りると、かろうじて生き延びてはいるものの、もうほんの少し締め上げられたらゴーストタウンの仲間入りをしそうな町があった。従業員のいるガソリンスタンドを見つけて、車を点検してもらった。機械工のジルに、オイルチェックを怠っていると叱られた。弁解の余地もなかった。ジルはキャデラックにオイルを入れて、ジョン・アレン・キャンベル小学校への行き方を教えてくれた。

校長のウォルト・コリンズは机の向こう側に座っていた。部屋はクロゼットぐらいの大きさしかなかった。この見捨てられた町に裕福な人々が住んでいた頃には女中部屋だったのかもしれない。そもそも、これは校長の一族の屋敷だったのかも。コリンズ校長は定年をとうに過ぎた年齢だった。仕事を続けているのは、引き継ぐ者がいないからかもしれない。

六か月のあいだ緊張の連続だったので、ものごとがうまくいっていると気づくのは難しかった。コリンズは誰でもいいから雇うほど切羽詰まっている、とドアを開けた瞬間わかったはずだ。逃亡中には、ものごとをはっきり見ることができない。頭の中の雑音で、外界の音が聞こえなくなる。でも人間は、自分の信じたいことを信じるものだ。わたしは若くてかわいい女で、コリンズ氏が欠員を埋める必要のある仕事に応募しているのだ。彼から見たわたしは、小さな町の素朴な生活を望んでいる、正直で、失業中の教員だった。

「どうして教師になられたのですか、ミス・メイズ？」

「自分が子どもの時には学校が嫌いでした」

可能なかぎり真実を話すこと。

「自分のように学校教育に抵抗のある子どもにどうやったら手を差し伸べられるか、その方法を見出したいと思われたわけですね」

「はい、まさにそのとおりです」

「オハイオ州アクロンの小学校で五年間勤められたようですね」

「はい」

「クリーブランド州立大学で教員免許を取得された」

「レッツゴー、バイキング！」とわたしは言って、すぐに後悔した。

「フットボールのファンでいらっしゃる？」

「いいえ、あまり」

「履歴書には、問い合わせ先の記載がありませんね。以前の学校で何か問題でもありましたか？」

「とてもデリケートな話になるのですが。わたしを雇っていただける、いただけないにかかわらず、このことは秘密にしておいていただきたいのです。わたしはアクロンにいた時には結婚していました。夫は善良な人ではなかった——今でもです。アクロンを出る時、行き先を誰にも明かしませんでした。貯金を使って生活し、夫に居場所が知られないように、クレジットカードを使うのも避けてきました」

可能なかぎり、部分的にでも真実を話すこと。

「暴力をふるう人だったのですか？」

コリンズ校長は尋ねて、眉毛を動かして同情を示した。わたしのように、彼も役を演じているのだ。

わたしはうなずいた。口に出すのがつらすぎる、というように。

「わかりました」

コリンズ校長は言って、眉毛をまたほんの少し動かした。

「夫はとても口がうまいのです。誰かが照会を受けたら、その照会の電話がどこからだったか、夫に話してしまうかもしれません。わたしは前の学校で五年間勤めました。それは何かを物語ってくれると思います」

「つらい目にあわれたのですね」

「過去のことです。そして過去のままにしておきたいのです」

話題を変える必要があった。自分の持っている唯一のカードを出す潮時だった。わたしはバックパックの中を探って、指紋のカードを出した。テーブルに置いて、コリンズ校長のほうへ滑らせた。

「経歴確認のために、これが必要ですよね」

「用意がいい方とお見受けする」

「細かいことに気をつけたい性格《たち》なのです」

コリンズは、どうしたものやらわからないという様子でカードを見下ろした。

「お給料はあまり多くお支払いできません」

「わかっています」

「それに、この辺りには、若い女性のするようなことはあまりないですよ。それはおわかりですね?」

「大それた望みを抱いたことはありません」

そう言いながら突然、どれぐらい多くの望みを自分が失ってきたかに思い至った。それはわたしが言った一番大きな嘘だった。

「あなたを雇いましょう。月曜から始めていただいて結構です」

彼がその決定に納得できるように、わたしは満面の笑顔をつくり、うれしさに興奮しているようにふるまった。最初から最後まで芝居そのものだった。演技がうまくなればなるほど、芝居に対する軽蔑の念が増した。でも必要なものは手に入れたのだ。まともな仕事、金、新しい生活。

「住むところはお決めになりましたか?」

コリンズが尋ねてきた。

「すぐ探すつもりです」

「どこか落ち着ける場所が見つかるまで、あるいは見つからなくても、地下に小さなアパートがありますよ。一か月一五〇ドルです」

見もしないで借りることにした。少しでも節約しなければならないし。フランクが階段から落ちて以来起こったもろもろのことを考えると、とてもラッキーな日だったと言える。それでも、もとの自分に戻れるならなんだって差し出しただろう。

もとの自分、というのが誰であっても。

第一一章

「起きて、アンドリュー、起きて」

アンドリューは机から頭を持ち上げて、眠そうな目をこすった。

「おはよ」とアンドリューは言った。わたしが起こすといつもそう言う。

「コーヒー、必要?」

「ううん、大丈夫」

「うちのママはわたしにコーヒー飲ませてくれるよ」

アビーが言った。

「うちのママは時々ビールの味見させてくれるもん」とコディ。

飲料の消費についての告白のコーラスが沸き起こり、皆さん静かに、となだめる羽目になった。

「飲み物のお話は休み時間にね。授業に戻りましょう」

わたしはひそかにマギーに注目した。マギーは一八人いる三、四年生合同クラスの人気者だ。

「マギー、ジョージア州の州都はどこですか」

マギーには自信をつけさせるために、易しい問題を割りあてた。

「アトランタ」

「よくできました。オクラホマの州都、誰かわかる人?」

マーティンはあてられる前に、もう叫んだ。「オクラホマ・シティ!」

「マーティン、旅行地図ゲームを先に進めてくれてありがとう」

これは地理の授業をやる時のわたしなりの工夫だった。黒板には、合衆国の地域ごとの道路地図が、できの悪いパズルのように貼りつけてあった。大きな全国道路地図を希望したのだが、ほとんどの授業ではハイウェイなど扱わないので、却下された。ノースダコタとサウスダコタのかなりの部分とミシガン州の一部がなかったし、ヴァージニアも少し足りなかった。

「マーティン、アイダホの州都は?」

「ボイジー」

「ワシントン州の州都は?」

「シアトル?」

「違うんじゃないかしら。アビー、わかる?」

アビーは州都を全部知っていて、それに最初の一〇人の大統領、最近の三人の大統領も知っていたし、二桁の数字と一桁の数字の掛け算もできた。でも手を上げたことは一度もなかった。

「オリンピア」

「よくできました。じゃあ、アビー、あなたがワシントン州オリンピアにいるとしましょう。それでアイダホ州ボイジーに行きたいとする。どうやって行きますか?」

アビーは、恥ずかしそうに地図の貼ってある黒板に近寄ってつぎはぎだらけの地図をじっと見ると、太い青い線を指でたどった。

「まず五号線を南へ、それからポートランドで八四号線を東か南方向へ行きます。どちらでも大丈夫です」

「よくできました。州間道路は南、北、東、西というはっきりした方向に走っていることもあります。時には思いがけない方向に向かうこともあります」

休み時間のベルが鳴った。わたしは一、二年生合同クラスのジューンのように、教師の合図を待たせなかった。ベルが鳴ったら解放だ。地図の貼ってある黒板の前に白いスクリーンボードを移動させた。授業の中身は秘密ではないが、展示するようなものでもない。コリンズがわたしの型破りの教育方法について質問したので、わたしは、現代社会はGPSシステムに依存しすぎていると言った。リクルースでGPSシステムに依存しすぎている人など皆無だったから——特に八歳から一〇歳の人口に関して——わたしの主張は彼を納得させたようには見えなかった。だから、自分で問題を解決する能力を身につけることが重要だと言った。個人的には、外の世界とかけ離れたこの町の子どもたちが、自分が行けるかもしれない場所について想像しはじめてほしいと思った。一日中教室で過ごすのなら、少しは知識を身につけてほしくもある。

もちろんわたし自身も新しいことを学んだし、昔習ったことを思い出したりもした。合衆国大統領の名前を全部暗記するなんて、この仕事を始めるまではやったことがなかった。一人ひとりの大統領について次の日の授業で話せるように、一夜漬けでがんばった。でも立ち往生することもあった。生徒には大統領二人について、短い伝記を持ってくるように宿題を出していた。一番有名な大統領、たとえばワシントン、ジェファソン、リンカーン、ローズベルトの中から二人選ぶのは避けるようにと指示を出した。生徒は一人ずつ、自分の書いた物を全員の前で読み上げて、それから全員でその大統領が誰かをあてた。

「この大統領は一七八四年にヴァージニアで生まれました。ホイッグ党に属し、軍隊では将軍になり、在職中に死亡しました」

アンドリューはクラスの中の大統領専門家だった。名前を暗記しているだけではなく、大ざっぱな伝記的事実、それに時々は何か興味深い逸話も話すことができた。

「みんな、アンドリューがお話しているのは、どの大統領かな?」

わたしは即興で言った。アンドリューが話しているのが誰のことなのか、わたしにはまるでわからなかった。

いくつもの名前が上がったが、どれも多数派にならなかった。普段なら、授業で開けた穴に自分で落ちた時に、「みんな、答えはなんですか?」と言えば、多数決が正しい答えとして頼りになった。

「グローバー・クリーブランド?」

「ジェイムズ・ブキャナン!」

「ユリシーズ・S・グラント!」

アンドリューが同級生たちをぼんやり見ている様子から、今のところ誰も正解に到達していないとわかった。わたしは騒ぎをストップさせることにした。

「アンドリュー、おめでとう。みんなを出し抜いたわね。その大統領が誰か、話してあげてください」

「ザカリー・テイラー、第一二代大統領です」

「よろしい。ザカリー・テイラー。次の人?」

時には教室が、ブルーとのドライブと同じぐらい危険に感じられた。一つの間違った動き、一つの言い間違い。

一人の子どもが親に何かを話し、そしてその親が質問をしはじめて、一つのまずい答え、そしてさらに多くの質問。じっくり見られたら、まやかしが見破られてしまうはずだ。

新しい身分証明書を見せて歩くと、まだつららの下を歩くような気分になった。だからアパート探しにともなう危険を避けられたのはありがたかった。でも校舎の中に住むことにも、もちろんリスクがあった。ここ数か月でわたしの生活の質は急上昇していたが、落ち着いて周囲を見回すと、その基準そのものを疑いたくなる。校舎の中の部屋は、新聞広告ならバストイレ・キッチンつきワンルームと呼ばれる物件だった。ダブルベッドとクロゼットが備えつけてあった。ベッドのマットレスはおそらく六〇年代か七〇年代に製造された物で、へこんだところとくぼみの浅いところがあった。くぼみの浅いところに寝ようとしても、へこんだ方へずり落ちる。以前のように床に寝ることも考えたのだが、使い古されたカーペットを見てやめた。その場所のいいところは、駐車場から直接出入りできる独立した入り口があること。もう一つのドアには簡単な掛け金式の鍵がついていて、学校に続く狭い階段とつながっていた。

小さな町の小さな学校。同僚には愛想よくして、なおかつ健全な距離をとる必要がある。同僚はコリンズ校長の他に四人だったから、それはたいして難しくなかった。名前はジューン、コーラ、コレット（本名はジェーン、「コレット」のほうがヨーロッパ的に聞こえるのだとか）、それから唯一の男性教員のジョー。ジョーは一〇年前にリクルースを離れた時、二度と戻らないと自分にかたく誓った。母親が病気になり、それから父親が病気になって、彼はその誓いを破った。わたしたちの多くと同じだ。

わたしの第六感はコレットがジョーに実らぬ片思いをしていることを告げていたから、わたしはなるべく彼の目につかないようにした。彼女以外に出産可能な年齢なのはわたしだけだった。

何も起こらない町にやってきたよそ者の女。キャビアのようにおいしいネタだ。コレットは自動小銃のように次々と質問を撃ってきた。わたしはなるべく短く答えようとした。どこの出身？――オハイオ。結婚したことある？――一度。どうしてリクルースに来たの？――勤め口があったから。自分のことを話させようとすると、コレットは姉のろくでもないボーイフレンドのことと、ジャクソンに引っ越してインテリア雑誌で見たような家を買う壮大な計画について、長くて回りくどい話を始める。つつましい収入しかないと、値札を見ただけで無理だと思い込む。でも、大工仕事ができるなら、必要なのは空き地、木材、ハンマー、それから釘が何本か、それだけだ。少なくともコレットはそう考えていた。自分に大工仕事の才能があるかどうかは彼女の話に出なかった。

コレットの質問をボレーのようにうまく打ち返せるようになったものの、コーラとジューンはもう少し手ごわかった。二人とも、ただ好奇心と、一日の退屈な灰色に彩りを求める気持ちだけだったのだろうが、わたしは距離を保つことを選んだ。教員の休み時間と昼食時の校庭見回り当番を掲示する、回る矢印のついた円形の板があった。わたしは新鮮な空気を吸いたいからと言い訳をして、月曜日から金曜日までの昼休みに印をつけた。他の教員は、生徒とのコンタクトをできるかぎり避けた。わたしはしばらくのあいだ、できる時には平和を楽しみながら、自分自身のやり方で何回か喧嘩をひきわけ、いくつかの膝にバンドエイドを貼り、何粒かの涙をぬぐってやった。いや、何粒どころではない。自分自身の小学校時代の思い出は霧の中のようにぼやけていた。ジャングルジム、色々な事故、アルファベット、罰を受けたこと。でもこんなに四六時中誰かしらが泣いている憶えはなかった。

涙の鉱脈を掘りあてた子どもを慰めるコツは、最後まで掴めなかった。わたし自身は幼い頃、感情を表に出さないほうが母に注目してもらえると学んだ。一度自転車で転んで、割れたガラスの上に落ちて膝を切ったことがある。わたしは血を拭きもせず、滝のように足をつたって流れる深紅の血をそのままにして、落ち着き払ってポーチの階段を上がり、ドアをノックした。

「切ったみたい」

落ち着いているうちに、痛みも気にならなくなった。母が一番かまってくれたのはその時だったと思う。

クラスの子どもたちを泣き止ませるために、わいろを使った。わたしはバッグにお菓子を入れていった。涙の噴水を止められたら、バンドエイドと、その子の好きな、ミミズや恐竜や熊の形のグミが一パックもらえた。同僚たちは、お菓子を使って慰めるこの方法が気に入らなかったかもしれない。

勤めはじめて一週間がたった頃、コーラ・レインは、休み時間や昼食の休憩の時のわたしに話し相手がぜひとも必要だと考えた。コーラの年齢は、五五歳から七〇歳のあいだのどこかだった。大きな茶色の目は若々しく輝き、声は落ち着いてはっきりして、年齢のせいでしわがれたりしていなかった。しかし肌はおそらくは老化、苦労、あるいは太陽との長くて向こう見ずなランデブーのせいで、道路地図のようにしわだらけだった。彼女はベンチの埃や鳥のふんや、ストロベリーヨーグルトのこぼれたのをきれいに拭いて、わたしの隣に腰かけた。

「いいお天気だこと」

「そうね」

「一年のこの時期が一番好き」

ほとんどの人が好きそうな、明るくて天気のいい日だった。わたしといえば、少しばかり風、雨、冷気があったほうがよかった。夏の終わりは、どの季節よりも子ども時代を思い出させる。でもわたしは「そうね」としか言わなかった。天気の話題二つというのは、個人的な質問をする前の決まり文句だ。

「ここで楽しく過ごしている?」

「とても」

「あなた、どうしてここにいるの」

射的のようなもの。最初の質問は完全に的はずれでも、次第に周りの赤い縁にあたりはじめ、最後には真ん中のスイート・スポットが狙われる。できることは、的を変えることだけだ。

「なんですって?」

「あなたは若くて、きれいだし、人生はまだまだこれからでしょう。もう死んでしまった町に引っ越してくる理由がある?」

コーラはわたしが考えていたより、単刀直入に質問する度胸があった。日焼けして荒れた額にしわを寄せて返事を待っている様子を見て、なぜか答えたい気持ちになった。すっかり打ち明けるというのでなくても、信頼され、秘密を明かされている気になってもらえるような答えだ。別の人生なら、わたしは彼女を信用しただろう。友達になれたかもしれない。本当の友達に。

「元夫がわたしを探しているの。わたしのことを周りの人に知られないほうが、見つかる可能性が低くなると思って」

「その人……?」

最後まで言わなくても、何を聞きたいのかは明らかだ。

「ええ、そうなの」

「まあ、なんてこと。お気の毒に」

「そんなふうに思わないで。今は自由だもの。それに、ここなら幸せになれる気がする」

そう言いながら、自分では信じていなかった。


夜は静かだった。静かすぎた。学校は無人になり、教職員はそれぞれの家に帰る。用務員のガースが、床とトイレをぞんざいに掃除した。彼がいなくなった後は、洞窟の中のように静かになった。わたしは廊下をうろついて、他の教室の掲示を見て回ったり、「コンピュータ室」に行ったりして時間をつぶした。かつてリネン用クロゼットだったその部屋には、接続にものすごく時間のかかる一〇年前のＩＢＭコンピュータが一台あった。ニュースを五つか六つ検索して読むだけでも、三時間ぐらいかかった。でもつぶす時間ならたっぷりあるわけだし、いくつか調べたいこともあった。

最新の報道によると、フランクの死をめぐる疑問は解明されていなかった。わたしは引き続き「参考人」だった。消息はありがたいことにまだ不明。ターニャ・デュボイスはあちこちで目撃されていた。その中にはわたしが行ってみたい場所もあった。たとえば、ニューヨークには以前から行ってみたいと思っていた。

次に探しあてたニュースは、もう少し残念なものだった。三〇歳から四〇歳の男性の死体が、サマーヴィル湖州立公園で発見された。発見したのはキャンプに来ていた観光客。もう少し詳しく言えば、観光客の犬が死体を見つけて興奮してしまった。キャンプ客は——軽率にも、と言いたい——その辺りの地面が少し変だと思って掘りはじめ、死体を掘りあてたというわけ。それで彼らは警察を呼んだ。新聞によれば手がかりはなく、銃創の箇所のせいで歯科医のデータも役に立たなかった。警察が情報提供者を求めていて、記事の末尾に電話番号が記載されていた。

正直に言えば、驚いた。ジャックは消え、彼のことは二度と考えなくてもいいはずだった。計画では、わたしは世界の誰の目にも入らないはずだった。とはいえ死体が身元不明では、容疑者を特定するのも難しいだろう。ジャック・リードがずっと身元不明のままであることを願うしかない。

オリヴァーさんが差し向けてきた二人組の殺し屋のことも調べてみた。警察は組織犯罪だと断定していた。ギャングの処刑のやり方で射殺されていたからだ。ブルーはあの時、そこまで考えたのか、それとも、アドレナリンの影響下で発砲しただけなのか。正解はきっとわからないままだろう。

ジョン・アレン・キャンベル小学校での最初の数週間、わたしはおそらく六回ぐらい、昔の自分の名前を検索してみた。新しいニュースは何もなかった。ビクビクして肩越しに振り返る被害妄想は、小さな棘のように自分を傷つける。本気で人生を生きるつもりなら、他の誰でもなくデブラ・メイズにならなければ。過去に戻ることは精神衛生上よくないと、しばらく前に学んでいた。

わたしがランチの時間に腰かけるベンチを確保すると、コーラが時々やってきて、昼食を一緒にとるようになった。彼女がやってくるのを見ると、会話が正しい方向にうまく転がるような質問を用意するようになった。コーラは感じのいい人だったが、魅力的というわけではなかった。それでもわたしは彼女を味方として頼りにしていた。相手を励ますようなあいづち――そうね、そのとおり、まさか、など――をつぶやいて、興味を失ったと思われないようにしながら、頭で別のことを考えるのは得意だった。彼女について多くを知ったわけではない。でも会話の中に大事なことが出てきたら、いつでも気がついたし、理解することができた。

ほんの一年前、二年生の担任の教師が――コーラによれば、たぶんわたしぐらいの若さ、それともほんの少し年上だったかも――亡くなった。車庫の電球を取り換えていて、梯子から落ちて頭を打ったのだ。コーラは必要な情報をすべて提供してくれた。未亡人。一人で電球を交換していたのはそのためだ。両親ともすでに亡くなっている。妹が一人いた。女性の名前はエマ・ラーク。

その夜、わたしは事務室へ入り込み、鍵のかかっていない事務用キャビネットを開けて、エマについて見つけられるだけの書類を全部見つけた。運転免許証、出生証明書、それから社会保障番号のコピー。わたしはコピーを取り、オリジナルをファイルに戻し、わたしの分をスーツケースの内ポケットに押し込んだ。

エマ・ラークは長いあいだ待っていた贈り物かもしれなかった。墓地すらない小さな町で亡くなった、わたしとほとんど同い年の女性。エマ・ラーク、という名前は悪くない。少なくとも、スペアとしてあてにできる。この六か月でわたしが何かを学んだとすれば、一つの名前だけでは充分じゃないということだ。

二〇一二年二月九日
To：ライアン
From：ジョー

今、浮気してるの。罪の意識を感じるべきかもしれないけれど、ずっと昔にセンサーがこわれちゃって、二度とまともに動かないみたい。六年のあいだ夫としかセックスしていなかったから、まるで感電したみたいになった。生きている気がしそうなほど。もちろん愛じゃない。でも別人になってから初めて、本当に何かを感じたの。

彼はカイロプラクター。あの事故以来、ずっと背中が痛くて。医者にかかってみたけれど、よくならなかった。エックス線、ＭＲＩ、異常は見つからないのに痛みがとれない。良心の痛みなのかも、と思うこともある。でもマイク先生は、魔術師みたいにそれを見ぬいた、あるいは感じ取ってくれた。手をあてただけで、自動車事故だとあてた。わかってもらえた、というのに一番近い何かだった。どうしてこんなことを書いているのかしら。きっと告白の必要があるからね。

世界が先に進んでいる気がする。人生は生きるもの、それなのにわたしはこの場所で、半分だけの人生に閉じ込められている。それ以上には決してならないの。

解決してと言った問題を、あなたは解決しなかった。わたしの心を踏みにじり続けるのね。

ジョー

二〇一二年三月一〇日
To：ジョー
From：ライアン

僕たちは皆、半分の人生を生きている。君だけじゃない。

第一二章

キャンベル小学校で一か月を過ごすと、ジョン・アレンの子ども時代の家は、安全な避難所というより牢獄のように感じられてきた。日中は質問、癇癪、おしゃべり、金切り声の一斉砲火を浴び、鼓膜に後遺症が残ることを確信しつつ、それでも生きている実感があった。夜になるとかび臭い古い家の中を幽霊のようにさまよった。

雨の日は子どもたちもわたしも、イライラしがちだった。壁に囲まれた教室の狭い空間にうんざりした。子どもたちは、一日中屋敷に閉じ込められるようにはできていない。古いキャンベル屋敷は家族用としては大きかったが、古めかしい寝室サイズの部屋で、八歳、九歳、一〇歳のクラスを教えてみてほしい。金色の唐草模様の壁紙と、分厚いビロードのカーテンに囲まれて。生徒たちは、一人ずつの机ではなく古いダイニングテーブルの周りに座った。たぶん、近所の家が取り壊された時に持ってきた物だ。肘が擦れたりぶつかったりしないように、左利きの子どもをテーブルの一方の側にまとめて座らせた。

天気の悪い日には、生徒は古いリビングルームに閉じ込められた。それは講堂のようにリフォームされていた。ベニヤ板を何枚かくっつけて足をつけ、明るいビロードのカーテンをその前に垂らす。折りたたみ椅子が三ダース。それで必要な席のできあがりだ。

いつも生真面目すぎる三年生のメリッサは、隠れん坊がどうしようもなくへたくそだった。他の生徒たちは遊び方をちゃんと理解しているようだった。ノーランはカーテンの分かれ目のところに入って、海老茶色のトレーナーを保護色にした。小柄なローラは椅子と椅子のあいだの、レインコートを積み重ねた下に身を潜めた。アンドレアは更衣室（といっても実際はクロゼット）に閉じこもり、明るい金髪のマーティンは防水シートの下に隠れているうちに眠ってしまった。メリッサは、一人っ子だと後から聞いたのだが、演台の下で体を丸めてクスクス笑い、アンドリューにたちどころに発見された。アンドリューは、見つけるのが簡単すぎるので明らかにがっかりしていた。

わたしは昼休みの残り時間、メリッサと講堂の中を歩いて、もっといい隠れ場所を教えた――バックパックの積み重なった下とか、掃除道具入れ、演台の下に入りこめる床下（構造的に安全かどうか、保証はできないが）、女子トイレ（便器の上に立って、個室のドアを開けておく）、それから講堂の椅子にうまい具合にかけたコートの下。メリッサがこの授業で充分学んだと確信した時、わたしは彼女のほうにかがみ込み、目を覗き込んで、心の底から理解させようとした。

「隠れん坊はただのゲームかもしれないけれど、やり方を知っている必要があるゲームよ」

時々、黒板の前に立ち、無邪気な目がわたしを見返しているのを見て、これが人生に似た何かだと自分に言い聞かせようとした。でもジョン・アレン・キャンベル小学校の壁の外に出なければ、これ以上長くはもたない。この人生はもう充分牢獄だった。自分が自由な女だという前提を、少なくとも自分自身に対して、嘘でもいいから保っておく必要があった。外出するまでに数週間かかった。最初の小切手を受け取るまでは、一セントも無駄にせず節約した。給与小切手を手にすると、二つ向こうの町の銀行で現金に換えた。七〇〇ドルを封筒に入れ、古いマットレスとスプリングのあいだに隠した。ベッドの下で利子はつかないが、また逃亡することになったらATMでおろせる限度額を気にしたくない。

リクルースは、滅びつつある他の町と同じように、窓の絵が描いてある靴箱をいくつか糊でくっつけたように見えた。大量の缶詰としなびた野菜を扱う小さな食料品店、食堂が一軒、バーが二軒あった。教師たちは、仕事が終わった後、時々「ホームステッド」という名のバーで飲んだ。わたしはいつも誘いを断った。まったく同じ顔触れで、一日六時間あまりを過ごすだけでも危険だった。口が軽くなり、決心がゆるむような行事に参加するのはご免だ。だから町はずれで、もう一つのバーを見つけた。校舎から二キロ足らずのところだ。

初めてのバーに入る時には、誰にでもなれる。その後、その場所でどうふるまうかを、自分で決められる。一日中、べたべたした指と、「メイズ先生」と呼ぶ甲高い声につきあうのだ。「ランタン」では、一日中もてなかった静かな時間をやっともつことができる。

カウンター席に腰かけて、ビールを注文する。デブラ・メイズは洗練された好みを受け継いでいない。文法についておそろしくひどい授業をしたばかりということもあって、ビールが一番ぴったりの気分だった。そう、「馬」は名詞。「フォーク」は名詞。「タイヤ」は名詞。でも「強さ」「勇気」「強情」も名詞だと説明しようとすると、子どもたちは暴動を起こしそうになった。

「この辺りは初めてかな」とバーテンは言った。質問ではなかった。

「ここは初めてだけど」。どこで会話が急カーブになるかわからない。あらかじめコントロールしておきたかった。

「リクルースになんて、なぜ来たのかね？」

「いい質問ね」

質問に答えが返ってこなくても平気な人もいる。文章の最後が前置詞で終わる時みたいに（これは今年の授業では扱わない予定）。

「俺はショーン、用があったら声をかけてくれ」

答えがなくても平気なタイプのようだ。

ビールを飲みながら『クローディアの秘密』を読み返した。生徒に読んでくるように言った本だ。子どもの頃、この本が好きだった。姉と弟が家出をして、メトロポリタン美術館の中に隠れて住む話。わたしの育った町に美術館はなかったが、一一歳の時に図書館に忍び込んで一晩過ごすことに成功した。それはわたしが願っていたようなわくわくする経験ではなかったし、ずいぶん面倒なことになったが、自分がうまくやれる、クラグマイヤーさんが来館者のために掃除をしているあいだ、本棚の後ろにうまく隠れていることができるとわかって、自分を誇りに思うことができた。

授業用に、理解度を高める質問と、討論のための質問を作りながら——リクルースで公共施設に忍び込むことができたとしたら、どこを選びますか?——バーの客たちを見て、食堂が一軒に対してバーが二軒ある町に住むのはなぜか、新しい見方で考えてみた。生き続けるより過去を忘れるほうが、リクルースでは大事なことなのだ。

ショーンがお代わりはと尋ねてきた。読んでいる資料の前に一パイントのグラスを滑らせてよこしながら、わたしについてなんらかの結論に達したようだった。

「新しい先生だよね」

ショーンが傍を通った時、素早く観察した。年齢はわかりづらかった。四八歳かもしれないし、六五歳かもしれない。豹のように引き締まった体つき。顔には完全に左右対称のしわが、深く刻まれていた。しわからすると、よく笑顔になるのに違いない。瞼はくたびれたように垂れ下がり、焦げ茶色の目にかぶさっていた。散髪が必要だ。ハエを追っているように、目からしょっちゅう髪を払いのけている。この町の多くの人とは違って、抜けたままの歯はなかった。この町の制服、つまりチェックのシャツとはき古したジーンズを着て、ビールの染みがつき、酒場の床よりももっと多くのものを見てきたワークブーツを履いていた。

「それはわたしのことかもね」

「あんたの話は聞いてるよ」

「何を?」

「道路地図が好きだとか」

「いい情報源をもってるのね」

「もってるとも」

ショーンは少しばかり得意そうな笑顔になった。

「この大きさの町では、噂話がさかんなんでしょうね」

「俺の情報源は町の噂話より上等さ」

「興味をそそられるわね」

おそらくわたしの声が少しとげとげしかったのだろう。あるいはそうではなかったかも。わたしは冷静で、無頓着な様子を保とうとしたけれど、他人に噂されて勝手な結論を出されるのは、うれしくなかった。

「孫が先生のクラスなんだ」

首筋のチクチクする感じが消えた。

「ええっ、本当？　お名前は？」

「アンドリュー」

「アンドリュー」

そう聞くと、似ているところが目についた。聞かなければ気がつかない程度。同じような赤い唇をしていたし、そういえば、アンドリューの目は、八歳にしてはなんだか重たそうだった。

「孫はクラスの中で目立つかい」

アンドリューは目立った。アンドリューの母親はいつも迎えに来るのが遅れた。わたしには行くところがなかったから、いつも彼と一緒に玄関の階段に腰かけた。わたしたちは座ったまま、大統領の噂話をした。というか、アンドリューが話した。フランクリン・ローズベルトは子どもの頃女の子のドレスを着ていた。エイブラハム・リンカーンはバーテンの免許をもっていた。グローヴァー・クリーヴランドは死刑執行人だった。アンドリュー・ジョンソンは仕立て屋だった。アンドリューは
――大統領ではなく生徒のほう――わたしが彼に教えたより多くをわたしに教えた。我々の教育システムにとって、熱烈な褒め言葉とはいえない。ただ資格もなしに偽名で働く教員なんて、例外的な存在だと思いたい。

わたしは身を乗り出して、ささやいた。

「実を言うと、アンドリューはわたしのお気に入りの生徒なの」

「俺のお気に入りでもある。先生のお蔭で、あいつはワイオミング以外の場所にも興味をもつようになった。見たい場所とか。俺の娘はこの町のことしか知らん。その向こうにある世界について、孫に何も教えてやれない。でも孫には外に出てほしいんだ。先生は外に出る方向を示してくれている。その時が来れば、思い出すだろう」

「そうだといいけど」

仕事の埃にまみれたデイヴという名の客がカウンターに近寄ってきた。ショーンは彼を見て飲み物を作った。

「読心術師かね、あんた」デイヴは言った。

「乾杯」ショーンは言った。

金のやりとりはなかったが、簡単な動作が合図になっているようだった。デイヴはテーブルに戻った。ショーンはぴかぴかのカウンターをさらにふきんで拭いた。習慣か、近くにいるためのポーズか。やすりでなければ取れそうにない傷を拭くふりをしていた。

「先生、本当はここで何をしているのかね?」

「ビールを一杯やっているところ。というか、二杯ね。それに正直に言えば、たぶん三杯かも」

「いや、ここ、というのはリクルース、ということだよ」

「どこかにいるのは、何かするため、とは限らないんじゃない? 誰でもどこかにいる必要あるでしょ」

「周りを見てみろよ。このバーにいる連中は全員ここの生まれだ。ほとんど誰もが、一度は出ていく計画を立てたことがある。でもどこかで何か罠に捕まって、その罠から逃げる知恵がなかったんだ。動物みたいなものだ」

「あなたの罠はなんだったの」

「この店さ。俺は一八歳になってから何年かここで働いた。アラスカへいく金を貯めていたんだ。アラスカでは本当に金儲けができるって話だった。店の所有者のホーマーには身寄りがなくて、肺癌になった時、俺にここをそっくり遺してくれたんだ」

「気前がよかったのね」

ショーンはふきんを下に置くと、テーブルにショットグラスを二つ置き、そこそこ上等な銘柄を注いだ。

「そう思うか？　最近、ホーマーは自分のやっていることがわかってた、という気がしてきてる。その頃、ここを出ていく、リクルースから解放されるんだ、という話をすると、ホーマーは俺の夢にハンマーをふるって、計画の足をなぎ倒した。他の連中も自分と同じさえない運命だと思いたかったんだろう。そうしたら自分が一人ぼっちだという現実を見ないですむからな。ホーマーのぱっと見気前のいい贈り物とやらは実は呪いで、奴もそれを知っていた。死にかけている時最後にやったのは、自分の情けない人生を誰かに継がせることだった」

「それはまたずいぶんと、意地悪な考え方ね」

ショーンは肩をすくめ、ショットグラスをわたしの前に滑らせた。そして自分のグラスを持ち上げた。

「何に乾杯するの？」

「逃亡計画、というのはどうかな？」

「誰の？」

「誰でもそれだけのガッツのある奴の」

わたしたちはグラスを合わせた。わたしは自分のグラスを飲み干して、バーに何枚か札を置き、バーのスツールから滑り降りた。ショーンのうなずき方はかすかで、ほとんどわからないほどだった。

「またどうぞ」

「考えとく」

でもまた来るのは自分でもわかっていた。他に行くところなどないのだし。

次の日、アンドリューとわたしが階段に座っていると、コーラが出てきて、首を伸ばして道の向こうを見渡そうとした。

「あなた、あの男を見た？」

「男って？」

「さっき、学校を見ている男がいたのよ。生徒の昼休みの時間に、塀の外に立っていたの。それからたった今も、わたしのオフィスの窓から姿が見えた」

「その男、子どもたちに話しかけようとした？」

「いいえ。ただ、立っていただけ。誰か探しているような感じで」

「誰かの親戚じゃないのかしら」

「わたしは全員の親戚を知っているもの」

「本当に？」

「そうよ」コーラは悲しそうに言った。

「ここはそういうところなのよ」

「わたしも気をつけておくわ。たぶんなんでもないでしょ」

実際のところ、わたしは、それがなんでもなくはないということを知っていた。つまづいて足がよろめく、そんな気分だった。

「先生は、メトロポリタン美術館に行ったことある？」

アンドリューが尋ねてきた。

わたしたちは宿題について話していた。そしてアンドリューは侵入した場所で一晩過ごすというアイデアだけでなく、大都市にしかない美術館のような施設のことに夢中になっていた。アンドリューがどこにも行ったことがない、というのではない――グランド・ティートン国立公園、カウボーイ博物館とか。でも彼は、自分の想像力を越えた外の世界の存在に気づきはじめていた。わたしだってずっと身を隠す生活をしていて、それほど世界を見てきたわけではなかった。

「行ったことないわ」

「ニューヨークに行ったことある?」

「ないわ」

「ふうん」

彼はわたしに失望したように見えた。わたしが電球で、明かりが切れたとでも言うようだった。

何も知らないからだ。

わたしの狭い世界についてアンドリューがさらに質問する前に、ありがたいことに彼の母親が到着した。


リクルースでの生活には、ほんの少しの変化しかなかった。たった一か月で、毎日が決まり切ったものになった。昼間は授業、その後教室の片づけ。週に何回かは、地下のアパートで夕食のヌードルをホットプレートで料理し、次の日の宿題を準備した。週に数回、少なくとも週末に一回、「ランタン」に行った。一杯か二杯、たまに三杯飲んだが、酔っぱらうような馬鹿な真似はしなかった。

三杯飲んだ夜、ショーンがアンドリューの誕生パーティに招待してくれた。次の週末、「馬の死骸《デッド・ホース》」湖で。なんだか気の滅入る名前がまた一つ。ショーンは友人のボートを借りて、孫と、友人何人かを乗せて釣りに行くことにしていた。同じクラスの子をもう一人呼ぶことにしていたが、その時にはまだ誰も招待に応じていなかった。一杯だけ飲んだ夜なら、社交の場で一日中過ごすのは危険だと判断する分別があっただろうに。わたしはその招待を受けた。

次の週末、わたしはボートに乗り、ショーンが持ってきてくれた釣り竿に餌をつけて、冷たく曇った空の下で何かが食いつくのを待った。アンドリューは風が冷たいと弱音を吐いた。彼は一人だけ仲間を確保していた。その子の名前はクラーク。一学年下で、アンドリューはどう見てもクラークとそれほど仲良くなかったが、誰も来ないよりはましだ。そういう気持ちをわたしは知りすぎるぐらい知っている。他に「ロイヤル・フォーチュン」号――持ち主が海賊伝説が好きで、有名な海賊船の名前をつけたそうだ――に乗り込んだのは、いつも遅れてくるアンドリューの母親シャウナと、そのボーイフレンドのカル。カルは一日に話す言葉の数を制限しているとしか思えなかった。質問に答える時の口数をケチることといったら、沈黙の誓いを立てた修道僧も顔負けのレベル。はい、いいえの代わりにうなずいて用が足りるなら、カルはそちらを選んだ。ショーンは釣り仲間も何人か誘っていた。全員愛想のいい、真っ黒に日焼けした男たちで、獲物よりクーラーのバドワイザー・ライトのほうに関心を示していた。

午後になると風が強くなり、空がどんよりした灰色と青の渦巻き模様になった。空気が冷え、雨になりそうだった。岸から遠くないところにいたので、船が揺れてアンドリューが帰りたいと訴えた時にも、ショーンは様子を見ようと言った。誰にも、何も釣れていなかった。クラークは船べりから乗り出して、胃の中身を水中に吐かないようにこらえていた。

わたしはビールを一本取って栓を開け、その瞬間船首のほうによろめいて、シャツ一面にビールをこぼした。叫び声が聞こえ、クラークが手すりから乗り出していたほうに視線を戻すと、彼の姿は消えていた。

船上の他の人々は青い深みを見下ろしていた。全員パニックで気が動転して、足がその場に凍りついていた。わたしは靴とジャケットを素早く脱ぎ捨てると、飛び込んだ。

湖の厳しい冷たさの中に飛び込んだショックで、息を全部吐いてしまった。波をかき分けて浮かび上がり、息を吸い込み、再び潜って濁った水の中を探した。この見捨てられた湖には魚なんて一匹もいやしない、とわたしは考えた。クラークの姿も見えなかった。

わたしはもう一度キックして水面に浮かび、クラークを探した。船の上の人たち全員が、船首のほうへ行けと合図していた。わたしは流れに逆らってクロールで泳ぎ、もう一度潜った。オレンジ色のウインドブレーカーが見えた。彼がこの色を選んだのは幸運のなせるわざ。やっとのことで袖を捕まえて引き寄せ、クラークの体をしっかりと抱えこんで、もういっぽうの腕も巻きつけて波立つ水の上に持ち上げた。クラークは喉をゴロゴロ言わせたり、咳き込んだりした。その時ショーンが投げた救命浮き輪が見えた。わたしは背泳ぎして、空いたほうの腕で浮き輪を抱えた。

クラークはまだパニック状態で、わたしの腕の中でもがいていた。どうやってボートに引き上げたものか。しかしショーンが素早くロープを投げてよこした。わたしはクラークの脇の下でそのロープを結び、皆が彼を引き上げた。わたしはバタ足で梯子まで泳ぎ着いてデッキに上がった。

ショーンがモーターボートを猛スピードで走らせているあいだ、クラークとわたしは毛布をかぶって抱きあっていた。ショーンは急ぐあまりにスロットルを戻し忘れたままで着岸して、ボートの持ち主に弁償しろと怒鳴られそうなものすごい音を立てた。

アンドリュー、クラーク、そしてわたしは、ショーンの四人乗りトラックでリクルースに戻った。暖房が強くしてあって、アンドリューの頬を汗がつたい落ちた。彼は一言もしゃべらず、わたしとクラークを交互に、用心深く見た。

「大丈夫か?」

ショーンはずぶ濡れの少年に尋ねた。

クラークは話す前に少し口ごもった。

「ぼ・ぼ・ぼく、もう、吐きそうじゃなくなった」

わたしたちはまず少年を両親のもとへ送り届けた。真四角でとても小さく、一つの部屋しかないような小屋だった。トラックの曇ったウインドウからやりとりが見えた。両親は素早く事態を飲み込んだようだった。母親は彼を家に入れて服を脱がせ、父親は熱心にうなずいて、気にしていない、という意味を込めてショーンの肩を叩いた。ショーンはトラックのほうを指さし、父親はわたしに合図をした。感謝の身振りのようだった。

　アンドリューはわたしの隣の席によじ登った。

「明日学校で、みんなに今日のことを話すんだ」

　リクルースでの生活はもうじき終わりだ、とその時に悟った。まだカウントダウンを始めてもいなかったのに。

第一三章

　わたしがイルカのように泳いだ、とアンドリューがクラスの皆に話したので、子どもたちは自分たちが一番よく知っている有名な魚にちなんでわたしに「ニモ先生」というあだ名をつけた。まあ「シャチのシャムー」よりはまし。海を知らない子どもたちが、「シーワールド」の人気者のことを知らなくて助かった。地方紙が小さな記事を掲載した。写真を撮られないように気をつけていたけれど、同僚の一人が、ドッジボールの審判をしているわたしを遠くから撮影したピンボケ写真があった。その小さな新聞を運営しているのは退職した新聞記者で、現代のテクノロジーにはうとく、記事はインターネット上に流れなかった。念のため「デブラ・メイズ」で色々検索をかけてみた。いくつか見つかった。たぶん本物についての記事も一つ——オハイオで行方不明者。でもしばらくは安全だろうと判断した。

その判断は、間違いだった。

クラークはわたしに湖から引っ張り上げられたのに、予想に反して打ち解けてこなかった。近くにいる時には、わたしを横目で見た。見られると、首筋にサボテンがあたるようなチクチクした感じがした。目を合わせようとしても、向こうが目をそらした。親し気な挨拶をしてみても、ぶつぶつつぶやくか、ほんのわずかうなずくだけだった。

アンドリューはクラークのぎこちない様子に気がついて、ある日の午後、わたしと一緒に階段に腰かけて母親を待っている時にそのことを持ち出した。

「男子で、女子に助けられるのを嫌がる奴もいるんだよね」

その直前まで、「ボストン茶会事件」のせいでボストン湾の魚のカフェイン含有率が上がったかどうか議論していたのだが、急に話題が変わってもわたしは驚かなかった。アンドリューがなんの話をしているのか、ちゃんとわかった。

「どうしてそう思うの?」

「クラークが時々、先生にビクビクしているみたいだから」

「それは先生も気がついていたけれど」

「変だよね、先生があいつの命を助けたのにさ。感謝するべきだよ」

「人の命を助けるのは、感謝されたいからじゃありません」

「前にもやったことあるの?　つまり、誰かの命を助けたことある?」

「そうね。あるわ」

「どうやって?」

自分の過去について少しでも真実を話してから、もうずいぶんたっていた。質問をはぐらかすこともできたけれど、子どもといる時にありのままの自分でいることはたやすい。それにアンドリューは、誰よりも真実を知る権利があった。

「ある人を水から引き上げたの。そうしなければその人は溺れていたかもしれない」

「その人もボートから落ちたの？」

「いいえ、その人は車ごと橋から落ちて、車の中に閉じ込められていたの」

「どうして橋から落ちたの？」

「それは本当にいい質問ね」

わたしはしゃべりすぎたことに気づいた。

「ね、先生が前にもやったことがあるってわかってたもん」

「その時一回だけよ」

「先生が助けたのは女の子、それとも男の子？」

「男の子よ」

「その子、ありがとうって言った？」

胸がつかえた。一瞬、泣いてしまいそうになった。

「いいえ、言わなかったわ」

アンドリューはもう一つ質問をしかけたが、その時母親が車を校舎の前に停め、アンドリューは教科書をまとめて持った。

「また明日ね、メイズ先生」

「明日ね、アンドリュー」

＊＊＊

シャウナのポンティアックが見えなくなってしばらくすると、その男がいた。誰もいない通りの反対側からわたしを見ていた。アンドリューを見ていたのかもしれない。わたしと目が合った時、男は立ち去るべきだった。

最近では、どんな理由があろうと、学校の周りでウロウロすると疑いの目で見られることぐらいは誰でも知っている。彼は立ち去らず、ただそこに立っていた。わたしが彼の顔を記憶して、似顔絵担当官に説明できるぐらい長く。

視線をじっと動かさない以外、彼の外見はまったく普通だった。野暮ったい茶色のズボンと、青のボタンダウンのシャツ、しわになったカーディガン。素早く静かに逃げるのにぴったりの、履き古したスニーカー。冷たい茶色の目は細められていた。わたしたちはアスファルトをあいだに挟んで、互いをじっと見た。わたしは立ち上がり、階段を降りて、彼が何か言うのを待った。

「いい天気だ」

男はゆっくりとものうげな口調で言った。

「あなたは誰?」

予想に反して、彼は逃げ出さなかった。

「もっといい質問は、『そっちこそ誰?』じゃないのか」

そして普通の外見の男は、さよならの代わりにうなずいて立ち去った。

落ち着くために、「ランタン」に飲みに行った。まだ注文のパターンを確立していなかったが、ショーンはわたしが腰かける前からウィスキーを注いだ。それこそ飲みたかったものだ。ウィスキーは焼けつくような日に飲む水さながら、なめらかに喉に吸い込まれていった。彼はもう一杯注いだ。わたしたちは言葉を交わさず、うなずいたり眉毛を上げたりしてやりとりをした。ショーンはわたしが疲れているようだと言った。わたしも同じ意見だった。いつも周りに気をつかう偽りの生活がこたえはじめていた。睡眠中ですら気が抜けない。こんな状態は、そう長く続けられない。

バーのドアがきしりながら開いて、閉った。日光がさっと閃いてまた暗くなった。ブーツの硬い底がコンクリートの床をゆっくりと歩いてきて、バックグラウンドに聞こえるジョン・フォガティの歌にビートをつけ加えた。ブーツの男はわたしとのあいだにスツールを一つ挟んで腰かけた。彼が口を開く前、聞き覚えのある声だと気づく前、見たことのある顔をもう一度見る前から、彼だとわかった。彼がわたしを追ってきたこともわかった。カウンターの後ろの鏡張りの壁の棚に並んだきらきら光る壜から目を離さないでいたのに。もし彼が鏡の中でわたしの目線を捕らえようとしても、わたしは気づかなかっただろう。うつむいて飲み物をじっと見ながら、なるべく縮こまろうとしていたのだから。

ショーンは新しい客に近づいた。

「ご注文は？」

「彼女と同じ物、二つ」

その声はわたしを怯えさせた。好きな響きだと思っていたのに。深くしっかりとした声で、この辺りでよく聞く鼻にかかった田舎ふうの発音ではない。わたしは黙ったまま、なんとかこっそり抜け出せるのでは、と間抜けなことを考えていた。ショーンはウィスキーを二杯注いだ。わたしは自分の一杯を飲み終えて、スツールからゆっくり降りようとした。トラブルなしに立ち去れるかもしれないと思った瞬間、彼がウィスキーをわたしの前に滑らせてきた。

「一杯つきあってくれないか、デブラ」

これはショーンの注目を引いた。わたしがバーで他の誰かと一緒にいたこともなかったし、ショーンや生徒たち以外の誰かと知り合いになろうともしなかったからだ。

「こちら、あんたの友達かい、デブラ？」

「あまり長いつきあいじゃない。でもこのデブラは、印象に残る人でね」

「そうだね」とショーンは言った。

彼は気味が悪いというよりは親しみやすいようにショーンには見えたに違いない。男たちが暗い裏面を見逃すのはよくあることだ。それは知っていた。

ショーンは男に手を差し出して、言った。

「俺はショーン、ここの店主だ」

男は言った。

「ドメニック。客だ」

「ようこそいらっしゃい。デブラとはどこで知り合いに？」

こんな展開はショーンの責任だ。愛想のよさを好奇心の隠れ蓑にして、わたしのことを探ろうとするなんて。

「長い話でね」ドメニックは言った。

「じゃ、お二人で旧交を温めるんだね」

わたしはやっとドメニックの視線を捕らえた。彼はぎょっとしたようだった。真意を探りたかったが、彼の様子からは何も読み取れなかった。

わたしたちって、まったくなんなんだろう。

ドメニックは少し面白がっているように、新しいわたしをじろじろ見た。最後に会った時には、わたしはブロンドで青い目だったし、絵具の染みがついたワンピースやスニーカーでもなかった。といっても、わたしだって絵具に気づいたのは、目線を避けようとしてうつむいた時だ。

「以前と違う感じだね、デブラ。どうしてだろう？」

「髪を切ったのよ」

「その髪型、いいよ。その他に何かが違うのかな？　前より自然というか、そんな感じだ」

逃げろ、とわたしの全身が訴えていた。でもここで逃げたら、今の生活がそっくりゴミ箱行きだ。次の新しい人生では、どんな目にあうか見当もつかない。あまりうれしくない可能性だ。

ドメニックは手をわたしの手に重ねた。

「行かないで。飲んでくれよ」

わたしはウィスキーを飲み干した。気持ちが落ち着くかと思ったがそうはならなくて、アリ地獄に踏み込んだような気分だった。抗わないよう自分に言い聞かせた。

「ここで何をしてるの」

「人を訪ねてきた」

彼はショーンに、お代わり二杯の合図をした。

「何が望み？」

わたしは彼を正面から見つめた。

「それは複雑な質問だな。一日では答えられないかもしれない」

「どうしてここに？」

「言いたいことは、君の目はとても美しい茶色——茶色？　と、とにかく、俺が今まで見た中で一番きれいな目だ。茶色。ふむ。何か違うような気がしていたが。でも君には似合う」

これはまずい。おまわりに新しい居場所まで後をつけられて、イメージチェンジではなく変装だと見抜かれた。わたしが本当は誰なのか、少なくとも、昔は誰だったのか、突き止められたのかもしれない。ドメニックがどこまで知っているのか、まるでわからなかった。その瞬間、ゲームオーバー、と強く感じた。だからわたしは飲み物を飲み干した。牢屋の中でウィスキーは飲めないだろう。少なくともトイレじゃなくて樽で作るようなのは。

「いいぞ」ドメニックは言った。

あと何人か、客がカウンターに座った。近所のガソリンスタンドの機械工のグレン、その友人で町の電気屋ジョージ。とはいえジョージの仕事のほとんどはジャクソンだった。二人ともＪＡＣ小学校に子どもを通わせていた。

「メイズ先生」グレイは言って、かぶってもいない帽子にちょっと手を触れる仕草をした。

「こんにちは」とわたしは言って、二人に向かってうなずいた。

ドメニックはその様子を見て笑顔になり、人が増えたタイミングでわたしの隣に移動した。それで、ありもしない汚れを拭きながらカウンターに身を乗り出しているショーンにも聞き取れない小声で話せるようになった。

「リクルースの住み心地はどう？」

「とてもいいわ。リクルースは他人のことに首を突っ込まないの。それで充分じゃない？」

「映画館とか」

「必要な物は全部あるわ」

「それで君は満足なのか？」

「あなたは何が望みなの？」わたしは繰り返した。

わたしたちはいつかその話をすることになっていたのだし、わたしの内面は瓦礫みたいにばらばらに崩れかけていた。

「君の秘密が知りたい」

ドメニックはわたしの耳にささやいた。

背中にぞくぞくする感覚が走った。快感だった。そう認めるのはしゃくだったが。

「秘密は一つ以上あるかもしれないわよ」

「君に秘密が一つ以上あることはもうわかってる」

「出ていって、と言ったらそうしてくれる？」

「もちろん。君が一緒に出てくれるなら」

「ここは小さな町よ、気がつかなかった？　わたしは自分の評判が気になるの」

「君の評判を傷つけたくはないな、ミス・メイズ。俺が一時間後に校舎の外で待っているというのはどうかな？」

「校舎？」

「あそこに住んでいるんだろ?」

またあのアリ地獄。わたしはもがきながら沈みつつあった。

「三〇分後」と彼は言って、出ていった。

その時、逃げ出すべきだった。頭がはっきりしていたら――少なくとも、ウィスキーを二杯飲む前だったら――経験したことのない状況に出くわしても、もう少し賢くふるまっただろう。わたしの神経は、用務員の鍵束のようにジャラジャラ鳴るばかりだった。ショーンはわたしの気分を感じたに違いない。

「大丈夫かい?」

彼がわたしにもう一杯、反応をにぶくする薬を注ぎながら尋ねてきた。

「全然大丈夫」

「昔の彼氏?」

「どうして?」

「鼠の穴に熊を押し込もうとしているように見えるからさ」

「変わったたとえね」

「他の連中は気づいちゃいないがね。そうしたら少し気分がよくなるかな?」

「ちょっとはね」

わたしは言って、カウンターに何枚か札を置いた。

「お勘定かい?」

「そうね、今日は平日なのに、もう飲みすぎちゃったし、明日はルイジアナ購入についてたっぷり授業しなくちゃならないし、そのために資料をきちんとしておかないと。あの年頃の子どもを教えてわかったけど、なんでも値段を知りたがるのよね。自分では買えない物でも。合衆国の三分の一とか」

わたしはスツールから滑り降りた。来た時に比べて足がふらついていた。

「気をつけて」とショーンは言った。その言い方が真剣すぎるのが気に入らなかった。

「それには遅すぎるかも」

わたしはジョン・アレン・キャンベルまでまあまあまっすぐに、歩いて帰った。ヴィクトリア朝形式の建物の石段に近づきながら、ドメニックの姿を探した。それから建物を一周して玄関まで戻った。アンドリューがほとんど毎日腰かけて待っている石段に腰かけた。たぶんドメニックは遅れているのだ。彼が思い留まったのでは、という馬鹿な期待をした。犯罪が発生して、呼び出されたのかもしれない。髪型を新しくした用心深い教員より、もっと重要な案件があるのだろう。

一五分たって、わたしは立ち上がって、つつましいわが住処の勝手口に回った。鍵を鍵穴に差し込むと、ドアはもう開いていた。

スタンドがついていて、ドメニックがベッドの上でくつろいで、わたしが読み古した『クローディアの秘密』を読んでいた。

わたしが入っていっても、ドメニックはろくに目を上げなかった。

「ずいぶん遅かったね」

「もう一杯飲んでいたから」

ドメニックは本から目を離さなかった。

「この本は覚えてる。子どもの頃には、自分にはなんでもできると思ってしまうんだよな。美術館の中に住んだり、大統領になったり、中古車屋に忍び込んでこっそりコルベットを乗り回したり、空を飛んだり」

「あなた、自分が飛べると思ってた？」

「ほんの短いあいだだけれどね。その時はちょっとどうかしてたんだな」

「そうに違いないわね」

「でも大人になって、自然の法則や社会の法律に従わなければならないと気がつく。縛られすぎだと感じる人もいるだろうな」

ドメニックは本を閉じ、それをベッドの横のブックスタンドに戻した。

「俺たちは話す必要がある」と彼は言った。

二〇一三年七月三〇日

To：ジョー

From：ライアン

君が知っておくべきニュースがある。ネット検索で見つけてほしくなかったんだ。君の死亡が法的に宣告された。失踪七年経過した直後に、君のお母さんが手続きをとった。

君を捜索している者はもういない。だからこれからは少し楽になるだろう。君の噂はまだ出るけれど、見つかると思っている人はいない。

過去とのつながりを捨てれば、心の平和が得られるかもしれないね。僕たちも連絡を絶つべきかもしれない。

いつも君の

R

二〇一三年八月一五日

To：ライアン

From：ジョー

わたしが死んだのは七年前。公的な記録には興味ないの。好奇心から知りたいのだけれど、わたしについてみんなどんな噂をしているの？　わたしはどうやって死んだことになってる？

二〇一三年九月一日
To：ジョー
From：ライアン
　本当に知りたい？　ほとんどの噂は、同じ高校だった連中が流してるものだ。どんなでたらめを言うか知ってるだろ。

二〇一三年九月一三日
To：ライアン
From：ジョー
　ライアン、あなたが他の誰よりも知っていることといったら、嘘のつき方ぐらいでしょ。吐き出しなさいよ。知りたいんだから。あなたのお幸せな家庭生活についても知りたい。奥さんが世界に向けて発信している家族写真を見てるけれど。罪悪感たっぷりのメールより、はるかに幸せそうなご様子ね。一度ぐらい本当のことを言ったらどう。それがどんなに残酷なものであろうとね。

二〇一三年九月二五日
To：ジョー
From：ライアン
　こんな感じだ。君が発見されなかったから、退院した後モーゼス湖で入水自殺したと思われている。足首に何か結びつけて飛び込んだ、と。色々な説がある。古い碇だとか、たまたま見つけた進入禁止の立札の土台だとか。ロジャー・ブライ（アメリカ史の、あの南軍オタクの教師）は、岩を詰め込んだ古い布袋だと思ってる。エディは君が前から行きたがってたサンフランシスコへ行って、ゴールデン・ゲートから飛び降りたと思っている。もっと突拍子もない話もいくつか聞いた。君がヒッチハイクをしていて、途中で殺されたとか——見知らぬ殺人犯の手にかかった、何千もの行方不明の少女の仲間入り——。それからユーニスは、彼女らしいものすごく暗い想像力を発揮して、君は娘を恥じた実の母親に殺されて、死体は自宅に近い森の奥深くに埋められていると考えている。

これぐらいでいいかな？

二〇一三年一一月一一日
To：ライアン
From：ジョー

溺れる時の感じ、覚えてる？　あなたが知っているのは最初の部分だけよね。胸が万力に締めつけられるように痛い。あなたが感じたよりも痛いでしょうね。でもそれから楽になって、意識を失う前に痛みがなくなるの。気持ちがいいぐらい。だから、溺死は悪い死に方じゃないと言われているのよ。最後が安らかだから。あなたにその安らかさを与えてあげるべきだった。でもあなたの命を救ったらわたしの人生がめちゃくちゃになるなんて知らなかったもの。

溺れるのはかまわない。わたしがそうやって逝ったということにしておきましょ。わたしのことを考える時には、サンフランシスコ湾の底で豪華なアンチークの碇につながれたところを想像してね。

わたしは死んでいる、だからもうわたしからの便りを受け取ることはないわ。さようなら、ライアン。

ジョー

第一四章

「どうぞごゆっくり」

わたしは言ったが、愛想よくではなかった。不愛想でもなかった。

「枯れた植木鉢の下に鍵があった」

「それは、どうぞお入りくださいというのとはちょっと違うけど」

「言いたいことは、君はそういうタイプに見えないということなんだ」

「枯れた植木鉢の下に鍵を隠すタイプ?」

「他人を信用しやすいタイプには見えないということだ」

「そのとおりよ」

「それなのに、家の鍵を二番目にわかりやすい場所に隠した」

「玄関マットがなかったから」

「だから鍵を見つける手間もそれだけ省けたよ」

「あなたは何が望みなの、ドメニック?」

「君のことを知りたい」

「それは無理かもしれないわ」

「試してみたいんだ」

彼が何を考えているのか、まだわからなかった。いくつかの間違いですべてを失って、その後の何年間で男の考えを見破れるようになったというのに。ドメニックはアパートの暗黙のルールに従って、ドアのところで靴をきちんとそろえて脱いでいた。わたしの私物を覗き回ってもいなかった。わたしのことを知りたいというなら、それが明らかに次の一手であるにもかかわらず。こういう小さな礼儀正しさはいいことだ。愛想よくしてみてもいいのかもしれない。

「わたし、お腹が空いているの。ピーナッツバターとジャムのサンドイッチを作るけど、あなたも一ついかが？」

「ピーナッツのアレルギーなんだ」

「本当に？」

「疑わないでくれよ」

「そんなつもりはなかったけど。何か他の物ならどう？」

「ジャムサンドならありがたくいただくよ」

わたしはジャムのサンドイッチをまずこしらえた。ドメニックはリトルリーグの試合が終わったばかりの一二歳の少年みたいな勢いで食べた。サンドイッチは一瞬で消えてなくなった。

「冷蔵庫にボローニャ・ソーセージがあったはず。ひょっとすると、もっとしっかりした物が食べたいんじゃないかしら」

「こんなに歓迎してくれるとは思わなかったよ」

「わたしのほうこそ、あなたが来るなんて予想外だったわ。どうやってわたしのことを見つけたの？」

「簡単じゃなかった。でも教師になると言っていただろう。公立学校の教員なら警察にデータがある。そのリストに君の名前はなかった。だから、新年度が始まった時、規則があまり厳格でない私立学校に一つずつ電話した」

「ハンバーガーを一緒に食べた女を探すにしては、ずいぶん手間をかけたのね」

「そうかもしれない。でもそれだけのことはあると思ったんだ」

わたしはソーセージとチーズのサンドイッチを作り、小さなテーブルで彼と一緒に黙って食べた。子どもを助けた時にショーンがお礼代わりにくれたちょっといいバーボンがあったので、それを開けることにした。しょっちゅう来客があるわけじゃないし。

正体がばれる危険が迫っているというのに、わたしは彼と一緒にいることを楽しんでいた。完全に普通のことをしている気分になれた。そして普通のことに長いあいだ飢えていた。もちろんわたしはドメニックに嘘をついていた。最初からずっと。でも彼はわたしが嘘つきだと知っている。少なくともその部分は取り繕わなくてもよかった。ずっと演技ばかりの生き方がどれほど疲れるか、普通の人生を送っていたらとうてい想像もつかないだろう。

ドメニックはサンドイッチの最後の一口を食べ終えて、ぐらつく木の椅子にもたれかかり、まるで感謝祭のご馳走を食べたばかりのように満足のため息をついた。

「助かったよ。ご馳走さま」

「どういたしまして」

彼はじきに話しはじめる。そうしたらこの心地よさの魔法もおしまいだ。でももうほんの少しだけ、彼とのシンプルな時間を楽しみたかった。ドメニックはバーボンを飲み干し、わたしはお代わりを注いだ。バーボンがきいてきた頭の中で、にせの人生の物語を補強する土壇場のつじつま合わせや修正、取り繕いがぐるぐる回っていた。

「君は何から逃げているんだ?」

「わたしが逃げているって誰が言ったの?」

「俺だよ」

「あらそう、だから正しいに違いないわよね」

「女は髪型や服装、唇に塗る色を変えても、まったく別人のように見えようとは普通はしないんだ」

「誰にも見つかりたくなければするわよ」

可能な時には真実を。

「俺に正直に話す気になったかい?」

「わからない」

「君は困った状況にいる。君が加害者なのか巻き込まれて被害を受けているのかが知りたい」

「後のほうよ」

「その話をする気にならないか？」

「あんまりね」

「ひょっとして、もう少し後なら？」

「まだいる気なの？」

「クリーブランドからシカゴまで、車で何時間ぐらいかかる？」

　彼の狙いはまったくわからなかったが、旅程を尋ねる相手は間違えていない。

「九〇号線で五時間ぐらいね。どうして？　旅行に行くつもり？」

「それじゃクリーブランドからアクロンまではどれぐらいかな？」

「わからないわ。二時間ぐらいかしら」

　州境を越えない短いドライブには興味がない。

「一時間もかからない。混んでいる時でもだ」

　失敗。何かわからないが、ドメニックはわたしについて何か掴んだらしい。あまりいいことではなかった。彼は立ち上がり、出ていこうとしているように見えたが、ちょっとふらついた。バーで何杯か飲んだ上に、わたしのとっておきのバーボンを二人でかなり減らしていた。

「君はデブラ・メイズじゃない。デブラ・メイズはオハイオ州クリーブランドの出身だ。そしてオハイオ州アクロンの学校へ行った。クリーブランドからアクロンまでどれぐらい時間がかかるか知っているはずだ。少なくとも二〇回以上、自分でも行き来していただろう」

「あなたは何が望みなの？」

「君が本当は誰なのかを知りたい」

「わたしはもう、誰でもない」

　ドメニックはジャケットを着て、靴を履いた。わたしは立ち上がり、鍵を取り出して錠を下ろし、ドアをブロックした。

「何をしてる？」

ドメニックが近づいてきた。ほんの数センチ離れているだけだった。頭一つ分背が高く、わたしが見上げる格好になった。それでもその瞬間、わたしにはまだ力があった。彼は自信なさげだった。用心深そうにこちらを見る様子でそれがわかった。

「あなた、酔っぱらってる。運転させたら、市民としての義務に反するわ」

「市民としての義務感のあるアウトロー、というわけか？」

「それよりひどい悪口を言われたこともあるけれど。でも、そんな状態で運転させるわけにはいかないわ」

「ドアからどいてくれ。運転しないと約束するから」

「リクルースにはモーテルもないのよ。知っているでしょ？」

「車の中で寝るよ」

「床で寝てもいいわよ」

「車のほうが楽だ」

「じゃあベッドを使ってもいいわ」

ドメニックはちょっと考えて、心を決めた。コートを脱ぎ、靴を脱ぎ飛ばす。それから頭を近づけて、わたしの耳の中にささやいた。男の匂いがした。バーボンの匂い、男の匂いがした。麝香《じゃこう》のようなあの匂い。気持ち悪いと思うか、うっとりするか。それは誰の匂いかによる。

「俺のことが怖いのか？」

「いいえ」

その時そう思った。「怖い」とはまるで違う感情だった。

ドメニックはわたしの首の後ろに手を回した。指があたたかくて力強かった。それからキスをした。前回のように、ただもっと親しげに。だって今、わたしは彼を知っているようなものだった。彼は、これが正しいことかわからない、と言いたげな、途方にくれた顔で後ろに下がった。わたしが本物の悪人、あるいは得体のしれない人間だと思っているのだろうか。

わたしは彼をベッドに押しつけて、上にまたがった。キスをする。ほんの少しのあいだ、わたしが誰かという疑問を忘れてほしかった。学校の建物の地下室のツインベッドでことに及びながら、どれだけ長く普通のカップルのふりができるだろうか。

わたしたちが服を脱いだ素早さといったら、六〇秒の記憶が飛んだのかと思うぐらいだった。彼といることが、呼吸をするように自然だった。今まで出会った誰よりも身近に感じられた。いつも忘れようとしている人のことを、ほとんど忘れることができた。

終わった後ドメニックはわたしの額にキスをして、わたしの目を覗き込んだ。何かを探すような、それと同時に優しい、疑わしいほど優しい視線だった。

「誰も殺したことがない、と言ってくれ」

雰囲気ぶち壊し、とはこのことだ。わたしは一瞬傷つき、それからわたしの中で怒りがふくれあがった。彼にもわかったはずだ。後から考えたら、それはまっとうな質問だった。

「誰も殺したことはないわ」

それはわたしにとって誇りだった。大学に行ったこともない。何かをなしとげたこともない。でも殺したことはない。今までの人生を振り返ると、それはけっこうたいしたことだった。


ドメニックは、すぐ外で列車の衝突事故があろうが気がつかないぐらい熟睡していた。わたしの目覚まし時計は耳元で霧笛が鳴るような音を出す。何回か授業に遅刻した後、コリンズ校長が自己保身をかねて、プレゼントしてくれたのだ。七年間ものあいだ水商売の時間帯で生きてきたら、週五日、朝七時ぴったりに起きると慢性的な時差ぼけ状態になる。わたしの正体がばれるとしたら、授業のとっぴな内容よりも生活リズムのほうからかもしれない。

わたしはシャワーを浴びて、役割を演じる気持ちが強い時用の花柄ワンピースとカーディガンを着た。ドメニックは小さないびきをかき続けていた。わたしはベッドで彼の横に座り、しばらく耳を傾けた。もう一人の人間が穏やかに過ごしている、心が休まる音だった。わたしはブルーの銃をベッドの横の引き出しから取り出して、紙袋にいれてバッグに押し込んだ。ベッドの横に水を一杯置いて、裏口から出た。急いでキャデラックに行き、運転席の物入れに銃を隠した。それからジョン・アレン・キャンベル小学校という戦場に戻って一日をスタートさせた。

午前中は割り算でつぶれた。一番面倒な授業は、いつも最初に片づけることにしていた。休み時間のベルが鳴ると、生徒たちは執行猶予を与えられた死刑囚のような顔になった。わたしはベンチ――いつもの指定席――に座って、いつもより疲れてうつむいていた。口笛が聞こえ、顔を上げた。

「先生」

ドメニックがフェンス越しに手を振って合図していた。

近寄って彼の表情を読もうとした。昨晩起こったことで、すべてが変わったわけではない。彼は警察官。わたしは逃亡者だ。彼は細かいことは何も知らない。でも何かを突き止めてはいた。

「おはよう、お寝坊さん」

「昨日はおもてなしをありがとう」

「最近はあれをそんなふうに呼ぶの？」

「質問がある。裏に停めてあるのは、君のキャデラック？」

「そうよ」

それはデブラ・メイズの名前で登録してあった。認めても大丈夫なはずだ。

「すごい車だね」

「昔からの友達にもらったの」

「ここでしばらく暮らすつもり？」

いい質問だ。わたしにも答えはわからない。わたしはただ肩をすくめた。

「話す気になったら……あるいは告白かな、その他なんでもいい。俺の番号は持ってるよね」

「職業意識が高いのね」

ドメニックは、チェーンのフェンスを両手で握った。彼の指がわたしの指を少しだけかすめた。

「また会おう、デブラ」

校庭の反対側からマーゴの泣く声がした。サッカーの試合の真ん中にいた。マーゴはスポーツチャンネルでプレミア・リーグ・フットボールを週末ずっと見ていて、フロッピングにすっかり夢中になっていた。しかしアスファルトとフロッピングは、最悪の組み合わせだ。

「行かなくちゃ。怪我はしていないかもしれないけど、見てやらないといけないから」

「馬鹿な真似はしないでくれよ」

「たとえばどんな？」

「逃げるとか」

第一五章

「あのハンサムな人誰なの？」

わたしが昼食のベンチに戻ると、コーラが尋ねてきた。

「古い知り合いよ」

「どういう知り合い？」

ベルが鳴った。教室に戻れるのがこんなにありがたいと思ったことはない。その日の次の授業は、ガラス壜、ストロー、粘土、薬用アルコールを使って温度計を作る実験だった。教室には温度の違いがはっきりわかるぐらい熱くなるものがなく、期待していたような面白い実験にならなかった。自作の温度計を相手にイライラしたビリー・ピーターズは、ポケットからライターを出して、ガラスの下にあてがった。

ライターは校則違反だから、没収しなければならなかった。ごてごて飾りのある金属製ライターだった。JPという頭文字が裏に彫ってあった。わたしはビリーに、これは盗品よね、という目線を投げた。それから、言いつけるつもりはないことも、目線でわからせた。わたしは密告屋ではない。それを美徳だという人もいる。でもわたしにとっては、明らかに致命的な欠点だ。


ドアにノックの音がした。何時かわからなかった。就寝時をずっと過ぎていたのは確かだ。ぐっすり眠っていたのをノックで起こされて、動悸が早くなった。素早く身を起こし、呼吸が苦しくなってあえいだ。そしてまだ慣れない部屋の様子に一瞬とまどった。

さらに三回、大きなノックの音がした。ぼんやりした意識がはっきり目覚めた。ドメニックが戻ってきて、始めた会話に決着をつけるか、違う話を始めようとしているのだと思った。通用口には覗き穴がない。ドアを開けて迎え入れた。わたしが待っていた客ではなかった。

ありきたりの外見の男が立っていた。同じカーキ色のズボンと青いシャツ。校庭の外にいた時と同じだった。外見がさえないので怖いと思わなかったのだが、それは間違いだった。この校舎にあと七時間、たった一人だ。叫んでも誰にも聞こえない。

「今晩は、マダム」

「おはよう、じゃないかしら。訪問にはちょっと夜遅すぎるんじゃない?」

「こんな時間にお邪魔して申し訳ない。でも一人きりでいてほしかったのでね。昨晩お目にかかるつもりだったが、あなたはお忙しそうでしたからね」

「わたしたち、正式に紹介されていないと思うけれど」

普通に見える男は完全に普通のやり方で手を差し出した。仕事のミーティングみたいだった。

「俺はジャック・リード。お目にかかれて光栄ですよ」

ジャック・リードなら何か月も前に、州立公園に埋めたはず。でも会ったばかりの相手にする話ではない。

わたしは彼と握手をした。

「どういうお役に立てるかしら? ミスター・リード?」

「ひょっとして、オハイオ州クリーブランド出身の、デブラ・メイズでは?」

「この辺りの人はわたしのことをミス・メイズと呼ぶけれど」

「それじゃ、メイズさんよ、女房がいったいどこにいるんだか、教えてくれちゃどうだ?」

「あなたにだって初めて会ったのに、奥さんがどこにいるかなんて知るわけないでしょ?」

ジャックが何歩か近づいた。息がわたしにかかった。彼はオールド・スパイス、汗、そしてすえた臭いがした。男の匂いとしてはよくなかった。

「ブルーは俺について色々言ったかもしれん。嘘をつくなよ。いろんな話を聞いたか?」

彼の目は暗く、瞳が見分けられないほどだった。彼はもう、普通の人のようには見えなかった。これ以上何も知らないふりをしても無駄だと判断した。

「たぶん、いくつかはね」

「じゃあ、もう一度質問しよう、マダム。俺の女房はどこにいる?」

「知らないったら」

彼の両手が首を掴み、ゆっくりと蛇のように締めつけてきた。何が起こっているのかを理解し、呼吸できないことを意識しつつ、その意識もゆっくり失われていった。完全に気を失う直前、彼が手をゆるめた。わたしは空気を求めてあえいだ。深くダイビングした後のように。酸素を吸い込もうとしていると、平手で頬を殴られた。

「女房はどこだ?」

答える間もなく、お腹を蹴られた。そもそもブルーは彼のどこに魅かれたのだろう。

「あなた、お金持ち?」

「なんだそりゃ?」

ジャックは明らかに混乱していた。

「俺から金を引っ張ろうってのか?」

「まさか、違うわ」

わたしはまだ、荒く呼吸していた。

「どうしてブルーがあなたと結婚したのか、知りたかっただけ。お相手としての魅力はただの一つもないから」

彼はもう一度わたしを蹴った。

「利口な口をきくなよ」

「わたしはもちろん利口なんかじゃないわよ。こうなるってわからなかったんだから」

「女房はどこにいる?」

わたしは彼から離れ、次の一撃を避けようとして、部屋の隅のほうへ這った。酸欠状態の脳で、この最悪の迷宮から出る方法を探した。

「わたしたち、身元を取り換えたの。彼女はわたしになり、わたしが彼女になった」

ジャックは握った拳をゆるめた。やっと役に立つ情報が聞き出せそうだからだ。

「続けろ」

「彼女はアミーリア・キーンという名前を使っている。一九八六年、ワシントン州のタコマ生まれ。車の中に古い身分証明書があると思う。あなたに必要な物は全部あげる。社会保障番号とか――とはいっても、彼女、そういう物が必要ない生活をしているかもしれないし、苗字を変えているかもしれない。断言はできないけど、ライトフットとか。オースティンで別れてからは連絡を取りあってないの」

　ジャックが後ろに下がったので、立ち上がることができた。彼は礼儀正しく、わたしのためにドアを開けた。わたしは机から車のキーを取って、外に出た。冷たい空気で、頭がはっきりしてきた。車は二〇メートル離れたところにあったが、三キロも向こうもあるような気がした。

　わたしは助手席のドアの鍵を開け、座席に座って物入れを開けた。手を突っ込み、銃を握ってジャックの額に突きつけた。

「下がるのよ」

「そいつの使い方を知ってるのか？　持ち方がぎこちないぜ」

　彼は下がらなかった。この状態からどうやって抜け出すか、思案しているようだった。そんなことをさせたくはなかったので、彼の肩を撃った。そうすると彼は後ろに下がった。というかよろめいた。わたしは助手席から出て、車の周りを回り、ブルーのやり方を真似た。

「トランクに入るのよ、ジャック」

「お前を殺してやる」

「今のところ、その可能性は低いわよね。銃を持っているのはわたしなんだから。でも希望をもつのは悪いことじゃないわ。さあ、この駐車場を血だらけにする前にトランクに入ってくれない？　あなた、辺りをすごく汚しちゃってるわよ」

ジャックはよろめき、ののしり言葉をつぶやき、この最低な状態から脱出する方法をまだ考え続けているみたいだった。正直に言わせてもらえば、自業自得というものだった。

「ジャック、今すぐトランクに入らないと、もう少し不愉快な場所を撃つことになるわよ」

彼は考えた。そして肩よりずっと不愉快ないくつもの場所に思い至った。彼はトランクに入り、わたしはフードを閉めた。駐車場を見渡して、誰にも見られていなかったことを確かめた。それからキャデラックに乗り込み、スタートさせた。行くあてはなかった。考える時間、これからどうしたらいいか、いくつかの選択肢をはかりにかける時間、自分がどんな人間なのか、どういう人間になってしまったのか、これからどういう種類の人間になるべきかを考える時間が必要だった。

＊　＊　＊

二時間ほどあてもなくドライブした。最後の二〇分、ジャックが足で蹴りはじめた。そのせいで後ろのライトがはずれ、交通パトロールに呼び止められるのが心配になった。とっさの対応はかなり得意になっていたとはいうものの、銃で撃たれた男がトランクに押し込められている理由を思いつくのはかなり難しい。

ビター・クリーク・ロードまで来て、悲惨だったボート釣りのことを思い出した。デッド・ホース湖は夜のこの時間、人気《ひとけ》がないだろう。だから記憶を頼りに車を走らせた。車のハイビームは暗闇を照らす役にはほとんど立たなかったが、そのうち湖が見つかり、ひらけた場所に駐車した。でこぼこで車が跳ね、ジャックの抵抗も静かになった。わたしは車をバックさせて、後尾を水際になるべく近づけてイグニッションを切り、銃を持ち、車の後ろに回ってトランクを開けた。

　わたしはジャックの頭を一度、心臓を一度撃った。自分の置かれた立場についてじっくり考える時間を与えないほうが親切だ。とはいえ彼は二時間のドライブのあいだ、たっぷり考えたかもしれない。でこぼこ道をドライブしながら状況を色々な角度から考えて、一つの単純な事実に行きついた。ジャックか、わたしかだ。ここでジャックを殺さなければ、背後を気にしながら残りの人生を生きることになる。簡単な結論ではなかった。

　湖岸に古いボートがあった。それを車のバンパーまで引きずってきて、ジャックを押し込み、その後から銃を放り込んだ。全力で、押したり、引きずったり、引っ張ったりして、ボートを岸辺まで戻して水に浮かべた。それからボートに乗り込んで、死んだ男をまたいで両足をふんばり、湖の真ん中まで漕いだ。体を動かしたので暑くなったが、夜気で全身が冷えた。背中の汗が氷のようだった。銃を水に投げ込んだ。

　ジャックを湖に捨てるという計画は、やや拙速だった。ジャックをボートから落とすと、わたしも落ちてしまう。わたしは立ち上がり、ボートの縁に立って転覆させた。わたしはジャックと同時に氷のように冷たい湖に落ちた。彼は銃と一緒に沈んでいった。彼は銃と一緒に葬られるべきだという気がしていた。ジャックのために心の中でお祈りを唱えながら立ち泳ぎをしていると、オールがどこにあるかわからなくなった。

　寒さで頭がぼおっとしてきた。低体温になるまで、時間はほんのわずかしかない。オールを探してボートを立て直すのは諦め、岸を目指した。頭を低くして水流に逆らい、手の指先から足のつま先までの切り裂くような鋭い痛みを無視しようとした。

　岸にたどり着くと車まで這うように歩き、トランクからキーを抜いて乗り込み、エンジンをスタートさせ、暖房をいっぱいに上げた。わたしはびしょ濡れのパジャマ姿で帰宅した。

　小学校は静まり返っていた。ヘッドライトがジャックの血だまりを照らし出した。その上に駐車して、何か別の案を考えることにした。大急ぎで中に入って、やけどしそうに熱いシャワーを浴びて生き返った。

　自分が何をしたのかに気づいたのはその時だ。ある意味、それは正当防衛だったし、たぶんジャック・リードがクソ野郎であることも一考に値する。それでもわたしは人を殺したのだ。誰かの命を奪うと、自分自身も変わってしまう。世界を見る見方、自分を見る見方が変わるだけではない。自己の核心、いわばＤＮＡが変化するのだ。自分について信じていたことのすべて、変わらない良心——そういうものについて以前はもっていた信頼感はもうなかった。

　シャワーを浴びた後、わたしを清めてくれるものは何もないと気づいた。バーボンを飲んで眠ろうとした。

　薄れる意識の中、何もかもブルーの計画だったのかもしれないという考えが浮かんだ。銃。身元の交換。わたしにジャックだと思わせたあの哀れな男を埋めたこと。ブルーは、ジャックがわたしを見つけると予想していたのか？　すべてが巧妙な計画だとしても、一つだけわからないことがあった。ブルーはなぜ、わたしが彼を殺せると思ったのか？

＊＊＊

　酔った眠りの中、次々と夢が訪れた。どんな夢だったか、興味があるのはきっとわたしだけだ。目覚めた瞬間には、新しい悪夢ではなくまだ昔の悪夢の中にいると思った。擦り切れた絨毯に裸足のまま降りた時、自分がやったことを思い出した。

デブラ・メイズになるのはたいへんな仕事だった。まだ彼女を捨てたくなかった。ジャック・リードは消え、もう戻ってこない。わたしの知るかぎり、目撃者はいない。だからわたしは歯を磨いて顔を洗い、明るいブルーのサマードレスを着て、爪が血で汚れていないかチェックし、始業一五分前に教室に着いた。

前の夜忙しかったので、授業の準備ができていなかった。出席を取って無邪気な顔を見渡すと、この仕事はもうできないと悟った。わたしが同じ部屋にいるだけで、子どもたちの魂が汚れてしまうような気がした。

「メイズ先生、メイズ先生」

はっとして気がつくまで、アンドリューが何度わたしを呼んだのかわからない。

「何かしら?」

「先生、大丈夫? 気分が悪いみたいだけど?」

「みんな、ノートを出して。左側のページに、大きくなったら何になりたいか書いて。反対側のページに、もし一番なりたいものになれなかったら何になりたいか書いて。ものごとはいつも思うようになるとは限らないから。それから次のページに、最初の二つがだめだったらどうするか書いて。それから、どんなことがあっても絶対にはなりたくないものを一つ書いて。人生で、どうしても守るべき最低限のことを守るのは、本当に大事なことです」

わたしに集中するうんざりした目線からすれば、チョークと定規を置いて立ち去る潮時だった。先生は気でも違ったのかという目で見ていないのはアンドリューだけだった。彼はノートとペンを取り、これ見よがしに言われたことをやりはじめた。

「逆からやってもいいですか?」

アンドリューが尋ねてきた。

「まず自分が絶対やりたくないことから始めてもい

い？」
「かまわないわ」
生徒たちは作業を始めた。わたしは生徒たちに背を向け、合衆国の道路を見て、次の目的地への行き方を計画しはじめた。

授業終了。わたしは荷造りを始めた。なるべく早く車を捨てる必要がある、ということは持ち物はほとんど置いていくということ。三回の給料で稼いだ金を数えてみた。四回目の給料日を待ってはいられない。家賃、食費、「ランタン」への支払いを引くと、手元にあるのは一八〇〇ドルほど。逃亡生活に充分な額とは言えない。ビールと税金は、少しずつでも積もればかなりの金額になるものだ。わたしはコリンズ校長宛に、家族が危篤なので会いに行くと手紙を書いた。なるべく早く戻ると。誰も信じないだろうが、一日か二日の時間稼ぎになるだろう。

チャンスを与えてくれてありがとう、とコリンズ校長に言いたかったし、コーラにさようならを言いたかったし、最後に「ランタン」で一杯飲んで、ショーンにハグをしたかった。あなたはいい人ね、と彼に言いたかった。そして、もし本当にリクルースから出たければ時間はまだあると。実際にはどれもできないし、わたしがきちんとお別れを言わなくても誰も困らない。

でもアンドリューは違う。彼に何も言わずに去るわけにはいかない。わたしは教室に戻り、壁から地図をはがして一枚ずつきちんとたたむと、封筒に入れた。彼に言いたいことはたくさんあったが、境界線を越えるわけにはいかない。封筒の上にこう書くだけにした。「アンドリュー、これが必要になる時がいつか来るかもしれませんね」。そして本当にそうなってほしいと願った。

スーツケースの蓋を閉めて車のトランクに入れ、自分が二か月足らず我が家と呼んでいた場所に戻り、最後にもう一度点検した。指紋を拭き取っておくことにした。ベッドから枕カバーを取り、目につくつるつるした場所をすべて拭きはじめた。

後から考えたら、すぐに出発すべきだった。辺り一面にDNAをまき散らしているというのに、指紋を全部きれいに拭いたところで何の役に立つのか?

ノックの音がした。わたしはバッグに現金を入れ、他に持っていくべき物はないか、部屋を見回した。ベッドの傍に音を立てずしゃがみ込み、招かれざる客をやり過ごそうとした。しかしノックの音は続いた。

「デブラ、いるのはわかってる。開けてくれ」

ドメニックだ。わたしはバッグと上着を掴むと、学校側の出口を出て、廊下から食料品倉庫の使用人勝手口へと走った。ドアを開け、素早く外に出て、植木の陰に身を隠す。ドメニックの車はわたしの車の隣に停めてあったが、アパートの入り口に、もう彼の姿はなかった。

わたしは古い家にそって横歩きをして、彼の居場所を突き止めようとした。たぶんわたしが別の出口を使うことを予期して、校舎の正面に回ったのだろう。通用口の存在は知られていない。キャデラックまで障害物はない。そこまで行きついてすぐに発進できれば、彼のトラックのV8エンジンでも追いつけないかもしれない。

わたしは、それまでにもとっさの判断をいくつもやってきた。別の選択肢を選んだらどうなったか、過去に遡って見ることはできないから、よい判断だったかどうかはわからない。ただジョン・アレン・キャンベル小学校の植木の陰に立っていてもいいことが何もないのは確かだ。だからわたしは走った。わたしは車めがけて、まっすぐに走った。車に乗り込んで急発進し、バックして、タイヤが焦げそうな勢いで駐車場から外に飛び出した。リクルースからグリーンズボロ、それからムアクロフト。州間道路の表示を見て、自由になった、と思った。といっても、わたしにとっての自由という程度。実はまったく自由なんかではないのだが。

やっと息をついたと思った瞬間、再び呼吸が止まった。後部座席に乗っていた男が身を乗り出して、わたしの耳元でささやいたのだ。

「俺たち、どこへ向かっているのかな、デブラ?」

車が、黄色い二重のセンターラインの上を、酔っぱらった蛇さながらに蛇行した。ホーンが鳴り響き、ヘッドライトが警告の点滅をした。わたしは車を安定させ、ブレーキを強く踏んだ。

「長距離ドライブ向きじゃなさそうだ。でも見事な車だな、それは認めるよ。こういう奴の燃費はどれぐらい?」

「よくはないわ」

「血はどこから来たのか、聞いてもいいかな?」

一瞬、頭が白くなった。何の話かわからなかった。悪い兆候だ。

「血って?」

「君のキャデラックの下と周囲に、かなりの血があった。それについて何か知っていることは?」

「何もないわ」

「フロントの座席が濡れているのはどうしてだ?」

ドメニックの手が、わたしの背中にそって座席の背もたれをなでおろした。

「コーヒーをこぼしたの」

「肩越しにか?」

わたしたちが行きついたのは、地図で見たこともない田舎の小道だった。どこかに通じる道だとしても、あまり遠くではなさそうだった。

「君がデブラでないことはわかってる。じゃあ、君は誰なんだ?」

「誰でもない」

「デブラ・メイズとは誰なんだ？」

「わたしが会った人」

「一年以上行方不明だった女性だ。ちょっと都合のいい話だな、そうじゃないか？」

「よく考えたら、都合はむしろよくないんじゃないかしら」

ドメニックは大きなため息をついた。

「君をどうしたものかな？」

不良のティーンエイジャーを前にした大人のような口調だった。でも、状況はそれより深刻だ。彼もそれはわかっていた。

「わたしこそ、あなたをどうしたらいいかしら」

わたしはすでに決めていたが、そう言った。

わたしは時速八〇キロ出していた。わたしは安全ベルトをしていた。ドメニックはしていなかった。彼はフロントに体をのしかからせていて、ドライブに健康上のリスクがあることをすっかり忘れていた。わたしはブレーキを思い切り踏んで、セメントのガードレールに車をぶつけた。古風な美しさをもつ車の右側のフェンダーが、アルミ缶のようにクシャクシャになった。

ドメニックはフロント座席を飛び越えて、頭をダッシュボードにぶつけ、それから反動で頭から落ち、足がハンドルに挟まった。彼はうめいた。それはいい兆候だった。彼の怪我は最小限にとどめたかった。スタントの経験はなかったが、なかなかうまくやれたと思う。わたしは彼の足をどけると、事故現場から一キロ離れたところに駐車した。林の後ろに隠れた細い道に入って、路肩に駐車した。

車から出て反対側のドアを開け、砂利道にドメニックを降ろした。額から血が流れていたが、すぐに手当てを受ければきっと大丈夫だ。彼の頭の下に古い毛布を敷き、彼のポケットから携帯電話を出した。わたしは指の関節を使って救急車を呼び、彼のいる場所と状態をできるだけ詳しく伝えた。立ち去ろうとした時、ドメニックが何かぶつぶつ言いはじめた。わたしは顔を近づけて何が欲しいのか聞いた。

「喉がカラカラだ」

車の中にあった水のボトルを彼に残していくことにした。

「ごめんなさいね、ドメニック。あなたに恨みはないの。生き残るためには、まさかと思うようなこともできるようになるのよ」

「行かないでくれ」

「もうじき救急車が来るはず。それまで起きていて」

立ち上がろうとすると、ドメニックがわたしの手首を掴み、力いっぱい握りしめた。

「君は誰なんだ？　本当は、何者なんだ？」

「自分でももうわからない」

二〇一四年三月三〇日
To：ジョー
From：ライアン
君はどこにいるの？　まだ生きているの？

二〇一四年七月一九日
To：ジョー
From：ライアン
君が逃亡中なのはわかってる。僕は時々、このアカウントをチェックしている。できるかぎり続けるよ。もし何か必要なら、僕にできることはする。すまない。
R

エマ・ラーク

第一六章

ドメニックが救急車に助けられて意識を取り戻し、車のナンバーやその他の確認情報を話すまでに、あと一時間ちょっとぐらいあるだろう。ということは、二時間以内に車を乗り捨てなければならない。わたしは一六号線を西へ向かい、五〇分走った。だいたいは制限速度を守った。砂埃をあげて追い越していく他の車を、うらやましく見送った。それから州間道路二五号線で、ワイオミング州キャスパーへと向かった。次の行き先を考えるのにあと一七〇キロ、一一〇分ある。身分証明書なしでは、身元不詳の根無し草として生きる他ない。それに、本物のジャック・リードの死体、ドメニック、そしてわたしのことをデブラ・メイズとして知る人々から、できるだけ離れていなければならない。

キャスパーでグレイハウンド・バスの発着所を見つけ、そこからさらに一キロほど車を走らせてショッピング・センターに駐車した。バス停まで歩いて戻り、コロラド州デンバーまでの乗車券を買った。

バスに乗り込んだのが夜中の一時五分。バスの揺れ、ガタガタする振動、道路の穴、休憩、トイレの水音、停留所のアナウンスを六時間ずっと意識し続けた。午前一〇時、わたしはデンバーのアムトラック駅にいて、行き先案内の電光掲示板をぼんやりと見ていた。デンバー発の路線は二本しかない。西方面へはロサンジェルスかサンフランシスコ行き。東方面の終点はシカゴだ。単純な選択だ。東か西か?

西海岸には絶対に近づかないことにしていたから、選ぶのは簡単だった。運の悪いことに、「カリフォルニア西風」号は、ウィスコンシンでターニャ・デュボイスの縄張りだった辺りを通過する。身元が定まらないうちは用心深くしなければ。

「西風」号の発車時刻まであと四時間。旅の道連れから借りられそうなクレジットカードを物色する時間がたっぷりあった。無防備にハンドバッグを晒している女性が狙い目だ。一番上等の靴を履いている女性を選んだ。ベンチで昼寝中で、ストラップつきのパンプスのかかとが脱げてぶらぶらしていた。わたしが横を通っても、身動き一つしなかった。開けっぱなしのバッグから財布を取り出せそうだ。周囲を見回すと、誰もが自分のことにかまけていた。わたしは上着を脱いで右腕にかけた。もう一度その女性の横を歩いて、ベンチの前で携帯電話を落とし、拾いながらバッグから財布を抜いた。人目のないところまで行ってクレジットカードを出し、シカゴまでの切符を買った。個室を奮発した。休息の必要があったし、まだ二人目のデブラ・メイズのように見えるわたしを目撃する人数が少なければ少ないほど、好都合だった。わたしの恩人、ヴァージニア・ホワイトは、財布の中に一八二ドル入れていた。クレジットカード一枚と現金はいただいたが、身分証明書は戻してあげたかった。

何気なさそうに歩きながらバッグに財布を戻すつもりだった。でも彼女はもうパニック状態で、バッグをかき回していた。わたしは駅のもう一方の端まで行って財布を下に落とした。たぶん誰か善人が見つけて本人に返してくれるだろう。

発車時刻まで四時間あった。その間にリサイクルショップを見つけて、小さなバックパックと着替えを買った。それからドラッグストアで、水、高カロリーの栄養補助食品、使い捨て携帯電話を買った。


列車に乗るまでは、特に何も起こらなかった。乗車して最初の一〇時間は、時々起きて自分の人生という名の悪夢に舞い戻って水を飲む以外は、ずっと寝ていた。睡眠をとって四八時間分の疲労から少し回復すると、空腹で目が覚めた。力が出なくて、食堂車まで歩くのが、砂漠を二日間さまようように感じられた。椅子の背もたれをつたって、酔っぱらった不良男子学生さながらによろよろと狭い通路を歩いた。やっと食堂にたどり着いてカウンターに腰を下ろすと、メニューが外国語みたいに見えた。


食堂車のウェイトレスが——名前はグレイスと言ったような気がしたが、色々な名前を頭の中で考えていただけなのかもしれない——何かお困りですか、と尋ねてきた。さぞ困っているように見えたに違いない。疑わしいふるまいをするべきではない、普通のふるまいより、疑わしいふるまいをするほうが憶えられやすい。「普通にふるまうこと」と心の中でメモした。

「おすすめは何？」

「全部おすすめです」

これほどのメニュー自慢はあっぱれ。とはいえこの二日間、複雑で、困難で、人生をかけた決断をいくつもしてきたので、これ以上の決断は勘弁してほしかった。

「違う聞き方をするわね。あなたなら、何を注文する？」

「ハンバーガー。わたしはいつもハンバーガーだから」とたぶんグレイスのウェイトレスは言った。

「ハンバーガーお願いします」

ハンバーガーは悪くなかったが、とりたてておいしくもなかった。わたしはすごいスピードでたいらげた。グレイスの自分のおすすめへの評価はさらに高まったことだろう。

彼女は皿を片づけながら、どちらへご旅行ですかと尋ねてきた。わたしは目的地をまだ決めていなかったから、「シカゴ」と答えた。

「ご家族がシカゴに？」

「シカゴの近くにね」

わたしは長旅の残りに備えて、ポテトチップ一袋、アーモンド、リンゴ一個、それに水を買った。何げない質問は必ずもっと個人的な質問へとつながる。今のわたしは何の答えも準備していなかった。個室に戻り、大きな車窓から外を眺めた。景色が飛ぶように過ぎ去っていく。重要なものをたった今見逃した気がしてならない、こんな状態がずっと続く気がした。

ネブラスカに到着する頃には、すっかり退屈していた。何もかも同じに見え、残してきた景色のことで感傷的になることもなくなった。旅の前半が終わりに近づくにつれて、時計の針の動きを見て時間を確認してばかりいた。個室はいいアイデアだが刑務所の独房よりも小さく、そういうミニマルな生活のスタイルに慣れていないかぎり、あっというまにうんざりな気分になる。

シカゴで列車を降りると、一瞬すばらしい解放感を味わった。しかし実のところは、なるべく早く中西部を離れなければならない。郵便局に行って掲示板を見たら、ＦＢＩの指名手配犯のすぐ隣にわたしのピンボケの顔写真があった、なんてことになりかねない。

シカゴのユニオン駅は、ワイオミング州リクルースの全人口よりも人が多かった。旅行客、通勤客、駅にたむろしている人々が行き来していた。蜂の群れの中にいるようだった。静かさに慣れた神経に騒音がこたえた。に

ぎやかな都会生活を経験してから長い時間がたってい
た。正直言って、都会が恋しかった。ごった返す部屋の中で目につかないとか、群衆の中に身を隠す、そんな状況が懐かしかった。

そういう明るい希望を、思いついた瞬間却下する。大都会では家賃も高いし、合法的で給料のよい仕事が必要になる。アパートと仕事のどちらにも、推薦状、職歴、それに、もっとずっと重要な、いまいましい身分証明書が必要なのに、それを今のわたしは持っていない。

時刻表を調べてみた。中西部からもっと遠ざかる必要がある。今いるところからウィスコンシン州ウォータールーまでは、記憶が正しければ州間九四号線でほんの二時間半だ。

ヴァージニア・ホワイトの現金で、レイク・ショア急行のニューヨーク州オルバニー行き乗車券を買った。発車まであと六時間あったので、荷物をロッカーに押し込んで、地元の新聞を二種類買った。その中に、警察が発表した自分の似顔絵がないことを願った。照明が暗くてほとんど客がいない、大音量のテレビがスポーツを流していないバーを見つけて、もう一人いた先客からスツール四つ分離れて座った。

「ご注文は？」バーテンが尋ねてきた。

わたしはビールを注文し、新聞を開いたが、照明が暗すぎた。それでも女がバーに一人でいる時には、何かしているように見せたほうがいい。ポーズだけでもだ。男はたいてい、いいことをしてやっている、相手になってやっている、公共の場所で一人ぼっちという恥ずかしい状態から救ってやっている、と思うからだ。

まもなく別の旅行客がわたしの隣に座った。わたしは肩をこわばらせて、自分を守るように新聞をかざした。ボディ・ランゲージを正しく読む男もいる——邪魔しないで、という疑いの余地もない意思表示。でも、読むのは自分の天気予報だけ、他人の望みが自分と違うかもしれないなどと考えもしない男もいる。

横目でうかがうと、しわになったシャツ、短すぎるネクタイ、黄ばんだよれよれの襟が見えた。襟を見れば、新しいシャツを買いなさいと言ってくれる女がいないのがわかる。セールスマン。スーツ姿で旅をする必要があり、会話のハンドルさばきは強情、やがて衝突事故を起こして炎上しながら崖から墜落しそう。ちょっと見ただけで、必要な情報は手に入った。セールスマンは胸のところ——より正確には、胸ポケットに——現金を入れている。もっと手を出しやすい場所だったら、彼との会話も悪くなかったかもしれない。でもこの男は、わたしの役に立たない。

セールスマンは飲み物を注文する前に、最初の質問を繰り出してきた。

「何を読んでるんだい？」

わたしは彼を無視しようとして、機動隊の盾のように新聞を立てた。彼は咳ばらいをした。

「何を読んでるんだい？」と彼はもう一度言った。

「新聞」

ぶっきらぼうにすれば、相手が合わせるしかない。

「僕の名前はハワード」

「あら、そう」

無視するだけだと、同じセリフを繰り返す男もいるからだ。

「君、名前は？」

わたしは新聞を下ろして、彼の目をまともに見すえた。

「実際のところ、名前はないの」

これは史上最高の、会話をストップさせる決めのセリフであるはずだ。

しかしハワードはくじけなかった。

「何か面白い記事あるかい？」

「ないわ」

バーテンがセールスマンに近づいてきて、注文を取った。一番安いウィスキー。セールスマンは一息で飲み干して、カウンターを指で叩いた。数秒後に、グラスにまたウィスキーが注がれた。彼はもう一度咳ばらいをして、わたしを見た。

「新聞まるまる一日分——いや、新聞二つだ——それで、何も面白い記事がないっていうのかい？」

ぶっきらぼうな態度は明らかに効き目がないようだった。

「自分で新聞を買って、面白い記事を探せばいいでしょ」

わたしは目の粗い白黒の紙面から視線を動かさずに言った。

「ねえ、ちょっと話をしようとしただけなんだぜ」

「でもこちらには話をする気ないの。だからわりに単純だと思うんだけど。あなたは話したい。わたしは話したくない。わたしの勝ち」

「近頃の女は、礼儀ってもんを知らないよな」

「そうね、そのとおりよ。ウーマンリブの目標はまさにそれ。男女平等じゃなくて、失礼な態度をとる権利の獲得よ。わたしたちはもう礼儀正しくお話する必要がなくなった。だから何か他のことで暇をつぶしたら」

わたしは彼の前に新聞を落として、バーを出た。

読書タイムは短かったが、自分についての記事はなかった。でも地方の犯罪が記事になるのは、新しい展開があった時だけだ。図書館に行って、フランクの死について検索してみなければ。

わたしはユニオン駅の大きなアーチ型の天井の下を一時間ほどぶらぶら歩き、これからの窮屈な旅に備えて足の運動をした。ティーンエイジャーがベンチに腰かけて、ヘッドフォンから漏れてくる大音量のリズムにあわせて頭を振っていた。わたしは彼の隣に座った。他人のことに首を突っ込まないことにかけては、現代の若者は間違いなく信頼できる。

第一七章

列車は、わたしの代わりに時速一三〇キロで走ってくれているようだ。ヴァージニアのクレジットカードをもう一度使うリスクは冒せなかったから、レイク・ショア急行では普通乗車券で我慢した。

ランチで混みあう時間帯をはずして、食堂車に移動した。ターキー・サンドイッチを注文し、運転室のすぐ後ろの窓際にテーブルを見つけた。誰かに邪魔されないか、見回してみた。携帯に釘づけの若い娘、子どもたちを静かにさせようとしている家族連れ、それに、堂々と恰幅のいい、非の打ちどころのないツイードの背広を着た紳士。彼は大いびきをかいていた。向かい側の席にいた女性が荷物をまとめはじめていた。たぶん七五歳ぐらい、背が高くほっそりしていて、かつてはたいへんな美人だったことが、明るい青い目ときわだった頬骨からわかる。髪の毛は真っ白で、あっさりしたショートカット、おそらく自分で切ったのだろう。口元と目元に、笑いじわが集中している。

彼女はわたしを見て、それからいびきの主へ目をやった。わたしは微笑んだ。彼女も微笑んだ。そしてわたしのテーブルにやってきた。

「こちらに座ってもよろしいかしら?」

テーブルはまだいくつか空いていたが、これから入ってくる乗客が列になって並んでいた。この女性は他の客より安全なように見えた。危険は冒せない。あと一〇時間もある。

「もちろん。どうぞ」

彼女はわたしの向かい側に滑り込んで、ウィンクした。

彼女のウィンクは悪くなかった。

「四〇年間、夫がのこぎりで木を切るような音を立てるのを、毎晩八時間、週に七日聞かされたわ。先立たれた時には寂しかったけれど、あの音が懐かしいと思うことはないわね」

「どちらまで?」

「エリーまで。あなたは?」

「バッファローです」

次の停車駅だ。わたしから先に尋ねたのは、不必要に目的地を晒さないようにするためだった。それに、もし誰かがデブラ・メイズかターニャ・デュボイスを目撃して、バッファローで下車したと言ったら、カナダへ逃亡したと考えてもらえるだろう。実のところ、車のトランクに隠れられさえすれば、それは悪いアイデアではなかった。

「休暇ですか、それともお帰りになる途中?」

「どちらでもないの」と彼女は冗談ぽく言った。

「この週末、孫たちの世話をしに行くのよ。息子と息子の連れ合いはそれを休暇と言ってるけどね。でもわたしはパリにも行ったことがあるのよ。休暇がどんなものかぐらい、知ってるわ。あなたは?」

「友人に会いに行くんです」

「休暇?」

「まあそんなものですね」

時々景色を見ながら、これは休暇だと自分をだまそうとしてみたけれど、うまくいってはいなかった。

「わたしはドロレス。ドロレス・マーカムよ」

苗字を言うことで、彼女は、こちらも苗字を言うべきだと仄めかしていた。言わなければよそよそしく、ひょっとすると怪しまれるかもしれない。被害妄想のせいで、社交ルールの感覚が狂っているのかもしれないが。

「エマ・ラークです」

必要とあれば、お尻のポケットにその名前をもっていた。でも今、この段階ではなるべく無名でいたかった。一瞬口声に出して言う練習はまだしていなかったから、一瞬口ごもってしまった。ほんの一瞬、一秒の何分の一にすぎなかったが、こちらを見すえる様子から、ドロレスもそれに気づいたのがわかった。

「あなたには見覚えがあるわ、エマ」

「よくある顔立ちなんでしょう」

「かもしれないけど。あなた、ご出身はどちら？」

彼女の目はわたしの目をじっと見続けていた。探るような、でもどこか親切そうなまなざし。あけっぴろげな笑顔は変わらず、でもわたしが答える様子を観察している。

「シアトルの郊外です。あなたは？」

「マディソンよ」

まずい。マディソンは、ターニャ・デュボイスが指名手配されているウォータールーからほんの三〇分だ。わたしの顔写真が新聞に大きく掲載されていただろう。おそらくドロレス・マーカムはわたしが誰なのかわかっているのだ。中西部を通過するのは明らかに判断ミスだった。ジャックを殺して以来、わたしの頭はうまく働いていなかった。

「マディソン」

初めて口に出すかのように言ってみた。

「いいところらしいですよね」

「いらしたことは一度もないの？」

「ええ、一度も」

髪を変え、目さえ変えられても、骨格を変えることはできない。観察眼が優れていれば、何人かの中からわたしを選び出せるだろう。わたしはドロレスを見つめ返した。胸に穴があくほど心臓が脈打っていた。次にどうするかを考えながら、動揺を見せず、愛想のよさを保とうとした。

「そのうち、ひょっとしたら」

「それはあまりいいアイデアじゃないかもしれないわ」

「どうしてですか？」

「マディソンで、殺人罪で指名手配されている女性があなたそっくりなのよ」

車中の気温が五秒間で一〇度も上がったように感じられた。頭の中が迷路のようだった。角を曲がるたびに行き止まり。

ドロレスのせいで、計画をすっかり練り直す必要が出てきた。その瞬間、わたしは彼女にあまり好意的だったとは言えない。でも、ドロレスを殺すなんて問題外だった。

「そんな、まさか」

「少なくとも、参考人ね。夫が階段の下で倒れているのが発見されて、妻が行方不明。もし潔白なら、どうして逃げるの？」

「ひょっとすると、真犯人に誘拐されたとか」

「争った形跡はないし、彼女は財布と、それに少なくともスーツケースを一つ持っていったのよ」

ドロレスは殺人事件の容疑者とおしゃべりをすることをたいそう楽しんでいるように見受けられた。いや、今となっては本物の殺人犯だ。でもジャックの件は本当に数に入れるべきだろうか？

そのタイミングで立ち上がって立ち去ったとしたら、疑わしく見えるし、本当に無作法だったから、会話のなりゆきにまかせることにした。

「それは本当に、怪しいですね」

「あなたが彼女にそっくりというのは、興味深いことだわ」

「誰でも、自分にそっくりな人が一人はいる、ってよく言いますよね」

「その女の人が有罪だとは、わたしには思えないの。その男はきっと自業自得だったのよ」

「階段から落ちただけなのかも」

マイクが雑音を立て、ドロレスの教養の豊かさを思わせる声の尋問に、車掌の声が割り込んできた。

「次の停車駅はエリー」

ドロレスは身じろぎもせず座っていた。

「あなたの駅ですよ？」

「そうよ」

彼女はゆっくりとバッグとコートを取り上げた。

「お話しできて楽しかったわ、ターニャ」

立っていたら膝の力が抜けていただろう。

「エマよ」

わたしのあやふやなつぶやきには、何の意味もなかった。


ドロレスは降りていった。でも、今にもターニャ・デュボイス目撃を警察に通報するだろう。彼女はプラットフォームを駅舎のほうへ歩いていった。わたしは通路を走り抜けて、ドアが閉まる直前に列車から飛び降りた。

ドロレスがいなくなったと確信がもてるまで、駅の建物に入れない。ホームの端まで行き、三〇分ベンチに腰かけて、ゆっくり、しっかり呼吸をして、神経を落ち着かせようとした。それからエリー駅の中で野球帽と大きすぎる黒いサングラスを買った。ピーチ通りを歩いていくと、現金で払えて身分証明書をうるさくチェックしなさそうなモーテルを見つけた。

竜退治館《ドラゴンスレイヤー・イン》。名前は中世ふうでも、三〇九号室の古さ加減は一九八五年頃の母の寝室と同じぐらいだった。絨毯やベッドカバーから推測するに、一〇年から一五年の歴史を誇るといったところ。「喫煙者専用」の部屋らしく、壁がねっとり汚れていたし、バスルームの流しの蛇口が錆びていた。破傷風の予防注射はいつやったっけ、と考えた。

それでも、一人で一晩考える時間があるのはいい気分だった。考えてみると、わたしが殺人犯になってから四日しかたっていない。でもその四日間は永遠にも思えた。服を脱いで、ベッドの古ぼけた上掛けを引きはがし、目の粗いシーツのあいだに潜り込む。そして頭の中の声が寝かせておいてくれるあいだだけ、睡眠をとった。

わたしの良心は、三時間の猶予しか与えてくれなかった。目を覚ますと、ベッドの脇の目覚まし時計が九時九分を指していた。まだ開いているドラッグストアが探せるだろう。服をひっかけて外に出てみた。

妙に怪しい買い物、というのがある。たとえば荒物屋で、客が縄とガムテープだけ購入したら、警察に通報したくなるだろう。でも、その客が、縄、木工用のボンド、木材、蝶番、踏み台、それからガムテープを買ったら、特に気にならないだろう。ドラッグストアでわたしは鋏、ヘアカラー、使い捨て携帯電話、化粧品あれこれ、スカーフを買い、さらにミックスナッツ、新しい歯ブラシ、歯磨き粉、シャンプー、それからマルチビタミンをカートに入れてレジ係の目をくらまそうとした。考えすぎ、やりすぎだったかもしれない。レジ係はわたしにちらりと目をやっただけだった。

ドラゴンスレイヤー・インに戻ると、鏡をじっくりと見て、自分でも自分だとわからなくなるにはどうしたらいいか、考えた。レジ袋から鋏を出し、髪の毛を一房掴んで根元近くで切った。それからもう一房、さらにもう一房と切って、やがて頭が乱暴に刈った芝生のようになった。念のために取っておいた青のコンタクトレンズを入れる。髪の色はそのままにした。別のカモフラージュがいつ必要になるかわからない。鏡の中を見ると、わたしは癌の患者、しかも関わりあいにならないほうがよいタイプに見えた。この姿なら、新しい居場所を見つけるまで安全に歩き回れる。

リノリウムの床から、切った髪をできるだけ取りのぞいた。わたしは普通の客よりホテルの掃除係に同情的なのだ。それから目覚まし時計をセットして、ベッドに入った。

一時間後、良心が締めつけられる痛みで目が覚めた。ドメニックは最後に見た時には大丈夫そうだったが、頭の負傷で予期しない後遺症があるかもしれない。全体としてかなりまともな男のようだったのに、動けなくなる以上の怪我をさせたのではないかと思うと怖くなった。

財布の中に名刺があった。デンバーで買った携帯電話を取り出して、彼の番号を呼び出した。三つ目の呼び出し音で彼が出た。少なくとも、彼だというかなりの確信があった。切るべきだったのに、できなかった。

「ドメニック?」

「そう、どちらさん?」

「頭はどんな具合?」

「デブラ?」

「その名前はもう使わないで」

「オーケー、ただ、今どこにいるかだけ、教えてくれないか、デンバーかい?」

「デンバーじゃないわ。具合はどう?」

「骨にひびが入った。俺がどんな具合か知りたくて電話したの?」

「そうよ」

「そりゃうれしいな。今どこにいるんだい?」

「他に怪我は?」

「何針かね。いい子だからどこにいるか教えてくれよ」

「大丈夫でよかった。さよなら、ドメニック」

ホテルを出たのは午前三時だった。携帯電話をゴミ箱に捨てて、フロントデスクの投入口に鍵を返した。誰にも見られなかった。駅に戻って、レイク・ショア急行のオルバニー行き乗車券を現金で買い、七時一五分に列車に乗り込んだ。

エマ・ラークという名前は一時しのぎだった。小学校の書類資料室から盗んだ身分証明書とパスポートのコピーがあっても、何の役にもたたなかった。あの抜け目ない老婦人、ドロレス・マーカムのせいで、エマ・ラークが役に立たない残骸と化すのに三日もかからなかった。名前なしでは長くやっていけない。だからさっそく仕事にとりかかった。

列車に乗り込むと車内を歩いて、わたしと年齢が近い女性客を探した。それから外見がわたしに少しでも似ている客に絞り込んだ。うまくいきそうな対象が三人。決定を下す前に充分時間をとって、骨格を観察し、身長を確かめて、もう少し大胆になって会話を交わせたら、もっと好都合だっただろう。年齢、出身地、乗車駅、目的地を聞き出せただろうから。でもチャンスがドアをノックしてくれて、わたしはそれに応えた。

癌になったといえば何とか通用しそうな長い茶色の髪の女性が、ほとんど誰もいない車両にバッグを置きっぱなしにしてトイレに立った。わたしは素早くバッグの中を探り、財布を出して自分のバッグに入れた。別の車両のトイレで、免許証、紙幣を何枚か、クレジットカードをほとんど見もしないで取り出した。それから彼女の車両をゆっくりと通り過ぎた。彼女はまだ席に戻っていなかった。バッグの中に財布があれば、盗難に気がつくのが遅くなるだろう。だからわたしは盗んだ物のほとんどを返した。それから隣の車両に移動した。すべては素早く進行した。わたしは身分証明書の名前を見もしなかった。

わたしにちょっと似たうっかり者は、ニューヨーク州シラキュースで降りた。それでやっと、新しい身分証明書を調べる勇気が出た。わたしは急いでバッグから免許証を取り出した。

ソニア・ルボヴィッチ、インディアナ州ブルーミントン出身。ルボヴィッチ。ポーランド系か、ロシア系か？　自分の身内について話さない男と短いあいだ結婚していた、と言えばいいだろう。結婚生活の失敗は、もちろんコミュニケーション不足が主な原因――とはいえ、フランクとの結婚が長続きしたのはたぶんそのお蔭だったのだが。

この名前は使えそうだ。彼女はわたしより二歳年上で、二センチ背が高い。そしてわたしたちの外見は充分似通っている。写真は数年前に撮られたもので、生活苦と病気と言えば、今のわたしの説明がつく。どの人生からも、もう多くを期待していなかった。でもエマ・ラークよりソニア・ルボヴィッチのほうが、長続きしそうだった。

二〇一五年四月一七日
To：ジョー
From：ライアン
ジョー、
どうして彼に電話して、助けを求めたの？　僕に電話すればよかったのに。僕は君を助けたのに。
R

二〇一五年六月二二日
To：ジョー
From：ライアン
ジョー、
君がいなくなって一〇年になる。皆がまた君のことを話している。君の顔写真が――今君がどんなふうに見えるか、僕にわかればいいのに――新聞に出ている。それでまた、君のことが恋しくてたまらなくなった。

用心してほしい。ジェイソン・リオンズが戻ってきた。今では検察官だ。彼は君の死亡宣告を受け入れていない。まだ君がどこかで生きていると信じている。

R

ソニア・ルボヴィッチ

Sonia Lubovich

第一八章

リクルースを出た後に行くあてはなかった。計画がはっきりした形をとったのがいつだったかわからない。たぶんずっと心の中にあったのだろう。荷物の底にあったばらばらのパズルのようなもの。母は子どもの頃、母の母と二人でマンハッタンのワンルームに住んでいた。母の父方の祖母は定期的な援助はしなかったが、毎夏、ニューヨークから脱出するためのキャンプの費用を出してくれた。母は八週間、コンクリートでできた島の中の暑くて湿気のこもった箱から解放されて、松、楓、樫、糸杉、柳の木のあいだを自由に駆け回ることができた。湖で泳ぎ、川でカヌーを漕ぎ、近所の学校友達には体験できない贅沢なレジャーを楽しんだ。

それはたいそうな冒険のように聞こえ、どうしてわたしはキャンプに行けないの、と尋ねた。母はワキ石切り場のほうを指さした。わたしは真冬以外のすべてをそこで過ごしていた。水際にテントを張ったらどう、と母は言った。半ば冗談だが、半ばは本気だった。わたしたちの家は小さかった。余分のスペースがあれば母には好都合だったろう。

それでも、母の思い出の中のすばらしいキャンプ生活が忘れられずに、時々母にその頃のことを尋ねた。自分専用のカヌーがあった？　一日何時間ぐらい泳いでもよかったの？　熊に襲われた人はいた？　同じ宿舎の友達と、連絡し続けた？

「いいえ、連絡はしなくなってしまったわ」と母は言って、その午後三杯目のジン・トニックをすすった。

「誰か湖で溺れた？」

「どうして溺れる話にそんなにこだわるの？」

その質問に答えた憶えはない。振り返ってみると、その時にはちょっと気になるトピックというだけだった。こだわるようになったのはその後だ。

「キャンプでボーイフレンドができた？」

「もちろんよ」

それでおしまい。母の目は空を見上げていた。そこに空が広がっていない時にも。わたしはいつでも、母からほんのわずかなかけらでもいいから分けてほしかった。

「夏が終わったらキャンプはどうなるの？」

「どうもならないわ。次の年に子どもたちが戻ってくるまでは誰もいないの。お話に出てくる魔法の場所みたいなもの」

窓の外にすばらしい景色が通り過ぎていくのを見る旅は、あとたったの二時間。わたしの人生の比喩そのものだ。色づいた木々が、もう秋、一〇月も半ばだと思い出させる。木の葉は色を変え、枯れはじめていたけれど、それは見たこともないすばらしい景色だった。しばらくのあいだ、逃げ出してきたいくつもの人生のことをすっかり忘れて、信じられないぐらい残酷なのにこれほどまでに美しい世界に感嘆しながら、見つめ続けていた。

いつのまにか、涙が頬をつたっていた。急いでサングラスをかけ、誰にも見られなかったことを願った。でもサングラスは魔法のような色彩を暗く染めてしまう。クソったれ。いいじゃないか、見たいんだから。人生であと何回秋を迎えられるか、あと何回、自由な女として秋を見られるかわからないんだから。わたしはサングラスをはずした。泣いているのを誰に見られようが、かまわなかった。

午後三時少し前に、オルバニーで下車した。エンパイア・サービスの、ハドソン行き特急の乗車券を買った。ワレン通りを歩いていくと、おなじみのタイプの安ホテルが目に入った。回り道をしてローズベルト・インにチェックインした。長旅の後で体をきれいにしたかった。それはもうじきできなくなる贅沢だとわかっていた。

クレジットカードに履歴が残らないように現金で支払い、慣れるためにソニア・ルボヴィッチという名前を使った。東欧系の名前がすらすら口から出て、我ながら驚いた。受付係はわたしの発音に何の反応も示さなかった。ソニアとわたしはうまくやっていけそうだった。

「何泊されますか？」とモーテルの受付係が尋ねてきた。彼はびっしりタトゥーを入れていて、今の仕事よりもっと出世したい野心がありそうだった。わたしとのやりとりにものすごく退屈していた。

「一泊だけお願いします」

四〇平方メートルの仮住まいにチェックインし、目が痛くなる青いコンタクトをはずして、熱いシャワーをたっぷりと浴びた。それから服を着てローズベルト・インを出て足をストレッチし、自由そのものの感覚を楽しんだ。リサイクルショップでいくつか必要な物を買い、買った物も一緒に、服をコインランドリーで洗濯した。使い捨ての携帯電話を二つ買った。一〇ドルで買ったばかりのコートのポケットに手をいれてみた。古くて大きすぎる格子縞のコートを着ていると、透明人間になったみたいだった。ポケットに二五セント硬貨が入っていた。

図書館があったが、閉っていた。昔ふうの食堂でハンバーガーを食べ、ローズベルトに戻って本物のベッドで寝る最後の夜を過ごした。

朝、熱いシャワーを浴びてからチェックアウトした。この世で所有するすべてを肩にかついで図書館に戻った。知りたくてたまらない気持ちを押さえて、自分自身の過去を検索するのはやめた。その代わりに五〇キロ以内にあるキャンプをリストアップし、中古車の広告に目を通した。

三時間後、五つのキャンプの情報と、歩ける範囲か、タクシーで近い距離の中古車三件のリストができた。いくつか電話をかけ、一九八二年のジープ・ワゴニエーを一〇〇〇ドルで売っている老婦人を見つけた。わたしの財政状況を考えると高い買い物だが、考えなければ掘り出し物だ。四輪駆動で、田舎道でも楽に走れる車が必要だった。

わたしはミルドレッド・ヘンセン夫人と午前一一時に会う約束をした。手持ちの現金を再確認し、魔法みたいに財布の中の金が二倍になっていてほしいと願った。でも事態はこれまでになく悪かった。車を買ったら手元に残るのは五〇〇ドルちょっと。収入がない身としては心もとない金額だ。レッドフックにある売り手の家までタクシーを使った。

ヘンセン夫人はチャーミングな老婦人だった。耳が遠いので、コミュニケーションが楽だった。ソニアのペンシルヴァニア州の免許証を見た時もまばたき一つせず、車両登録はニューヨーク州で運転免許を取った後で、と説明しようとすると、どうでもいいというように手をふった。元夫にパスポートを取り上げられた、という長い物語をこしらえてあったのだが、必要なかった。

ワゴニエーを走らせてみた。サスペンションを何とかする必要があった。跳ねる荒馬のような乗り心地。エンジンはなめらかというよりガタガタしていた。でも立派に動くし値段も手頃、それに移動の手段が絶対に必要だ。だから熱いお茶と手作りのジャム入りクッキーのもてなしを受けつつ、契約を交わした。

車に乗り込んで出発。曲がりくねって枝分かれの多い道を走り、木立に隠れて目印や表示もないキャンプを目指した。やがて「キャンプ・ロドニー」とそっけない字体で書かれた楓材の看板を見つけた。やたらに長いドライブウェイを、「進入禁止」という看板を横目に進むと、ひらけた場所に出た。白いペンキが塗られた同じ大きさの小屋がいつくかと、白に青い縁取りのあるコロニアル様式の大きくて新しい建物があった。

車から降りて玄関の階段を昇り、厚い樫材のドアを押してみる。錠が下ろされていて、びくともしない。窓のカーテンが引いてあって中の様子がわからなかったので、建物の横に回って覗いてみた。部屋の中にはいくつもの机があった。教室のようだった。後ろのほうに、しっかりした鍵のついた大きな金属製のクロゼットが見えた。後ろの壁には、二進法の表が貼ってあった。

周囲を見回した。小さなバドミントンのコートが一面、手漕ぎボートが何艘かある小さな池、バーベキュー用の設備、それから食堂の建物。キャンプ・ロドニーはコンピュータ教室用のキャンプらしい。そうだとしたら、定期的な巡回警備があるだろう。移動することにした。

数キロ行ったところに、キャンプ・ホライズンがあった。ボートが何艘かある湖は美しく、小屋は簡単に侵入でき、人目もなかった。極寒の時期までなら生き延びられそうだった。しかしすぐにうるさい管理人がやって来た。気難しい息子のために夏休みのキャンプを物色しているという話をこしらえる羽目になった。

キャンプ・ウィーズルは必要な設備がすべてそろって

いたが、幹線道路から丸見えで、発見されるリスクが高そうだった。

その午後遅くなってやっと、ダッチェス郡の北、ワイルドエーカー川の河畔で、キャンプ・ワイルドエーカーを発見した。二キロある私道の奥に隠れていた。タイヤの跡も、人の気配もなかった。頑丈そうな錠のついた小さな金網フェンスがあった。フェンスを乗り越えて、敷地内を歩いてみる。ここなら住めそうだ。必要なのは、金属カッターと新しい南京錠だけ。フェンスを再び乗り越えて、幹線道路に戻った。ガソリンスタンドで一番近いショッピングモールはどこか尋ね、リップ・ヴァン・ウィンクル橋へと道路案内表示をたどった。主要な道路はなるべく避けなければならない。州警察の車を見かけるたびに、心臓が飛び出しそうになった。ジープをちょうどいい速度に保つために速度計から目が離せず、目の前の道路が見られないほどだった。パトカーの回転ランプがバックミラーに移った瞬間に、人生がおしまいだ。

危険を意識しつつも、警察に邪魔されずに橋を越えられた。ガソリンスタンドでガソリンを満タンにして、ソニアのクレジットカードが盗難届を出されているかどうか試してみた。最後にもう一度だけ、買い物し放題ができそうだった。その後は、自分の乏しいたくわえがあるだけだ。キングストン出口の辺りに、いくつかのショッピングモールがあった。わたしは必需品を買い、四〇〇ドルとちょっと使った。キャンプ用のコンロ、大型ナイフ、ロープ、缶切り、南京錠、金属カッター、寝袋、保存食、それから数か月分のコーヒー。店から出ると、ソニアのクレジットカードをゴミ箱に放り込んだ。いつかソニアにお礼状を書くべきかも。

戻りも緊張の連続だったので、新しい家の駐車場に乗り入れた時には、わずかながらほっとした。周囲一面に、鷹のように目を配り続ける。荒物屋で買ったのは一番大

きな一〇五〇ミリの金属カッターだ。「てこの原理」と
パーソンズさんが言っていたものだ。当時六歳のわたし
と同じぐらい大きなレンチを使って、台所の錆びたバル
ブを取り換えていた時だ。

実際は、三五〇ミリのカッターでも充分だっただろう。わたしは五分でフェンスを開け、新しい錠を取りつけた。キャンプ・ワイルドエーカーに車を乗り入れると、夕闇の中で辺りを少しだけ見て回り、駐車スペースを見つけ、それから新しいねぐらを選ぶために小屋を一つずつ探検した。

ワイルドエーカーには本部の建物の周りに、一二の小屋があった。そのうち一〇棟はキャンプ参加者用、二棟は指導員用のようだった。本部には大人用の設備がそろっているだろうが、これ以上セキュリティを破りたくない。

キャンプ場の空き部屋に住むのは気が楽だった。ドアには鍵がかかっていなかった。誰にも迷惑をかけず、使われていない物を利用しているだけ。リサイクルみたいなものだ。

小屋はすべて寸分たがわず同じだった。木造の三角屋根で、壁に緑の縁取りがある。作りつけのベッドが一二ずつあり、ビニールカバーのかかったマットレスが置いてあった。ベッドの下に物を置けそうだった。垂木の上に手書きされた名前だけが違っていた。女子の名前が書かれた小屋を選び、一番奥のベッドに寝袋を置いた。小さなクロゼットに持ち物をしまうと、何か利用できる物は他にないか探しに出てみた。トイレが二棟、それにシャワー室があった。水は出たが冷たい。その朝の熱いシャワーが、当分のあいだ最後のシャワーになると知ってさえいたら。

＊＊＊

キャンプ・ワイルドエーカーの最初の晩は、一睡もできなかった。昼間のうちは、神経がまいってしまわないように過ごせた。でも夜が問題だった。誰かが来るとは思えなかったが、寝ていて無防備な時の侵入者に備えておくべきだ。庭師の道具入れにシャベルがあったので、新しい住処の周りを測って、間隔を空けて穴をいくつか掘った。木の枝を削って尖らせるのに、何日分かの午後を費やした。やがて二〇本ほどが完成して、アパッチ式の罠を四つ仕掛けることができた。

ブービートラップ作りの知識はわたしにとっては無用の長物で、役に立つ時が来て我ながら驚いた。最初にアパッチ式の罠を作ったのは一五年以上も前のことだ。教えてくれたのはローガン。その頃は、まだ彼のことをよく知らなかった。

まず、少なくとも六〇センチの幅と深さのある穴を掘る。それから尖らせた棒を穴の側面にぐるりと埋め込んで、尖った先端が下向きに中央を向くようにする。もし動物（あるいは人間）が穴を踏み抜いて、それから足を外へ出そうとしたら、木の槍が足に刺さる。

アパッチ罠は害獣の鹿を捕獲するためだとローガンに説明されて、わたしは罠作りを手伝った。その年、鹿が自動車とぶつかる事故で三名の死者が出ていた。それはどこかで読んだ覚えがあった。何日か後に、フットボール部の男子が、ローガンが自分のガールフレンドについて言ったことに文句をつけてきた。フットボール選手はローガンより二〇キロ重かった。ローガンは殴りかかられそうになると、まっすぐ森へ向かって逃げた。そして、追ってくるフットボール選手を罠のほうへ導いた。ローガンは罠を飛び越えた。フットボール選手は飛び越えなかった。彼はそのシーズン、試合に出られなかった。

ワイルドエーカーの小屋は土星の周りの衛星のように

配置されていた。わたしの小屋は二時の位置にあった。ドアから一〇メートルのところに、半円を描くように四つの罠を作った。過剰防衛かもしれないが、毎日何をして過ごそうと自由だし、それで心の平安が得られそうだった。夜起こされずにぐっすり眠るのは、いいアイデアだ。立ち去る時にもとのように埋め戻しておけばいい。

一〇月一九日。新しい家で過ごす二日目の晩。空気は澄みきった匂いがして、必要以上に深く呼吸せずにいられなかった。半月だった。子どもの頃に月に見た顔が、クレーターを見る今のわたしには見えなかった。外に出て地面にあおむけになり、目を開けていられなくなるまでじっと見つめた。コオロギがうるさいほど鳴いていた。蚊に刺されたところが朝どうなるか、考えないようにした。真夜中をかなり過ぎた頃に自分の小屋に戻ると、無邪気な眠りが訪れた。朝、目覚めると、何年分もの睡眠をたっぷり取り戻したような気分だった。

自分がやったこと、自分の犯した過ち、後に残してきた無実の人や悪人を忘れることはないだろう。でも自分が犯した罪のことを考えても、まだまともな人生を送るだけの貸しがあるはずだ。人生の小さな喜びが見つけられたら公平というものだ。キャンプ・ワイルドエーカーでの数週間、わたしはそんな喜びを見つけようとした。

朝起きると、プロパンのコンロを使ってコーヒーを淹れ、オートミールの支度をする。湖の船着き場で朝食を食べていると、マガモやアヒルがわたしにはまるでかまわずに、やってきたり飛び去ったりした。時々、午後にキャンプ場を歩いてハイキング用の小道を見つけたり、長い散歩で頭をすっきりさせた。少し暖かい日には湖で泳いだ。なるべく毎日泳ぐようにしていた。たっぷり一時間泳ぐと、指先の感覚がなくなり、唇が紫色になったけれど、生きている実感と、そして自由の感覚が得られた。

ワイルドエーカーで初めて雷雨を体験した日、住居の問題がこの先ずっとなくなったわけではないと思い知らされた。気温が一〇度下がった。小屋は雨をしのぐのがやっとという造りで、わたしはその中で寝袋にくるまっていた。雷で小屋全体が揺れた。激しい稲妻で、三角形の小屋が今にも真っ二つに裂けそうだった。

時々は必要な物を買いに出かけたが、外出はそれだけにとどめていた。目立ってはいけないとわかっていたが、二週間のあいだすばらしい景色ばかりたっぷり鑑賞し続けて、何か他の物も見たくなってきた。

一一月の初め、キャンプを出て、最近外出した時に見つけた小さな村まで歩いた。「スリー・コーナーズ」という、おおむね貧弱なショッピングモールがあった。小さな食料品店、郵便局。それから名前のわからないバー。バーは、水晶のように透き通った湖を最初キャンプで見た時のように魅力的に見えた。

タウン誌を手に取り、カウンター席に座った。古いジーンズ、フランネルのシャツ、ウールのコート、それに青いニット帽で刈り込んだ髪を隠しているわたしに、誰も注意を払わなかった。キャスパーで、最初にドメニックに会った夜を思い出した――ブルーを真似るデブラ・メイズに、全員の視線が集中した時のことを。今のわたしは、まるで透明人間のようだった。魅力的に見えないのは嫌だと思った時もあるが、今、それはわたしの役に立つ力だった。

「ご注文は？」とバーテンが尋ねてきた。

キャンプに戻ればバーボンがあるから、注文はエールにした。地元の樹木専門の医師についての記事を読んだ。木の根が腐っている状態と、予防のために森林の手入れをする方法が詳しく説明してあった。記事というよりその医者の宣伝みたいだと思ったが、それで次の客が入ってくるまでの時間がつぶれた。

ドアが勢いよく開き、女のクスクス笑う声と、男の落ち着いた低い声がこっけいな話のオチをつけているのが聞こえた。

「だからその男に金をやって、知ったことか、と言ったのさ。人生は一つだけなんだから」

最後のセリフに真剣に反論しようと思えばできたけれど、我慢した。都会の男は、デザイナー・ジーンズ、茶色の縄編みセーター、それから使い込んでいるように見えない、ファッショナブルな革製のハイキング用ブーツというういで立ちだった。女のほうは、胸以外はガリガリに痩せていた。彼女も同じようなジーンズとグレーのカーディガンだった。それなのに二人は外国から来たように見えた。

二人が入ってくると、バーの中が静まりかえった。その部屋の生気を二人が吸い取ってしまったみたいだった。他の客たちは黙って目を見かわし、敵意のこもった視線を新参者にこっそり投げかけている。都会から来たカップルはそれを見て取り、目線の攻撃を浴びて口をつぐんだ。そしてスツールに座ると、できるだけ小さく縮こまろうとした。

「ご注文は?」バーテンは都会のカップルに尋ねた。

セーターの男は場の雰囲気に合わせてビールを注文し、細身の女はウォッカ・ソーダを注文した。二人ともありがとうと言ってにっこりし、背中に穴が開くほどじろじろ見られているのを無視しようとした。

「今晩戻ろうか、それとも明日にしようか?」

セーターの男が言った。ひそひそ声だった。バーで話をするのは無作法だとでもいうように。

「今晩がいいわ」

ガリガリに痩せた女が言った。

「そうすれば渋滞がないもの」

わたしは場に溶け込んでいて、地元の人々と連帯感を覚えていた。でも都会の軽率なカップルがすばらしい贈り物をくれたので、感謝の気持ちがこみ上げた。二人のような人たちは他にもいた――しかも大勢。週末に思い切って外出すると、都会の日常から逃れてきた金持ちで町の人口が二倍になっていた。都会からの客は月曜日にはいなくなる。冬に雪が深くなるにつれて、その数も減っていくだろう。でも家はそのまま、入り放題だ。少なくとも週のうち五日間は、贅沢に暮らすことができそうだ。

都会人のカップルは店を出た。別荘へ向かったのだろう。もうすぐ無人になる別荘へ。少しだけ待っているあいだに、ああいう連中が税金を押し上げて地域の経済をめちゃめちゃにする、と他の客たちが不満を言うのが聞こえた。外に出ると、二人はセーター男のミニ・クーパーで去るところだった。

ジープで三キロばかりつけていくと、ミニは私道へ入った。家は木立ちの後ろに隠れていて、道路からはまったく見えなかった。もし二人が今夜出発するなら、わたしは月曜日に戻ってこられる。ワイルドエーカーに戻り、プロパンのコンロで缶詰のビーフシチューを温めた。それから帽子とスカーフをつけて桟橋に座り、星を眺めた。

次の朝、ライフルの声で目が覚めた。銃声は遠く、人間の声はしなかったので、わたしは再びうとうとした。狩猟シーズンが始まっていたから、散弾銃の音に慣れる必要があった。銃声なら気にせず寝られるようになったが、人の声には必ずはっとして飛び起きた。

次に人間の声がした。叫び声。小屋のすぐ外で、男が痛さのあまりわめき散らしている。近づいてくる足音。わたしがもう知っていることを突き止めようとしている男たちの声。ハンターが一人、わたしの罠に落ちたのだ。今から思えば、アパッチ罠は天才的なグッド・アイデアではなかったかもしれない。夜間の襲撃に備えるためで、何も知らない通行人を捕獲して、わたしの存在を無思慮にも知らせてしまうつもりはなかった。

窓から外を覗いてみた。三人の男が、罠にかかった不運な仲間を取り巻いて立っていた。そのうちの一人が、わたしのねぐらの周りに戦略的に配置された枝に気づいた。彼は用心深く何歩か歩いて、ライフルの銃床で枝を払った。そして棘のある口を大きく開けた穴を見下ろした。

「もう一つ見つけたぞ」と彼は怒鳴った。

「こりゃ、いったい何だ？　ここは子ども用のキャンプ地だろ？」

他の二人の男たちが友人を助けて足を罠から出そうとしているあいだに、四人目の男はわたしの三つ目と四つ目の罠も発見して、それから辺りを歩き回って、探しはじめた——そう、わたしをだ。

好奇心旺盛なハンターがわたしの小屋の真向かいの小屋に入った。

「誰かここに住んでいるみたいだ」

小屋の出口は男たちから見えない位置にあったが、トラックにたどり着くためには、銃を持った三人の男の目の前を走らなければならない——穴の中で罠にかかっている男を入れたら四人だ。わたしは寝袋をベッドの下に押し込んで隠し、靴とコートを素早く身につけて、ライターと車のキーを持った。好奇心旺盛なハンターがまだ最初の小屋にいるうちに、食堂の後ろをなるべく早く走った。彼らに見えない建物の後ろの空き地に、枯れ枝を集めはじめた。小さい火を起こし、火が勢いよく燃えはじめるのを待って、丸太を三角形にして加えた。

食堂の窓から、男たちが銃をかついで小屋から小屋へと探しているのが見えた。

火が勢いよく燃え上がった。わたしは森の中に駆け込んで、曲がりくねった三日月のような踏み分け道を三キロほど走った。踏み分け道の出口は小屋から数百メートル。そちら側の駐車スペースにトラックが隠してある。森の中を全力で走った。

二〇分後には空き地に出た。ハンターたちに見つからないように、木の後ろを這って進んだ。キャンプ場に近づくと、負傷したハンターが丸太に腰かけているのが見えた。焚き火の方角から騒ぐ声が聞こえ、煙が上がっていた。一秒も無駄にできない。トラックに飛び乗った。

駐車スペースから急発進して、負傷した男の目の前をすり抜け、広い道路への細道を走る。鎖フェンスの錠がかかったままだ。その手前に男たちのフォードのトラックがあって、出口をふさいでいる。

フェンスの錠を開け、トラックを調べた。キーが挿さったままだ。三発の銃声がした。負傷したハンターが友人たちに合図したのだ。トラックをバックさせてジープに戻る時間はない。だから彼らのフォードででこぼこ道を五〇メートルバックして、小さな空き地に乗り入れた。切り返して空き地の縁から渓流を見下ろす。車を壊して迷惑をかけるのは嫌だったが、追ってこられたくはない。トラックはわたしの古いワゴニエーよりもずっと大きかった。わたしはトラックのアクセルを踏み込んで、鼻先から渓流めがけて突っ込んだ。落下したはずみでバンパーが曲ってはずれた。

トラックから出ると、岩だらけの斜面をよじ登り、ジープに乗り込んで急発進した。

バックミラーの中にハンターたちが見えた。アクセルを目いっぱい踏み込む。ジープの後尾に弾丸があたり、頭を縮めた。右に急カーブを切って広い通りに出たとたん、急ブレーキをかけたスバルから猛烈にクラクションを鳴らされた。もう少し細い道へ左に急カーブを切ってスバルから逃れてジープを走らせ、ハンターたちから、そしてほんの短いあいだの家だったキャンプ・ワイルドエーカーから遠ざかった。

二〇一五年八月二三日
To：ジョー
From：ライアン

君が読んでくれなくても、僕は書き続けている。君に何が起こったか、君が誰になり、誰と結婚したか知ったばかりだ。新聞で読んだ。君が生きていることをみんなが知っている。

一つだけ、どうしても知りたい。

君が殺したのか？

R

第一九章

ハンターたちは、わたしのキャンプ生活をほんの何週間か早く終わらせただけだった。恨んだりはしていない。もっとしっかりした寝袋といくつか必需品があれば、夜の寒さに耐えられただろう。でも吹雪が来たら、除雪車なしには駐車場を出ることさえできなくなる。それに、次にどこへ行くか、もう決めてあった。計画よりちょっと早くなっただけだ。ハンターに出くわしてから三日間は、タコニック州立公園の駐車エリアで、ジープの中で寝た。

日曜日に、家探しを始めた。地元の店に足を運んだ。食堂やスーパー。ファーマーズ・マーケットが一番よかった。週末だけの訪問客は、一目でわかるぐらい周囲から浮いていた。タートルネックのセーター、コーデュロイのパンツ、履き古しに見えるように中国の工場で加工したジーンズ、というのが彼らの好む服装だった。

わたしが後をつけたのは、だいたいがカップルだった。新車のジープや、ベンツや、レンジ・ローヴァーのトランクに買った物を無造作に投げ入れて、今はすっかり裸になった木々の中、曲がりくねる田舎道を走っていく。わたしはノートをつけていた。目的地に着くと、経路をメモした。郡道七号線、ジャクソン・メイナーで右折、シリル道路を左折、三キロ直進、未舗装の道に入る。家はたいてい常緑樹の後ろに隠れていた。

月曜日の朝、わたしはスリー・コーナーズで出会った都会人カップルの別荘に行ってみた。なんといっても、わたしの冒険にインスピレーションを与えてくれたのはあの二人だ。私道の近くで徐行して、家を観察した。家に通じているのは、車にしろ徒歩にしろ、そうとう運が悪いか運動したいかでなければ入っていかないような、長く曲がりくねった道だった。

四〇〇メートルほど行くと、タイヤ跡のある駐車スペースと家があった。三角屋根の別荘の正面は小ぢんまりして気取らない感じだった。壊れた木製の安楽椅子が二つ、ベランダに出してあった。正面玄関の横に枯れた植物の鉢があった。鉢の下を探ってみた。少なくとも二人はそこまで馬鹿ではなかった。入り口のマットを持ち上げた。鍵はなかった。家から私道に続く垣根にそって歩いてみた。庭園と砂利道が小石で縁取られていた。他の石より光って見える石を一つずつひっくり返し、重さを調べるためにいくつかを蹴ってみた。

家の周りをもう一度回ると、もう一つ、かろうじて生きている木の鉢があった。その植木鉢の土に鍵が挿さっていた。警備会社の掲示はない。ジーンズで鍵をぬぐって、鍵穴に差してみた。うまく回った。

ドアを開けて、中に入った。木製の梁が天井を横切っていた。背の高い男なら頭をぶつけて気絶しそうだ。この家は使えるかもしれない。家具は少ししかなく、デザインはばらばらだった。リビングに木枠のソファと、同じ木枠の二人掛けの椅子があった。真っ赤な合板の台所テーブルの周りに、金属製の緑色の折りたたみ椅子が並んでいた。隣の居間の中央には擦り切れたオリエンタル調の絨毯が敷いてある。ソファの花柄カバーと、まるでちぐはぐだ。全体として、何も考えずにバザーで買い集めたような印象だった。わたしが見た都会人カップルは、日常から逃げ出してきた訪問客にすぎなかったのだ。あの二人がこんな安アパートのような内装を選ぶなんて、およそありえない。

それでも、この家には屋根があり、薪用のコンロがあり、台所が使える。さらに見て回ると、ラミネート加工された手書きのリストがあった。

宿泊規則

ようこそいらっしゃいました。

食べ物を置きっぱなしにしないでください。鼠が出ます。

食べ物を残していく時には、冷蔵庫に入れてください。

家の中の物はすべてご自由にお使いください。

トイレにタンポンやコンドームを流さないでください。トイレは汲み取り式です。

チェックアウトの時に、ベッドからシーツをはがして洗濯機に入れてください。その後は掃除係が担当いたします。

この家は使えない。未知の宿泊客、いつ現われるかわからない掃除係、これでは安心して違法占拠できない。

裏口から出て施錠し、鍵を土に埋め戻した。車に乗り、リストにある次の家に向かう。

次の家の私道は四〇〇メートルほどの長さだった。丘の上で、芝刈り機を運転中の老人ともう少しで衝突しそうになった。急ブレーキをかけ、ウインドウを下ろす。老人はトラックの横に芝刈り機を停めてエンジンを切った。

「どうされましたか?」

芝刈り機の男が尋ねてきた。

「ビグロウさんの家を探しているのですが」

「どなたですって?」

「ビグロウさんの家はここではありませんか?」

「その名前はわかりませんな。住所は何ですか?」

「書いてきませんでした。記憶に頼ってきたので」

「女の人はそういうことをするべきじゃないね」

これにはカチンときた。わたしは幹線道路ならプロのように知り尽くしていて、月のない夜でなければ勘で正しい方向がわかる。ここでやめておいたほうがよかったのだろうが、どうしても我慢できなかった。

「たいていは大丈夫なんです。でもこういう私道はどれも同じに見えて。たぶん行きすぎたんでしょう」

「ビグロウさんの住所は、どこになっていますか?」

男は尋ねた。諦めるつもりはないようだった。これ以上答えるのは馬鹿だ。

「お邪魔してすみません。もう行きますね」

芝刈り機の男はその場を動かず、Uターンさせてくれなかった。わたしは四〇〇メートルの曲がりくねった道をバックで、なるべく早く下った。

行ってみた家には全部、問題があった。三番目の家は両隣とのあいだに低い柵があるだけで、しかも通路に置かれた車や自転車からすると、隣に住んでいるのは地元の人だった。気づかれずに出入りするのは無理だ。四つ目の家は、地元の警備会社が監視しているシステムのシールがいくつか、外から見えるところに貼ってあった。ダミーかもしれないが、危険なルーレットをする理由はない。

ちょうどいい大きさのベッドを探す「三匹の熊」の少女になった気分だった。ついに見つけた時には、日が暮れてずっと後だった。小さいが親しみやすい外見の石造りのコテージで、私道が長く、針葉樹の林の奥に完全に隠れている。懐中電灯を手に三〇分ほど探すと、台所の窓の下のぐらぐらする煉瓦の隙間に鍵があった。

ドアを開けるとすぐ電灯のスイッチがあった。清潔そうで、シンプルで、すっきりしていた。こういう別荘にはたいてい、都会の狭いアパートに置けないガラクタを溜め込むものなのに。どの車、どの人の後をつけてここにたどり着いたのか思い出そうとした。しかしすべての手がかりはぼんやりしていた。名前もわからず、どこかのモーテルから盗んできた安物のメモ帳に走り書きした道順にすぎなかった。

明かりをつけた瞬間、いい場所だと感じた。空気は湿っていた。しばらくのあいだ空気を入れ替えていない家によくある臭いがした。つまり、所有者があまり利用していないということだ。クロゼットや戸棚の中を調べてみた。冬用のコートと缶詰の他は、だいたい空っぽだった。わたしにちょうどよさそうなサイズのコートが何枚かあった。テレビはあるがケーブルはなく、インターネットもなかった。電話を取るとつながっている音がしたが、それがこの家を外界とつなぐ唯一の線だった。

洗濯室に行ってみた。清潔で、洗濯機にも乾燥機にも何も入っていない。ベッドは軍隊式にきっちりメークされていた。薪コンロは、長いあいだ使われていないようだった。洗い籠も空だった。冷蔵庫の中には、調味料とベーキングソーダだけ。楽観的すぎるかもしれないが、ここの人々はかなり長いあいだ戻ってこない気がした。空調モニターが一三度にセットしてあった。水道管は凍らないが、温かく過ごせる温度でもない。一一月の初旬、あと六週間は水道管が凍る心配はない。それより前に戻ってくるつもりなら、空調を完全に切っておくはずだ。

さらに食料棚をあさると、棚の奥に口の開いたバーボンの壜があった。食器棚にグラスがあったので、一杯注いだ。

家の中を歩き回ると、ここが新しい住処だという気がしてきた。さらに探検してみると、家具も、アクセントになる装飾品も少ないが、あちこちに個人的な痕跡があった。あまり大きくない写真がマントルピースに立ててあった。この家のベランダで撮影したものだ。五〇代前半の男と女は、二人ともほっそりしてエネルギッシュに見えるものの、健康に気を遣う人にありがちなわざとらしさはない。二人とも白髪で、日に焼け、親切そうな笑いじわがある。二人のあいだに、二〇代前半の青年が二人。一人は父親にそっくりで、もう一人は似たような年齢だが父母の特徴の両方を受け継いでいた。父親の高い額と角ばった顎、母親の大きな茶色い眼と前歯の隙間がそっくりだった。全員がお互いに腕を回して、心からの微笑を浮かべていた。たった今まで声をたてて笑っていたように見えた。

この人たちの幸福は、わたしが決して経験したことのない、これからも経験することはないものだ。まれに母とわたし（それに、母がその時つきあっている男）は一緒に写真を撮った。わたしたちは皆カメラに向かって微笑んだが、写真を見ると、その笑顔はなんだかうさんくさかった。まだ若くて未来がどれほど限られたものになるか知らなかった頃でさえ、幸福な家族を見るたびに妬みで胸がつぶれそうになった。その感情の醜さに、心が腐るような気がした。そういう人たちを見ないように、自分で自分を訓練しなければならなかった。店、映画館、校舎の外で、わたしは目をそらした。

ホストファミリーの写真はマントルピースに伏せた。見るたびに胸が締めつけられて痛むだろうから。

玄関のドアの傍に、古い木製の机があった。事務所にあるような型の、ボタン式の茶色の電話。その隣にカレンダーと、色々なペンが入ったマグカップがあった。カレンダーで前の週をチェックすると、土曜と日曜に×印がついていた。先を見ると、感謝祭にクエスチョン・マーク、クリスマスシーズンにいくつか×印がついていた。わたしは飲み物を飲み終えて、もう一杯注いだ。今晩はここに泊まることにした。

引き出しに業者の連絡先のリストと、古い請求書が入っていた。電話会社の請求書の名前を見た。レオナード・フレイジャー。レンだろうか、レニーだろうか。隣人が訪ねてきたら大事なポイントとなるだろう。女性の名前を見つけようとして、机をもっと探した。一番下の引き出しに小さな紙箱があり、手紙やカードが入っていた。ほとんどがクリスマスカードだった。その大半が「フレイジャーの皆様」か、「フレイジャーご夫妻」宛で、ジーナ・フレイジャー宛が一、二通あった。

一ダースほどの手紙が未開封のままなのが奇妙だった。封筒からして、私信のようだった。そのうちに、端をきれいにカットして開封した封筒を見つけた。すでにこの家に押し入っているわけなので、プライバシーを侵害しても今さら大それたこととは思えなかった。

空色の封筒から、きれいにたたんだ薄葉紙を引っ張り出して、読んだ。

レン、ジーナ

何を書いたらいいか、いいえ、そもそも書くべきなのか、言葉が慰めになるのか、わたしたちにはわかりませんでした。この手紙を書く前にも、何日も悩みました。トビーのこと本当にお気の毒です。トビーは美しい心の持ち主でした。わたしたち皆から惜しまれることでしょう。

たった今、お二人がどんなお気持ちなのか想像すらできません。もしわたしたちにできることがあれば、お知らせください。こんなことを書いてもしかたがないのですが。でも本当です。

心から

トリシアとロブ

手紙を封筒に戻して、束の残りを調べた。もう一つ開封してある封筒が見つかった。ホールマーク・ブランドのカードだ。

お子さんを亡くされたことにお悔やみ申し上げますカードを開くと、ともに悲しむ人々や、お互いの中に強さを見出すことについて何行か。本人が書いたのは、一番下にこれだけだった。

あなたのことを考えています。ダイアン

こんな定型グリーティングカードは初めて見たが、いいアイデアとは思えなかった。ダイアンはまるきりセンスのない人のように思えた。さらにいくつか、開封されていない手紙があった。おそらく最初の何通かを受け取った後、ジーナとレンは、それ以上読む意味がわからなくなったのだろう。でもわたしには意味があった。机の真ん中の引き出しに、ペーパーナイフがあった。わたしは適当な封筒を取り出して、ナイフで開封した。

レン、ジーナ

これほど長いあいだ、お便りをせずにいてすみません。わたし自身もショックを受けていて、何を書いていいかわからなかったのです。お悔やみ申し上げます。トビーは感じやすく、傷つきやすい人でした。彼がいなくなると皆寂しく思うでしょう。

もちろんのこと、何か必要なことがあれば、わたしにできることをさせてください。

愛をこめて、いつもあなたたちの

リネット

フレイジャー一家の家に入ってから今までの感情の変化は奇妙なものだった。完璧な家族の写真と優雅な別荘を見て、使っていない場所なのだし侵入してもいいだろうと思ったのだ。この人たちがもっているすべてが妬ましかった。でも一家が体験したこと、口に出せないほどの喪失について知ってみると、この家にいるのがさらに気楽になった。不運をわかちあっていることで、ここにいる権利があるとでもいうように。

わたしの侵入がどれほどとんでもないことだったかを理解したのは、何日も後のことだった。この時点では、「ここはわたしの家だ」と感じただけで、もう一杯注いで机の横に座ると、ありきたりの同情の言葉以外の何かが書いてある手紙はないかと探した。小さな、飾り気のないビジネス用封筒があった。差出人は、オハイオ州オバーリンのC・ラーセン。

ジーナ、レン、

すまない。本当にすまない。

知らなかったんだ。信じてほしい。あの子が何をするか少しでも察していたら、何か手を打っただろう。よくなっている、と本当に思っていた。ほんの一日前には、幸せそうに見えた。どうか許してほしい。

バカバカしい手紙だな。役にもたたない。あの子の遺書と同じだ。

カール

わたしは手紙を箱に戻して引き出しを閉めた。部屋の隅まで這っていって座っていると、耳で聞こえるほど心臓が激しく脈打っていた。ほんのしばらくだが、歓迎されている気がしなくなった。家自体が感情をもっていて、立ち去ってほしいと頼んでいるようだった。四方の壁にドアのほうへ押されているような気がした。でもわたしは床にしっかりと貼りついて、靴のかかとでふんばった。この家には病的なものが感じられた。その部分がわたしにしっくり来た。留まるつもりだった。

その夜、熱いシャワーを浴びた。三週間ぶりだ。キャビアのように豪勢に感じられた。引き出しに古いヤンキースのTシャツがあった。レオナードか、ジーナの物だろう。トビーの物だったかもしれない。それを着てベッドに潜り込んだ。その夜は寝られなかったが、温かく、快適だった。それ以上望めることなどなかった。

次の日は家から出なかった。持ち物のほとんどはキャンプに置きっぱなしだった。あのハンターたちが盗んでいなければの話だが。取り戻しに行く気にはならなかった。それに、フレイジャー夫妻の家には、しばらく滞在するのに必要な物が全部そろっていた。缶詰、保存食、冷凍野菜、トマトソースの壜が少なくとも三つ、あと、バーボンの残り。本やCDもあったが、最近テレビのない場所で過ごしてきたことを思えば、もっと魅力的なのは映画のコレクションだった。

DVDには共通する特徴も、わかりやすい順序もなかった。『博士の異常な愛情』の横に『やぶれかぶれ一発勝負!』、さらにその横に『フィラデルフィア物語』、『ダイ・ハード』、『波止場』、『おつむてんてんクリニック』、『地獄の黙示録』、『ハングオーバー！　消えた花ムコと史上最悪の二日酔い』。残りの五〇本ほども、ばらばらなのは似たり寄ったりだった。一時間ほど、その棚から映画を選ぼうとした。それから、時間だけはたっぷりあることを思い出した。一番上の棚の一番左側のＤＶＤを取り出した――『博士の異常な愛情』。プレイヤーに入れ、ソファに座って、映画を観た。

三日後に、二〇本の映画を観終わった。同じ場所からほとんど動いていなかった。

二〇一五年九月三日
To：ジョー
From：ライアン

君が逃亡中なのはわかっている。どうしているの？　現金が必要なら、彼にはもう頼まないように。僕は君のために貯金してある。ずっと貯めていたんだ。君が怒るだろうと思って、言えないでいた。いつでも欲しい時には言ってほしい。

返事を書くのは危険すぎると考えているのかもしれないが、僕は注意している。このメールもいつもとは違う場所で書いているし、誰にも打ち明けていない。

君は今助けが必要だと思う。僕に助けさせてほしい。

R

二〇一五年九月一六日
To：ジョー
From：ライアン

あのことから一〇年目だからだと思うが、ライターが来て、質問して回っている。メリンダ・リオンズの殺害とノーラ・グラスの失踪について本を書いているそうだ。僕のところにも来た。僕は会うのを断ったが、彼女はカーライルさんのところで空いている部屋を借りた。しばらく滞在するつもりらしい。

もう一つ、君が喜ぶかもしれないこと。エディはローガンと別れた。二人の関係は終わりだ。そのことについて、僕が何もしなかったことについて、まだ怒っているかもしれないが、これで水に流して僕に返事を書いてほしい。

Rより

第二〇章

わたしはフレイジャー家のテレビに釘づけだった。ソファに座って画面を観る以外に何もできなかった。四日目、一〇回連続でプレーンのオートミールだけの食事を食べた後、思い切って外に出て、キャンプ・ワイルドエーカーの持ち物を取り戻すことにした。

一キロほど離れたところで、常緑樹の下に車を隠した。ジーナのドレスを着て、洗面所のキャビネットで見つけたサクランボ色のリップグロスを塗った。似合わないのはわかっていたが、ハンターと追いかけっこをした女には見えなければいい。息子か娘のために合宿キャンプを物色している、やつれた母親のふりができるだろう。ぶつけたトラックの壊れたフェンダーが渓流に新しくつけ加わった以外、キャンプは最後に見た時のままだった。鎖のフェンスは開いたままだったし、ハンターたちは、次にこの辺りを散策する足が不運な目にあわないようにアパッチ罠を埋める手間すらかけていなかった。

寝床をチェックしてみた。床は泥の足跡だらけだった。でもベッドの下の必需品には誰も気づいていなかった。長いあいだ居座っているとは思いもしなかったのだろう。衣類と食べ物をバックパックに詰め込み、キャンプ用品をかきあつめた。掘ったのと同じ土で罠を埋め戻した。道具をすべてジープに運んだ。秋の空気は冷たかったが、汗びっしょりになった。

去る時には、もうノスタルジックな気分になっていた。これから何が起こるか見当もつかなかったが、ワイルドエーカーは本当の自由が味わえる最後の場所のはずだ。何かが変わろうとしていた。気候のせいで選択肢も少なくなっていた。安全で守られていると感じても一瞬にすぎなかった。突然氷のように冷たくなったり、熱くなったりするシャワーを浴びているようだった。

安い加工肉、パン、ピーナッツバター、それから特売品を手あたり次第に買った。手持ちの金が底をつきかけていることを必死で忘れようとした。わたしのような人間がこの町で見つけられる仕事、というより、どこであろうと無名のままできる仕事がどういうものか、考えないようにした。こんなふうに生き延びていくためには多くを必要としないとはいっても、やはり何かが必要だった。

ライアンに電話することを考えたが、プライドが邪魔をしていた。距離をおくほうが楽だった。まだ二二八ドルがあり、頭の上には屋根があった。

店からの帰り道、名前のないバーを通りかかった。誰かに話しかけるつもりはなかったが、人恋しい気分だった。割引タイムで、ビールはたった二ドル。バーテンがうなずいて挨拶した。わたしが前にも来たのを覚えている、というように。この店はこれで最後にしようと決めた。

カウンターに新聞があった。わたしは会話を避けるためにそれを取り上げた。

「ご注文は？」

「ビールを」

バーテンは、一パイントグラスに注ぎながら、気軽に会話しようとした。ちょっとしたやりとりをするにも、点火したダイナマイトがないか気にかかる。この先、こんな状態から解放される日は来るのだろうか。

「この辺りの人？」

「通りがかりよ」

「どこからかな？」

「いろんなところ」

彼はわたしの目をまっすぐに見て、それから胸騒ぎがするとでもいうように、目をそらした。そして目を合わせないようにしながら、飲み物を出した。何を見たのだろう。鏡を見れば、わたしにもそれが見えるだろうか？ありそうもない可能性が心に浮かんできた。彼はわたしが誰か知っている、そしてどういう人生を送ってきたかを知っている、という可能性はあるだろうか？　過去のことは考えないようにしてきた。フルスピードで逃げる一番の利点は、過去を振り返る暇がないことだ。でも過去について考えなくても、ジャック・リードを殺して以来、心の中が大きく変化していた。

必要なら、また同じことをやるだろう。でも昔のわたし、再び戻りたかった昔のわたしには二度と戻れない、と知りながらやるだろう。善から悪への変化というだけではなかった。わたしは悪い人間ではない。でもわたしの中で病気が広がり、やがて全身を乗っ取っていく。この時には、誰かが外側からそれを見破れるとは思っていなかった。

「アールの話、聞いたか？」

ぴんと尖らせた口ひげの客が店主に尋ねた。

「いいや、何があった？」

「キャンプ・ワイルドエーカーで、何やら動物の罠みたいな物にかかったんだと」

「あそこで何をやっていたんだね？」

「ゲイリーとルート、それから確かマイクと一緒に、ハンティングをしてたのさ」

「誰が罠なんか仕掛けたんだ？」とバーテンは尋ねた。

「ティーンエイジャーらしい。たぶん家出少年だろ。あそこで寝泊まりしていたんだな。アールが罠にかかった時、そいつは逃げ出した。車のナンバーの一部を見たが、マイクは通報したくないのさ。ワイルドエーカーで猟をするのは違法だからな」

「そのガキが罠を仕掛けたって話なのかい？」

「ゲイリーはそう考えてる。被害妄想の子どもかもしれない。学校に爆弾を仕掛けたりするような奴さ」

「そのティーンエイジャーが罠を仕掛けたんだろうな。夕飯に肉が食いたかったのかもな」

「さあな。最近のガキのことはわからんよ」

わたしのジープはすぐ外に停めてあった。ナンバーの知られている部分が丸見えで、弾丸の穴が開いている。近くから見れば、わたしは一〇代の少年には見えないが、いずれにしてもビールを飲み終えると外に出た。

フレイジャーの家に戻る途中、路肩に車を寄せて後ろから来る車を通した。トラクターを牽引するのろのろ運転の車も含めてだ。秘密の家の私道に入るわたしの車を目撃している者は誰もいなかった。

フレイジャーのコテージで二週間半留守番をしているうちに、家族の全員をよく知っているような気がしてきた。ちょっとした手がかりがあちこちにあった——オーガニックな洗剤、耕された畑、それからもちろん、ばらばらの映画のコレクション。家の裏には木造の小屋があった。その小屋に入る鍵を見つけるのに五時間かかった。それはフレイジャー氏、あるいはフレイジャー夫人が趣味で風景画を描くのに使う小さなスタジオだった。絵は悪くないように見えたが、家の中には、奇妙なことにその絵が一枚もかかっていなかった。そこにあるわきまえは、尊敬すべきもののように思われた。いくつもの絵の後ろに、描きかけて中断したトビーの肖像画が見つかった。

ある日図書館へ行き、「トビー・フレイジャー」「自殺」で検索をかけてみた。彼の死を報じた大学新聞の記事が見つかった。友人たちや家族は、トビーは物静かだが心の優しい青年だった、感受性が豊かだったと語った。自殺は、ある若い娘と別れた後のことだった。彼女の名前は伏せられていた。遺族はイェール大学の二年生で双子の兄のトーマスと、両親。ジーナはマンハッタンで数学の教師をしており、レナードは投資銀行に勤めている。

フレイジャー一家の私生活を調べたのはその時が最後だ。箱の中の手紙の残りは未開封のままにしておいた。それでも毎晩、それらの手紙に呼ばれているような気がした。

時々、家の中に哀しみの気配が感じられた。フレイジャー家の人々を知っているかのように。彼らの家に二週間半住んで、侵入者のような気がしなくなっていた。期限を決めずに滞在している客というだけ。わたしは家を丁寧に扱った。毎食後皿を洗い、時々掃除をした。床の拭き掃除とトイレ掃除を週に一度はやった。窓を拭きさえした。一家が戻った時に気づく可能性は高い。でもそれが正しいことのような気がした。

わたしはここでも、今までのように適応した。わたしは逃亡生活に適応した。新しい名前に、それからまた別の新しい名前に適応した。自分が嘘つきであることに適応した。泥棒であることに適応した。殺人犯であることにすら適応した。新しい家に適応することはそれほど難しくなかった。今の生活が完全にノーマルなものであるかのように、一晩中ぐっすりと寝るようにさえなっていた。わたしはソニア・ルボヴィッチ。フレイジャー夫妻、ジーナとレンの客。ある晩目覚めたら別の人間になっていた、その瞬間まで。

第二一章

「ハロー？　ハロー？　誰かいますか？　ハロー？」

わたしは車が曲がりくねった私道を上ってくる音で目を覚まさなかった。プリウスが砂利道を走る音がしたかもしれないが、エンジンは鼠みたいに静かだった。わたしは彼女が鍵を鍵穴に差し込む音でも目を覚まさなかった。静かに後手でドアを閉める音にも目を覚まさなかった。しかし入り口の床を歩く足音に、ベッドの中で素早くまっすぐに起き直った。アドレナリンの放出が急すぎて、肺がついていけなかった。

バスルームに網戸がはまっていない窓がある。すぐに走ってそこから出れば、姿を見られないですむ。でも財布と現金が入ったバッグはベッドの傍、ジープのキーは玄関の机の上だ。徒歩では遠くまで行けないし、ほんの少しでも文明のあるところまで最短一二〇キロだ。

「ハロー？」彼女は再び言った。

「ハロー？」とわたしは言った。

ジーナ・フレイジャーが寝室に入ってきた時、何を言おうかとまだ考えていた。彼女は色々な点で写真と同じだった。実用的な髪型、骨太な顔、がっしりした体格――それなのに、どこか別人のように見えた。目の下には深い隈ができていた。薄暗い月明りの中で、彼女は何かにとりつかれているように見えた。一瞬その姿がとても恐ろしく見えた。

「ページなの？」

「ごめんなさい」

彼女が近寄ってきた。目を暗闇にならして、薄暗い中でこちらを見分けようとしている。怖がっている様子はなかった。わたしを知っているというより、いるのは誰だか知っていると思っているらしかった。

「あなたが来るのは来週だと思ってた」

「いいえ、今週」

「ご自分の物は全部持った？」

ジーナが尋ねてきた。

「ええ、そう思うわ。ありがとう。もう行くべきかしら？」

「夜遅いわ、ページ。どこへ行くつもり？」

「モーテルとか。どこでも」

「いいわ」とジーナはそっけなく言った。

「今晩は泊ってもいいわよ」

「ありがとう、ミセス・フレイジャー」

「ミセス・フ、フ、フ、フレイジャーですって？　ホントに？」

「ジーナ」とわたしはベッドから這い出して、ためらいながら言った。

「わたしはソファで寝るわ。あなたがここに寝て」

「それはご親切に」

親し気な雰囲気などまるでない口調。

「でもベッドに入る気分じゃないの。お茶を入れるわ」

ジーナはそう言うと、寝室から出ていった。

わたしはジーナについて台所と居間のほうへ行った。

彼女はやかんを火にかけた。それからコートを体にしっかり巻きつけて、空調に近づいた。

「寒くて凍えそう。どうして暖房の温度を上げなかったの？」

「わたしがここにいなかったようにしたかったたから」

「興味深いわね」

彼女は言って、空調の温度を上げた。

地下室のボイラーが作動する音が聞こえた。家全体に送られてくる振動が、わたしの尖った神経の波長にぴったりだった。

わたしは部屋の真ん中で、手持ち無沙汰に立っていた。ここのところ、目の前にある問題を地図の形で考えるようになっていた。出口を求め、さまざまなルートを頭の中で旅する。ジーナのことでは、行き止まりに出くわすばかりだった。

「お座りなさいよ。見てるとイライラするから」

わたしはソファに座った。

「低体温にならなかったのが驚きね」

寒かった。でもキャンプよりは暖かだった。それにフレイジャーの家ではお湯が出た。

「平気だったわ」

ジーナは靴を蹴って脱ぎすてると、ソファのもう一方の端で丸くなった。またわたしのほうを見て、頭を色々な角度に傾けた。

「あなた、変わったみたい。きっと髪型のせいね」

ページという人物を以前見たことがあるのだ。天井の照明をつけたら、たちどころに偽物だとばれてしまう。表情を取り繕おうとしたが、考えることが多すぎた。たとえば現金とキーを取り戻して逃げるにはどうしたらいいか、とか。だから顔の筋肉をコントロールできていたかどうか怪しい。わたしは混乱しているように見えたに違いない。彼女は説明した。

「彼に一度写真を見せてもらったのよ。その時は髪が長かった」

自分でない誰かになりすますのが上手になってきてい

たとはいえ、ページはそうとう難しいことになりそうだった。ページって誰？

「自分でカットしたの」

「なるほどね」とジーナは訳知り顔で言った。

「男が関わると、女はすごく奇妙な行動をとるものね」

「酔っていたから」

「ああ」

ジーナはマントルピースに家族の写真が伏せてあるのを見つけた。ソファから立ち上がり、もとのように戻す。座ってわたしのほうを向き、謎めいた視線を投げかけた。わたしは目をそらした。

「最近、どうお過ごしですか？」

それがページ、あるいはジーナの人生を知っている誰かが尋ねそうなことだと思ったので聞いた。自分でも知りたかったということもある。

「わたしがどうお過ごしだとあなたは思うわけ？」

「馬鹿な質問だったみたい」

「質問しているのがあなただけに、とりわけ馬鹿な質問だったわね」

「ここへ、一人になりに来たんでしょう？」

「ここへ来たのは夫から離れるためよ」

「どうして？」

「彼の罪悪感と、自分の罪悪感、両方は手に余るからよ」

彼女の口調はとげとげしく、実際に会うまでわたしが抱いていた親近感が少しずつ削り取られていた。写真の中のほうが親切そうだった。

やかんが鳴りはじめた。ジーナはハッとして、飛び上がった。彼女も、わたしのように神経を尖らせていたに違いない。コンロのほうへ歩いていった。

「お茶を一杯いかが？」

奇妙なほど事務的な口調だった。

「ええ、いただくわ」

「ペパーミント？　それともカモミール？」

「ペパーミントで」

彼女はマグカップ二つにお茶を入れ、わたしの分を手渡すと、同じ場所に座りなおした。

「あなたに会いたかったの。レンは、それはいいアイデアじゃないと思ったけれど」

「わたしもあなたに会いたかったわ」

「嘘よ」

何と答えていいかわからなかった。お茶をすすって、舌をやけどした。

「感謝祭にはどこへ行くの？」

ここ八年間、わたしたちはデュボイスの店で「孤独な人たちのディナーの夜」をやった。それはいつも、クリスマスとにせの誕生日を含めても一年で最悪の日だった。

「わからない。あなたは？」

「わたしの姉のところよ。夫と二人で」

「きっと楽しいでしょうね」

しばらく、二人とも何も言わなかった。わたしたちはお茶を飲んだ。わたしは真夜中に出発する口実を探そうとした。

「あなた、罪の意識を感じる？」

「いつも感じてます」

「よかった」

ラジエーターがガタガタ音を立てた。まるで調子はずれの楽器だ。暖かい空気が部屋に流れ込んできた。しかし彼女の返事に全身がぞっとした。ページは亡くなった息子の、名前が公表されなかったガールフレンドではないか。トビーが自殺する直前に彼をふった娘だ。わたしはジーナをぼんやりと眺めた。

「あなただけが悪いんじゃないの。それはわかってる」

「本当に？」

ページがこのキャビンにやってくる理由は何だろう？

「あなたたち二人はどうやって出会ったの？」

「彼、話さなかった？」

「尋ねなかったから」

「そうですか」

「それで、あなたたち、どうやって出会ったの？」

目の前の女性は、ずっとお目にかかったことのない暗さと残酷さをもっていた。それほどの悲しみと怒りをぶつけられて、忘れたい出来事や人々が、記憶によみがえった。

　でもページはいったいどうやってトビーと出会ったのか？

「バーで」

　パーティと言ってもよかったのだが、誰のパーティかと尋ねられるかもしれない。学校、と言ってもよかったのだが、詳しいことを聞かれたら困る。

「バーで、ね」

　ジーナは口の中でまずい味がするかのように、繰り返した。

「ありきたりではあるけれど」

「何もかも、ありきたりよね」

　彼女の声は、剣先のように尖っていた。目が暗い三日月形に細められ、探るようにわたしを見た。

「彼、あなたのどこが気に入ったのかしら？」

　どうしてそんな質問をするのだろうか。でも聞き飽きた質問だ。彼はわたしのどこが気に入ったのだろう、わたしはよくそう自問した。後になって、もっと重要な質問をしなければならなくなった。わたしは彼のどこが気に入っていたのだろう？

「わからないわ」

「たぶん胸がすごいのね」

「なんですって？」

彼女の言葉の響きは鞭のようだった。自分が誰でいればいいのか、もうわからなかった。

「あなたには何もない、若さの他には。抜け殻みたい。内側が空っぽ。人格がハイジャックされたみたいよ」

内側からズタズタに切られているようだった。顔がほてり、涙があふれた。わたしは寝室へ行き、着替えはじめた。これ以上本物の人間のふりをしていたら、もとの自分の最後のひとかけらまで削り取って捨てていくしかない。ジーナがわたしに言ったことは全部本当だった。彼女は誰か他の人物に話しかけていたというのに。ジーナはわたしの後から寝室に入ってきて、着替えを見守った。

「もう行くの？」

彼女は驚いたように言った。

「ええ」

「泊ってもいいと言ったのに」

「大丈夫。行かなくては」

衣類を全部バッグに詰め込んで、犯罪の証拠になりそうな物を残していないかと探した。頭の中で、「出ていけ」の一言だけが、繰り返し鳴り響いていた。キーホルダーから鍵をはずして机の上に置く。ドアを開けると、振り向いてジーナを見た。

「いろんなこと、全部、申し訳ありません」

「申し訳ないって、何が？」

今度は、純粋な好奇心だった。

「あなたの息子さんのことで」

「息子？　どうして？　あなた、息子を知らなかったじゃないの」

比喩的な意味なのだろうか？　考えていた人物とは、別人なのか。わたしはベランダに出た。ジープがほんの数歩のところにあった。あとちょっとで、自由だ。

「お気の毒です」

わたしは言って、ポーチから降りた。

「それが申し訳ないことの中身?」

「たくさんのことで、申し訳なく思っています」

「夫とファックしたことも申し訳ないと?」

わたしは最後の段を踏みはずした。体を立て直すと、ジーナのほうを振り向いた。彼女の顔は、家の周りの石壁のように不動だった。彼女はわたしを敵だと思っていたが、わたしにはその感情のお返しはできなかった。三週間も、彼女の好意に甘え続けていた。借りがある。わたしからあげられるものは多くなかった。だからわたしは、それを全部彼女にあげた。

「あなたのご主人とファックして申し訳ないです」とわたしは言った。

「ありがとう」

彼女は言うと、家に戻ってドアを閉めた。

第二二章

メープル通りに入って時計を見ると午前三時五分だった。いるべき場所も、行きたいところもない。目ははっきりと冴えていた。移動し続けなければ。運転し続けなければ。両手に何かを握っている必要があった。そうしないと、拳をかためて誰かを殴りつけそうだった。田舎道から九号線に合流した。右折して北に向かう。前方はるかに、カナダ国境への道が続いていた。

明け方頃に、アディロンダック山地のふもとに到着した。夜のあいだに一度だけガソリンを入れ、トイレを使い、水を一本買った。それからまた二時間ドライブした。夜が明けると、フロントガラスに差し込む光で目がくらんだ。「ウォルト・マーケット」と書かれた小さな食料品店の駐車場に入った。シートを倒して平らにすると、上着で目を覆って、睡眠をとろうとした。

素早く三回窓を叩く音で、目が覚めた。顔から上着をはずすと、トラックの傍に警察官が立っていた。身振りで指示されたので、窓を下ろした。

「おはようございます」と警官は言った。彼の目は、運転用サングラスの後ろに隠れていた。

「おはようございます」わたしは、運転席を起こしながら言った。

「ご機嫌はいかがですか?」

「ええ、ありがとう」

「ここに何時間駐車していたか、ご存知ですか?」

ダッシュボードの時計は一一時二四分を指していた。

「申し訳ありません。ちょっと目を休めるつもりだったのです」

「ウォルトから連絡があってね。あれは彼の店だ。ウォルトはあなたが大丈夫か、確認したいと思ったのです。あなたはここに四時間駐車してましたから」

「それほど長いあいだだと気がつきませんでした。もう出発します」

「どちらへ」

「ドライブしていただけです。景色を見ながら」

「この辺りにお住まいで?」

「いいえ」

身分証明書を見せろと言われたら困る。ソニア・ルボヴィッチはどこ出身だっただろう?

「インディアナです」

「ニューヨーク州にはどういうご用事で?」

「レッドフックの伯母に会いにきました」

車の登録証を求められるといけないので、そう答えた。車はまだニューヨーク州レッドフックのミルドレッド・ヘンセンの名前で登録されていた。

自動車保険の証明書を見せろと言われたら、おしまいだ。

「楽しんでください」

「ありがとう」

彼は歩き出しかけて、振り返った。

「充分睡眠はとれましたか?」

「もう目が覚めました」

警官は巡回用パトカーに戻った。パトカーは駐車場から九号線に右折していった。わたしは左折して、一晩中旅した同じ道路を逆に戻った。

ジーナと出くわして頭がごちゃごちゃになり、混乱していた。暗闇の中で知らない場所をうろついているようだ。思いつけるのは、今までと同じ計画だけ。無人の別荘を探して居候になり、追い出されるまで滞在する。金についての計画はなかった。金は危険なまでに減っていた。誰か別人になる計画、この世界で、本当に存在してもよい誰かになる計画はなかった。この後の人生、四〇年かそれぐらいをどう生きていくか、本当のところまったく何の計画もなかった。

こんなやり方では、ちゃんとした人生なんて不可能だ。今のわたしは、自分がどこにいるのか、どこへ向かっているのか正確に知っていた――それなのに、何年も前、未来に何が待ち受けているのかまるでわからずに出発したあの頃よりもずっと、自分の居場所がわからなくて迷っていた。

サラトガ・スプリングスに行ってみた。戸外の空気は冷たく、冬の気配が感じられた。しばらくのあいだ町をぶらぶらして、普通の旅行客のふりをした。疑いの目を向けられることはなかった。クリスマスのイルミネーションが通りの標識に絡まって、道路の上で揺れていた。今日は何日だろうと考えて、感謝祭まであと五日しかないと気づいた。

ホームシックに溺れてしまいそうだった。つまみ出された場所を恋しがってめそめそするべきではないから、そんな感傷に全力で抵抗した。長いあいだ、過去から目を背けてきた。影のような人生を生きながら、過去をすべて無視してきた。図書館の前を通りがかって、ホームシックに負けてしまった。中に入って記憶の道を遡ることにした。

インターネット・コーナーに腰を下ろしたとたんに、

背中が切り裂かれるように痛んだ。この時間帯の図書館にはほとんど人がいなくて、後ろをビクビク振り向かずにすんだ。それでも頭の中がざわついて、心臓がオーバーヒートした。空白の画面を見つめて、どこからスタートするべきか、どの人生を最初にチェックするべきか、どの犯罪を一番恐れるべきか、迷った。ターニャから始めることにした。新聞の見出し、写真、わたしの人生のいくつもの断片が画面に現われた。

それから、それ以前の人生をチェックした。わたしのニュースはもう古いと思っていたが、間違いだった。それが法的に死を宣告される利点のはずなのに、今のわたしは死人よりひどいことになっていた。昔の人生のいくつかが、点を結んでできるギクシャクした絵のように一つにまとまりつつあった。

記事の中身をいちいち読まずに、見出しだけざっと検索した。

「ターニャ・デュボイスとは誰？」

「ターニャ・ピッツ・デュボイス、偽名で八年」

「メリンダ・リオンズ殺害事件、一〇年後に新たな証拠」

「ジェイソン・リオンズ検事『ノーラ・グラスは生きている』」

警察へ名乗り出ようかと考えた。そして法廷で情状酌量を求める。何を言っても信じてもらえないだろうが、少なくとも逃亡生活は終わる。今晩どこに寝ようかと心配する必要もなくなる。毎朝目覚めて自分の立場を思い出すたびに、アドレナリンを注射されているみたいだった。

誰かに見られていないか、図書館の中を見回した。それから記憶の中を何年か遡って、メールのパスワードを思い出そうとした。過去を振り返るまいと決めた時から、忘れようと努力してきたものだ。
　でも今は、すべてのトラブルがスタートした地点へ戻る時だった。
　ログインするパスワードを二回目の挑戦で思い出した。忘れられるはずはない。彼を忘れられないのだから。しばらくのあいだ忘れたふりをするのがせいいっぱい。最後にメールをチェックしてから二年たっていた。ライアンはじきに諦めると思っていたが、諦めていなかった。未読のメッセージが七つあった。うれしくなり、そんな自分が恥ずかしかった。今になっても彼のことを気にかけてしまう自分が嫌だった。一番古いメッセージを開けた。二〇一四年、まだフランクとの人生に安全に閉じ込められていた時だ。

二〇一四年三月三〇日
To：ジョー
From：ライアン
　君はどこにいるの？　まだ生きているの？

　逃亡中に来ていたメッセージを読み続けた。しょっちゅう後ろを振り返らなかった頃、少なくとも彼を振り返らなかった頃だ。

二〇一五年八月二三日
To：ジョー
From：ライアン
　君が読んでくれなくても、僕は書き続けている。君に何が起こったか、君が誰になり、誰と結婚したか知ったばかりだ。新聞で読んだ。君が生きていることをみんなが知っている。
　一つだけ、どうしても知りたい。
　君が殺したのか？

R

返信を書きたかった。彼に電話して、わたしに人が殺せると本気で考えたのかと怒鳴りつけたかった。でもそれから、自分が本当に人殺しになったことを思い出した——殺したのがあの男ではない、というだけだ。彼が本当に尋ねたいのは、この一〇年でわたしがどれほど変わったかということ。わたしは彼の想像以上に変わっていた。見てもわからないぐらいに。

最後の二つを読んだ。二つのメッセージのあいだには四週間の間隔があった。

二〇一五年九月一六日
To：ジョー
From：ライアン

あのことから一〇年目だからだと思うが、ライターが来て、質問して回っている。メリンダ・リオンズの殺害とノーラ・グラスの失踪について本を書いているそうだ。僕のところにも来た。僕は会うのを断ったが、彼女はカーライルさんのところで空いている部屋を借りた。しばらく滞在するつもりらしい。

もう一つ、君が喜ぶかもしれないこと。エディはローガンと別れた。二人の関係は終わりだ。そのことについて、僕が何もしなかったことについて、まだ怒っているかもしれないが、これで水に流して僕に返事を書いてほしい。

Rより

二〇一五年一〇月二一日
To：ジョー
From：ライアン

ジョー、いったいどこにいるの？　用心しないとだめだ。状況が変わった。君が誰で、君に何があったのか知られている。もう死んだとは思われていない。捜索されている。

R

書きたいことがたくさん、彼に言いたいことがたくさんあった。悲しいことだが、ライアンはまだわたしの一番の親友だった。彼こそが、この行き場のない状態の原因だというのに。彼を信頼したかったが、そうしていいか、もうわからなかった。相手が誰であれ、信用するのは愚かなことかもしれなかった。でも返信せずにいられなかった。

二〇一五年一一月二二日
To：ライアン
From：ジョー

わたしは生きている。長いあいだ返事しなくてごめんなさい。でもそのほうがいいと思ったの。簡単に書きます。

わたしはフランクを殺してない。彼は階段から落ちたの。でも警察が来て調べはじめたら、何が起こるかわからない。そして警官が調べるのは間違いない。だから逃げたの。オリヴァーさんに頼ったのは、必要だったから。現金だけじゃなくて、彼でないと手に入らない物が必要だったの。わたしを殺そうとしたことを、オリヴァーさんはあなたに話した？本当よ。だからあの後、もう彼には連絡していない。

わたしは何を知っているべき？　そのライターのことをもっと教えて。彼女、真実に近づいている？だとしたら全員にとってまずいことになるわね。わたし以外にはね。

お金が必要。

　ジョー

　ログアウトして検索履歴を削除し、コートを着ると図書館を出た。頭をはっきりさせるために、霧雨の中をしばらく歩いた。雷の音が聞こえ、稲光が閃いた。雨が叩きつけるように降ってきた。ウールのコートが数分でびしょ濡れになった。

　店の軒先や工事現場の足場の下をつたって舗道を歩き、バーを一軒見つけた。ドアを開け、真っ暗な中に入った。

第二三章

　ウィスキーを二杯を飲むと、気力が戻ってきた。三杯目を飲み干して、やっと人心地がついた。過去の人生はどれもしばらくそのままにしておこう。今対処すべきは、現在だ。身元はあやふや、現金は底をつきかけ、遅かれ早かれ泊まる場所が必要だった。

　暖炉の傍にコートをかけたら早く乾くよ、という以外に、声をかけてくる人はいなかった。ニット帽、短く刈った髪、うつろな日、男物の服のせいで、わたしは男性にとって透明人間同然だった。

　もう一杯ウィスキーを注文して、ゆっくり腰を落ち着けた。客の誰かが、住人のいない家について情報をもらしてくれないだろうか、と聞き耳を立てた。フットボールの予想、近隣の軽犯罪、離婚しそうなカップルについてのとりとめのない会話ばかりだった。その晩はもう運転できないので、あと一杯注文してから店を出た。

　ジープの後部座席で寝た。嵐が屋根を激しく叩いていた。朝になり、後ろのハッチを開けると、まだ曇っていたが雨は上がっていた。空気は新鮮で湿気があり、冷気が二日酔いに氷嚢のような効果をもたらした。カフェまで歩き、トイレを借りて、歯を磨き、顔に冷たい水をふりかけて、コーヒーをテイクアウトした。

トラックに乗り、キーを差し込む。エンジンがぶつぶつ言ったと思うと静かになった。

もう一度キーをひねった。パネル上のバッテリーのランプは点滅していたが、ジープは鼠のようにひっそりしたままだった。ペダルを踏んでもう一度試してみた。そういうものだ。無駄だとわかっていても、何かやらないではいられないということ。

車が動いてくれますようにとお祈りをしていると、誰かがウインドウをノックした。いきなり顔を殴られても、これほどぎょっとしなかっただろう。見ると、男が立っていた。五〇歳か六〇歳ぐらいで、ゆたかな茶色のひげに白いものが混じり、髪も白髪混じりでモップのようにぼさぼさだった。わたしはウインドウを下ろした。

「バッテリーがいかれたみたいだね」

まさしくそのような音だった。

「そうみたい」

「フードを開けてごらん。ケーブルを持ってる」

善きサマリア人の差し伸べる手を振り払うつもりはなかった。彼の車は何台か向こうに駐車してあった。わたしの車の倍ぐらい大きい、派手な赤のシボレー。彼はエンジンをかけたままケーブルを接続し、指を回して、エンジンをスタートさせろと合図した。ワゴニエーのつぶやきは少しだけ勢いよくなったが、作動はしなかった。

善きサマリア人はエンジンを切るように言って、ウインドウまで歩いてきた。

「焼けちゃってるな。新しいバッテリーがいる。ここから一〇キロばかり行ったところに部品屋がある。乗せていってあげられるが」

わたしはうなずいた。その間にも、言い訳や説明を考えていた。彼はジープのフードを閉め、それからトラックのフードを閉めて、荷台の工具箱にケーブルを戻した。わたしは車から降りた。彼がトラックの助手席側のドアを開けた。

今ならできるはず。凍りつく恐怖と吐き気にさいなまれずに、助手席に乗ってほんの三キロ、ドライブするだけ——でもできなかった。開いたドアの前で棒立ちになり、動けなかった。

笑顔をつくって、善きサマリア人に言った。「荷台に乗ってもいい？　今朝はひどい二日酔いで、あなたの新しいトラックにランチをぶちまけたくないの」

善きサマリア人は申し出を撤回しようかと迷っているようだった。感謝が足りないからではなく、わたしの頭のねじがばらばらだという可能性に思い至ったからだろう。彼は目を細めた。危ない欠陥人間かどうか、集中して観察すればわかるとでもいうように。わたしはトラックの荷台に飛び乗ってしゃがみ込むと、親指を立ててOKの合図をした。

「乗り心地抜群。ご親切、ありがとう」

善きサマリア人は肩をすくめてスタートした。部品屋に着くと、わたしはトラックから飛び降りた。善きサマリア人は車から降りて、危険な精神異常者を見張ってでもいるように、わたしを用心深く観察し続けた。

「もう一人でも大丈夫。どうもありがとう」

「バッテリーの種類はわかってるのか？」彼が後ろから呼びかけた。

わたしは振り返った。

「車種と年式を言えばいいと思ったんだけど」

彼はそれでいい、というようにうなずいた。

「バッテリーの取りつけ方は知ってるかい？」

そんな先のことまで考えていなかった。フランクと結婚している時には、エンジンにきしむ音やガタガタする音がしたら、オーティスに電話した。彼は店の常連で、電話する必要すらないこともよくあった。

「それはできなさそう」とわたしは善きサマリア人に言った。

彼の言うことは的を射ていたが、その寛容さがわたしを不安にさせた。見ず知らずの相手に何かしてやる人間は見返りを求める。それが今までの経験だった。

「たぶん大丈夫だと思います」

善きサマリア人は深いため息をつくと、先に立って店に入った。彼はバッテリーの棚に直行した。わたしはその後についていった。彼が必要なバッテリーを指さし、わたしはそれをレジに運んだ。二人でトラックに戻った。今回、彼は助手席のドアを開けさえしなかった。わたしはバッテリーをトラックの荷台に載せて、その後からよじ登った。車のあるところまで三キロ戻る。ずきずきする頭を、冷たい風が癒してくれた。

一五分もたたないうちに、新しいバッテリーが取りつけられ、わたしは運転席にいた。エンジンが快適な音を立てていた。わたしは財布から二〇ドル札を取り出した。本当に必要な二〇ドルだったのだが。そして窓から差し出した。

「本当にありがとうございます。いくらお支払いしたら?」

彼はむっとした様子で、車に近づいてきた。感謝の印を受け取らないことをはっきりさせるために、両手をポケットに突っ込んでいた。

「あんたぐらいの年頃の娘がいる。タイヤも換えられるしバッテリーも交換できるし、ケーブルなしにどこかへ出かけることもしない娘だ。でもそういうことを教えてくれる父親がいなかったらどうだ。誰かまっとうな奴に、娘に同じようにしてほしいじゃないか」

彼を疑ったことが、我ながら恥ずかしかった。純粋な親切だと考えもしなかったのだ。そんな人がまだ存在しているとは思わなかった。わたしはうなずいて、もう一度ありがとうと言った——今度は、周囲にガードレールを張りめぐらすことなく、心の底から。

彼は立ち去りかけて、振り返った。

「赤の他人と一緒の車に乗りたくなかったのはわかるが、トラックの荷台に乗るのは安全じゃない。あまりやらないほうがいい。それから、古い車で走る時には、ケーブル、スペアタイヤ、ジャッキは必ず備えておくことだ」

再び路上に戻ると、幹線道路を避けながら北へ向かい、カナダを目指した。二、三時間のうちにサラナク・レイクに到着した。ガソリンを入れ、小さな郊外型スーパーで必需品を買った。ウェスタン・ユニオンの窓口があった。手持ちの八〇ドルのうち五〇ドルをプリペイドのクレジットカードに入金した。窓口係が社会保障番号と身分証明書の提示を求めたので、デブラ・メイズの番号から少し変えた適当な番号を書き、オンラインで出入金できるようにした。

図書館に行き、インターネット・コーナーで古いアドレスにログインする。ライアンからの返信はまだなかったが、二四時間しかたっていない。「至急」とタイトルをつけたメッセージを送った。口座番号と、五日後に使えなくなるという情報。彼にはこちらの居場所を突き止めすられないはずだが、用心に越したことはない。

現金がほぼ底をつき、背中の痛みがひどくなってきた。これ以上ジープの中で寝るのは無理だ。だから、全力で家探しを始めた。

丘のふもとを車で回りながら、いっぱいになってあふれた郵便受けのある家を探した。その中に無人の別荘もあるはずだ。見込みのありそうな家が何軒か見つかったが、中の一つが特によさそうだった。三角屋根の小さめの小屋で、周囲の私有地は少なくとも二ヘクタールあった。必要な物はすべてそろっていた。常緑樹に隠され、最も近い家から二キロ以上離れている。自家発電機まであった。それはちょっと奇妙だった。家は最低限のシンプルな造りだったから。郵便受けには請求書や私信はなく、日付に関係ないチラシやダイレクトメールのようなものばかりだった。

簡素な家なのに、侵入は思ったより難しかった。探してみたがスペアキーはどこにも見つからなかった。でも窓の一つに少しガタがきていて、ポケットナイフでこじ開けることができた。ベランダから古い揺り椅子を持ってきて、その上に乗って不安定にバランスを取り、よじ登って中に入った。

不法占拠者の夢そのもの。あらゆる表面に埃が積もっていた。何かわからないものの臭い。泥、かび、しけった空気の混じった臭いがこもっていた。家具は少なく、飾り気のない物ばかり。独身男がほんのたまに休暇を過ごす場所だ。郵便受けによれば、名前はレジナルド・リー。

すぐに掃除にかかった。胸が悪くなる臭気でくしゃみの発作が起き、外に出ないと治まらなかったから。一時間で埃をきれいにした。洗濯機はなかったので、シーツとバスルームにあったタオルを集めて、一番近いコインランドリーへ車を走らせた。

シーツとタオルがぐるぐる回っているあいだに、レジナルド・リーが休暇を取ろうと決めて、見知らぬ女が自分のベッドで眠っているのを見つけた時の言い訳を考えた。作り話をたっぷり、そこに少しだけ真実を混ぜる。

夫が亡くなった。遺産はゼロ。収入もなく、ローンが払えなくなった。家が差し押さえられて追い出された。車で寝て、時々モーテルに泊まった。でもお金もなくなって、寒くなったから車で寝られなくなって。あなたの家を見つけたの、レジナルド――レジー、と呼んだ方がいい？　家には誰もいなかった。窓が開いていて、夜を過ごす温かい場所を探していた。クリスマスの季節に免じて、慈悲の心をもっていただけないかしら？

レジーは小声で話す、シンプルな生き方をする男性で、きっと貧しい人々の苦しさも知っている。同情してくれるだろう、本気でそう考えた。鏡に映る自分の姿は、どう見ても哀れだった。髪もひどいし、この一か月で体重が七キロ減っていた。レジナルドは同情してくれるだろう。それに、彼の妻をファックしたと責めたりもしないだろう。

第二四章

フレイジャー家の居心地よさの後で、レジーの家に慣れるのには時間がかかった。暖房は薪ストーブだけ。裏手のベランダに、防水シートに包まれた薪が一束あった。しかし隣人の目や好奇心がどれぐらいか、見当がつかなかった。レジーの家から煙が立ち上ったら、立ち寄って見てみる気になるだろうか？

最初の晩はウールのキャップをかぶり、分厚い靴下を履き、見つかった毛布を全部かけて寝た。

真夜中過ぎ、風の吹く音と侵入して巣を作ろうとする鼠が屋根を走る音、それ以外には何もないはずなのに、何かが聞こえてきた。低く唸る音。ボイラーかもしれない。でも暖房装置はない。冷蔵庫でもなく、他の家電製品でもない。奇妙な音を意識から追い出して眠ろうとした。

目覚めると、節々が痛く、頭がぼんやりして霧がかかったようだった。最初に外出した時、必要最小限の物は買ってあった。コーヒーを淹れ、ピーナッツバターとジャムのサンドイッチを作って朝食にした。ライアンが送金してくれるように祈った。今の所持金では、ピーナッツバターとジャムのサンドイッチですら食べられなくなるのは時間の問題だった。

レジナルドは、娯楽用にあまり何も持っていなかった。古いテレビとDVDプレイヤーはあったが、DVDは一本もなかった。これには驚いた。本棚にあるのは主にクライブ・カッスラーのベストセラー小説、『銃と兵器』誌のバックナンバー、『アナキスト クックブック～爆発物製造マニュアル～』、『革命日記 有色人種大虐殺』、『幸福になる関係、壊れていく関係 自己を肯定し、他者を受け入れるには』、『チーズはどこへ消えた?』。本棚からレジーという人物を想像するのは難しかった。でも思ったようなリラックス型の人物ではなさそうだった。

それ以外に、小屋には個人的な物はなかった——埃っぽい古い絨毯以外に、室内のアクセントになる写真も置き物もない。一人用の安楽椅子、ブーツ用ラック、花柄のふきんが何枚か。しかし驚くほど大量の缶詰、フリーズドライ食品、水のペットボトルの備蓄があった。終末戦争に備えてでもいるようだった。その場にいない家主に敬意を表して、スープ缶の備蓄は一日に一つ以上使わないようにした。唸るような音は、聞こえたり消えたりした。最初はたいして気にならなかった。わたしが滞在した家はどれも、それぞれ特徴的な音を立てていた。

次の朝図書館に戻って、ウェスタン・ユニオンの残高を調べた。ライアンが一〇〇〇ドル入金していた。今の状況ならそれで数か月は生き延びられるだろうが、長期的な解決策にはほど遠かった。わたしはメール・アカウントにログインした。彼からの返信があった。

二〇一五年一一月二三日
To：ジョー
From：ライアン
　電話してくれたら、もっと送金する。

電話番号と、一週間のうちで電話可能な時間が三通り。わたしは返信した。

二〇一五年一一月二四日
To：ライアン
From：ジョー
　これが罠だったら許さない。誰のことも許さない。

図書館でさらに何時間か、調べものをした。まず、サラナク・レイクのレジナルド・リーの小屋の不動産情報。以前の所有者はジェデダイア・リー。一族の持ち物で、一五年前に息子が相続したようだ。レジナルドの名前を検索してみたが、ありふれた名前なので現住所は特定できなかった。彼が今いるところで満足して暮らし、近々休みを取って一人で過ごそうなどと考えないように祈るばかりだ。

図書館は暖房がきいていたので、立ち去りたくなかった。たくさんある読み物より、コンピュータの魅力に抵抗できなかった。わたしを追放した世界につながる道。文明から遠ざかるほど、にせのコミュニティ感覚に引きつけられた。数年のあいだ、色々なものに抵抗して生きてきた。過去も振り返らなかった。ライアンとのやりとりをのぞいては。でもクリスマスの季節が近づいていて、これまでにないほど寂しかった。

「エディ・オリヴァー」を検索してみた。最初のヒットは、わたしが逃亡生活を始めた頃から広まりはじめたS

ＮＳの個人ページ。エディにそっくりだが彼にも少し似ている小さな女の子の写真がアップされている。プライバシー保護が不完全で、この一〇年の主なニュースを知ることができた。結婚。娘を出産。離婚。エディ自身の写真が何点か。ほとんどわたしの覚えているエディそのままだ。ちょっとだけふくよかになり、少ししわができたかもしれない。前髪を切りそろえるのもやめていた。

メッセージを送ってハローと言いたかった。でもエディが最後にわたしを見た時の顔を思い出した。そして、裏切られたという思いがまた戻ってきた。

彼女のページに書き込まれたコメントを読んでみた。離婚の報告の後で、確か数学の授業で一緒だった男子の書き込みがあった。電話ください！　聞き覚えのある女性の名前がいくつか。それぞれ、おめでとう、がんばれ、元気出して、など。こうやって元気づけの言葉をかけられて、本当に慰められるのか。つきあいの一部だからしかたなく対応して書き込みに返事し続けているだけなのではないか。逃亡中でなければ、わたしならそう感じるだろう。

彼女のページをスクロールして過去に遡っていくうちに、興味をそそる書き込みが見つかった。ローラ・カートライトがメッセージを残していた。写真はなし。

連絡をお願いします。メリンダ・リオンズについての本を執筆中の者です。インタビューに応じてくれる方を探しています。

ローラ・カートライトのプロフィールをクリックしてみる。名前に聞き覚えがある。でも、どこでだったか思い出せない。個人データはわずかで、謎めいていた。雑誌『セルフ』のライター。誕生日は四月一日。「好きな物」リストには何もなし。インターネットでたどれるかぎり、彼女が存在しはじめたのは、六週間前からにすぎない。まるでメリンダ・リオンズ事件を調査するためだけに存在する人物みたいだ。

わたしはジェーン・ドウという名前でプロフィールを作った。どうせただの名前にすぎない。偽名だとわかってもかまわない。ローラ・カートライトにメッセージを書く。匿名で調査に協力するつもりがある、事件について新しい証拠が見つかったかどうか教えてほしい。

「送信」をクリックする直前に、気が変わった。罠かもしれない。どちらを向いても地雷の可能性ばかりだ。前進するより、まずはあらゆる選択肢を考えたほうがいい。

図書館の閉館時間が迫っていた。メールをもう一度チェックすると、ライアンからの新しいメッセージがあった。

二〇一五年一一月二四日
To：ジョー
From：ライアン
罠の可能性なんかない。君が戻ってきたとして、僕に何の得がある？

ショックだった。彼はわたしが戻るのを望んでいる、とずっと信じていたのだろう。

レジナルドの小屋に戻り、スープの缶を一つ開けた。その夜、シーズン最初の雪が降った。次の朝目覚めると、見渡すかぎり白い毛布がかかったような雪景色だった。木や軒先から、シャンデリアのようにつららが下がっていた。世界は純粋で平和で、何年も見たことのないぐらい完璧に見えた。

わたしは用心深さを風に吹き飛ばして、薪ストーブで火をたいた。一時間もしないうちに温かくなり、暑苦しいほどになった。帽子とセーターを脱いだ。お茶を一杯入れ、燃える炎を魅入られたように見つめた。冬のあいだずっとここにいられたら、なんとすばらしいことだろうか。

　雪が降り続けた。どれぐらい長いあいだか、わからない。図書館で天気予報をチェックするのを忘れていた。レジーはおそらくどこかにラジオを持っているだろう。貯蔵品から判断するに、彼は実際的な男だった。

　家の中はもうざっと調べてあった。地下室への階段はなかった。でもやがて、唸る音で床が小さく振動しているのに気づいた。倉庫があるに違いない。どこかに入り口がないか、玄関から始めて床を這って探した。何も見つからない。二回目にはテーブルを動かして、擦り切れた古い絨毯をめくってみた。すると入り口が見つかった。床にはめ込まれた蓋を開けると、セメントで四方を固めた穴へ降りていく梯子があった。食品棚から懐中電灯を持ってきて、倉庫の中を照らしてみた。唸る音が大きくなった。

　他にすることもないし、探検してみることにした。梯子を下りながら、何度も蜘蛛の巣を足で払った。壁ぎわに石油缶が五個並べてあった。一つを叩くと、銅鑼《どら》のような反響音がした。他の缶も叩いてみた――全部空っぽだ。巨大な金属製キャビネットが、キッチンの真下の位置に備えつけてあった。部屋のもう一方の側、レジーのベッドの真下に、分厚い、掛金が下りたドアがあった。唸る音はそこから来ているようだった。

　ドアに近づくと、中に何があるか想像力が働きはじめた。肉や野菜、冷凍した生鮮食料品を備蓄しているだけかもしれない。地下室に冷凍庫を置いている人はたくさんいる。ただ外から見たところ、歩いて入れるぐらい大型のようだった。他の設備が粗末なのと比べて不自然だ。地下室の温度というだけでは説明できない、ぞっとする悪寒に襲われた。階段を上がって逃げ出すべきなのかもしれない。でも今の人生には、あまりにも何もなさすぎた。恐怖のほうが退屈よりもましな時もある、ということ。

ドアを開けると、冷凍庫の照明がついた。わたしにとっては何日かぶりかの明るさだ。冷凍した肥料の袋があった。袋には警告が印刷してあった。「硝酸アンモニウムが含まれています。可燃性」。袋を数えてみた。一五あった。かすかに臭ったが、低温だからほとんど気づかない程度だ。ドアを閉め、金属製のキャビネットのハンドルを試してみた。鍵がかかっていた。

一階に戻り、荷物の中を探すと、バッグの中に小さなクリップが二つあった。そのうち一つの端を伸ばして鍵のような形にして、もう一つはまっすぐな針金にした。フランクは錠前が好きで、わたしにも鍵の開け方を教えてくれた。地下室に戻り、錠の下までクリップを差し込んで左から押した。もう一つのクリップを回転金具に差し込むと、錠が動いてカチリといういい音がした。ドアを開けた瞬間、アドレナリンが押し寄せて吐きそうになった。

中には小銃、ライフル、セミオートマチックの火器が並んでいた。一番下の棚には弾薬の箱がいくつか。地下室には、小さな町の住人を皆殺しにできる量の武器があった。銃を見たとたん、肥料が何に使われるのかピンときた。レジーはわたしが願っていたような愛すべき人物ではない。とんでもない爆破計画を企んでいるのだ。そういう男は、それほど長いあいだ基地を留守にしないはずだ。

わたしは梯子を上り、持ち物を集めて、小屋をなるべく前と同じ状態に戻した。車に飛び乗ると、サラナク・レイクからヴァーモント州のバーリントンまで三時間飛ばした。直行するルートはなかったので、何度も停車して地図を調べた。バーリントンに到着すると、使い捨て携帯電話を二つ買って、公衆電話を見つけるまでメインストリートを歩いた。サラナク・レイク警察署に電話して、刑事と話したいと言った。

「ウェブ刑事です」

「匿名で通報したいのですが」

「了解。どのようなことでしょうか?」

「何かを爆破しようと計画している人物の情報があります」

「本当に?」

「名前はレジナルド・リー。湖の傍の、チャーチ通り三三三に住んでいるか、その場所を所有しています」

「そちらのお名前をうかがってもいいですか?」

「さっき言ったように、これは匿名の通報です」

「わかりました。彼が何を爆破しようとしているのか、ご存知ですか?」

「それはわかりません。肥料一五袋で破壊できる物です」

「あなたとこの人物のご関係は?」

「何もありません。でも彼の家に行って、リビングの絨毯を持ち上げると、地下室への入り口があります。そこで必要な証拠が見つかります」

「この男性とあなたはどういう関係ですか?」

「関係はありません」

「知っている人でしょう」

「この件について、何かするつもりがあるんですか?」

「残念ながら、今の状況では何もできません」

「どうして?」

「あなたは嫌がらせをしたいだけかもしれない。個人の家を捜索するには、令状が必要なんですよ。匿名でなく身元の明らかな人からの、それなりに根拠のある正式な申し立てでなければ、当方としては何もできません」

「でも何かするべきよ。あれだけの肥料を保管しているのは、春になったら畑にまくためじゃありません。大型冷凍庫がいっぱいになっているんですよ。それに、同じ地下室には武器庫もあります。銃が少なくとも二〇丁以上」

「それは憲法修正第二条で認められた権利ですから」

「何かすると言ってください」

「もし警察署へ来ていただいて、正式な陳述をするということであれば、捜査ができるかもしれません。あなたはヴァーモント州のバーリントンからかけられていま――」

わたしは電話を切った。

めまいがしそうだった。歩いていると、頭の中が互いに交差する道路のようになった。曲がり角を曲がってしばらく進むと、行き止まりになる。Uターンして違う道を試すと、また別の行き止まり。

これが何か他のことなら――たとえば、死体とか――そのまま流してしまっただろう。今までの人生で多くのことを流してきた。でもレジーは一度に多くの人を殺そうとしているらしい。それを良心にぶらさげたままでは生きていけない。

時計を見る。ライアンと約束した電話をかけるまであと一時間。わたしは元気を出すために、バーに入った。ウィスキーを二杯飲んだ。車に戻り、携帯電話を一つ取り上げて電話した。

「ハロー？」

そのたった一言で、わたしは一〇年前に送り返された。不安のすべても戻ってきた。彼の声を聞けば一〇年分の激しい怒りをまとめて感じるはずだった。感じたのは怒りではなく胸の痛み、それに過去を懐かしむ気持ちだった。憎む以上に、彼が恋しかった。

「ハロー」

事務的な口調にしようとした。今のわたしには感情などない、とでもいうように。

「本当に、君なのか?」

「他に誰だと?」

「君が恋しかったよ」

「あらそう?」

「どうしてた?」

わたしは電話を切った。五分待って、別の電話からかけた。

「どうしたんだい?」

「この電話を逆探知していないことを願うわ」

「なぜ僕がそんなことを?」

「あなたが何かをする理由? 誰かにそうしろと言われるからでしょ」

「ごもっとも」

「今一人きり?」

「そう。一人だ。エヴェレットに出張で来ていて、ホテルの部屋にいる」

「浮気してる?」

「どうして?」

「あなたの結婚生活がどんな感じか、興味があるだけ」

「愛人がいたら、その彼女に色々話したくなるだろ」

「ということは、答えはノー?」

「僕は浮気してない」

わたしは電話を切った。五分待って、またもう一つの電話からかけた。

「それはやめてほしいんだけど」

彼は電話に出ると言った。

「おしゃべりを長く引き延ばすのは危険だからできないの。わたしに言いたいことは何?」

「君のお母さんが病気なんだ」

「そんなの前からよ」

「もう長くない」

「わかった。何の病気?」

「肺癌」

「そう、教えてくれてありがと」

いつかまた母に会う、ずっとそう思っていた。母に投げつけた最後のセリフを、新しいセリフに入れ替えられる日が来るだろうと。わたしが許すという前に母がこの世を去るとは思っていなかった。わたしはしばらく黙っていたに違いない。

「まだそこにいる?」

「いるわ」

「外国へ行くべきだと思う」

「どうしてわたしがまだ国内にいると思う?」

「もし必要なら、パスポートを手に入れてあげられるよ」

「それはいざという時の役に立ちそうね」

わたしの人生について明かす必要はない。

「君のカードにあと一〇〇〇ドル入金した。できる時にもっと入金するよ」

「あなたは信用できる人だものね」

「すまない」

「それは前にも聞いた」

「ジョー、気をつけてくれ。みんなが君を探している。それにあのライター、まるで骨を探してる犬みたいだ」

「ローラ・カートライト?」

「そう。どうしてその名前を?」

「彼女、オンラインでインタビューできる相手を探しているの。あなた彼女と話した?」

「一度家に来た。僕は、言うことは何もないと言った。それから、君のお母さんをお見舞いに行くと、そこにも彼女が来ていた」

「話さないと、疑われるかもね」

「話せないよ。見るだけで耐えられない。青い目が、きれいかもしれないけれど冷酷そうで」

「青い目?」

「氷のような青い目だ」

第二五章

携帯電話の履歴を残しすぎていた。東海岸エリアの中でも移動し続ける必要があった。ライアンとの電話でひどく動揺していたが、携帯電話を二個とも捨てて、ウェスタン・ユニオンの口座が凍結される前に一〇〇〇ドル引き出した。バーリントンのアムトラックの駅までドライブした。始発まであいだがあったので、また安いモーテルを見つけ、その夜は身を潜めることにした。夜明けに目覚め、小さなバックパックに所有物をすべて詰め込んで駅まで運転していくと、長期用駐車場に駐車した。ブルーがわたしの人生に登場したことはもちろん気がかりだったが、まずはレジナルド・リーの問題に片をつけなければ。

バーリントンを通る列車は一路線のみ。エセックス・ジャンクション経由、フィラデルフィア行きの乗車券を買った。電話をかけるために列車で一〇時間以上往復するのはたいへんな労力だ。でもこの一年、危ない橋を渡りすぎている。運がつきかけていた。運賃は一五〇ドル。車中泊だから、宿泊代を節約できた。目覚めると、背中を切り裂くおなじみの痛みがあった。

フィラデルフィアに夜九時頃到着した。マーケット・ストリートに携帯電話を売っているドラッグストアがあった。二つ買ってさらに歩いていくと、「自由の鐘」に出くわした。つかの間観光客気分になって、鐘とその製造の歴史を読んだ。アンドリューのことを考えた。アンドリューなら「自由の鐘」の細々した情報を記憶できただろう。たとえば中の舌《ぜつ》が二〇キロあり、銅と真鍮とヒ素とその他の金属を含む、とか。アンドリューに絵葉書を送ってあげたかった。

　観光客のふりをした後、もうしばらくダウンタウンを歩いてリッツホテルのロビーに入った。従業員から出ていけと言われないように、トイレで身づくろいをした。宿泊客とはいかなくても、宿泊客の知り合い程度には見えないとまずい。顔にパウダーをはたき、ざん切りの短い髪をスカーフで巻いて隠し、赤い口紅をつけた。コートはよれよれになっていたからバッグに押し込んだ。ロビーに戻り、隅のほうに静かな席を見つけた。電話をするのにちょうどいい場所だ。

「ローウェル保安官です」

「ドメニック？」

「はい、そうです」

「助けが欲しいの」

「君か、どこにいる？　迎えに行くよ」

「今一人？」

「一人だ」

「この電話を逆探知しようとしても、時間とエネルギーの無駄よ。あなたに電話するために一六〇キロ移動したんだから」

「君は男にお世辞を言うのがうまいなあ」

「一つ教えて。硝酸アンモニウム肥料を大量に貯蔵するまっとうな理由を、何か考えられる？」

「電話してきたのは、肥料のことを話すため？」

「他のこともあるけど」

「お世辞の効果がちょっと薄れたな」

「その男は空調のある倉庫に、肥料の袋を貯蔵しているの。地下室には銃の倉庫もあったし、弾丸も、空っぽのドラム缶もあった」

「その男って誰なんだ？」

「言いたくない」

「どうしてそいつの地下室へ行った？」

「留守番よ」

「君が留守番してたことを、そいつは知ってるのか？」

「いいえ」

「それじゃ留守番じゃない」

「その人が何をもくろんでるか、気にならない？」

「ものすごく気になるさ。君が何をもくろんでるのかも、気になってる」

「この男が捕まってほしいだけ。それだけよ」

「その男に近寄るな。危険な奴みたいだから」

「わかってる。だから警察に電話したの。彼を恨んでる元ガールフレンドだと思われたわ」

「いいか。どこにいるか教えてくれ。そうしたら君を助けると約束するよ」

「助けてくれるなら、どうやったら彼を止められるか教えて」

「君はその男から離れていろ」

「通報する以外に、アイデアはない？」

「君は警察に行くことができる。身分証明書を見せる。ホームレスだと言っても大丈夫だ。暖を取りたくて不法侵入したと言って、見たことを話すんだ」

「それだけ？」

二〇時間と一五〇ドルが、何の役にも立たなかったなんて。

「助けてあげたいんだ。助けさせてくれ」

「もう行かなくちゃ、ドメニック」

「何を考えているか知らないが、絶対にやらないでくれ。頼むよ」

「何もするつもりはないわ」

「信じられないな」

「信頼関係を築くチャンスはなかったものね」

切ろうとすると、彼が言った。

「君がいなくなってから、デッド・ホース湖で死体が一つ上がった。身元はまだわかっていないが、たぶん時間の問題だ」

　そこで切ってもよかったのだが、もっと疑われるだけだ。

「お気の毒にね」

「君はその件について、何も知らないんだよな？」

「知らないわ。でも調査がうまくいくといいわね。それじゃあ……」

「待て。道端に僕を置き去りにした時のことを覚えてるか？」

「そのことはもう謝ったじゃない」

「謝れと言ってるんじゃない。あの程度ですんでよかった」

「ピーナッツを使うことだってできたのよね」

　そのアイデアが、頭をよぎらなかったわけではない。

「ペットボトルの水を置いていっただろ」

「ええ」

「ありがたかったよ」

「必要じゃないかと思って」

「あれで君の指紋が取れた」

　口がきけなくなった。息が苦しい。デブラ・メイズとそれ以前の二つの人生がつながるのは、一番避けたいことだった。三人の中で、デブラが一番の犯罪者だ。

「照合した？」

「いいや」

「どうして？」

「何か見つかったらどうする？　天才的犯罪者をみすみす見逃したおまわりってことになるじゃないか」

「天才。今度はわたしにお世辞ね。理由はそれだけ？」

「いや、そうじゃない」

「さよなら、ドメニック」

午前二時頃、リッツのコンシェルジュがこちらをじろじろ見はじめた。駅までタクシーに乗り、次にどうしようか考えて六時間つぶした。朝にはふらふらで、めまいがした。ヴァーモント方面の列車を待ちながら、頭をまっすぐにしておくのがやっとのありさまだった。警官が目の前で立ち止まるまで、気づきさえしなかった。

「身分証明書と乗車券を拝見します」と女性警官が言った。

わたしは彼女をぼんやり見つめた。

「身分証と乗車券を」彼女はもう一度言った。

わたしはソニア・ルボヴィッチの運転免許証を財布から出して、警官に見せた。

警官は生き生きと健康そうなソニアの写真を見て、わたしに視線を戻した。彼女はもう一度写真を見ながら眉を顰めた。

「免許が期限切れなのはご存知ですか?」

「そうですか? 気がつきませんでした」

彼女は一瞬同情するようにわたしを見て、それから職業的な態度に戻った。

「帰宅したら、すぐに更新手続きをとるように」

「そうします」とわたしは言った。

列車に乗っている四時間のあいだ、ガタガタする窓に頭をもたせかけて眠った。安らかな眠りとはいいがたかったものの、頭がすっきりするぐらいに休むことはできた。起きた時、ちょうどニュー・ヘイブンの駅を出るところだった。

新しい名前を探す時だ。車両から車両へと移動しながら、新しい身分証明書を物色した。まるで靴のショッピングだ。茶色の髪を長く伸ばした三〇代の女性が都合のいい候補だった。鼻と顎の線がわたしに似ていた。でも唇は人工的にふっくらとしていて、額は粘土の置物のようにこわばっていた。免許証の写真が自然なほうの顔かにせの顔かわからなかったので、次の車両に移動して、もう少し役に立ちそうな候補を探した。

コネチカットとの州境を超える頃、使えそうなのをもう一人見つけた。彼女のほうが若かった。たぶん二三歳ぐらい。それからわたしより少なくとも二五キロは重かった。でも身長と、目や肌の色は同じだ。ブルーが言ったとおり、一番の変装は、分厚い脂肪を身につけること。少なくとも今回は、ドーナッツ・ダイエットをする必要はない。二五キロも痩せたらどう見えるかなんて誰にもわからない。

しかし、そのふくよかな女性はハンドバックを両腕で抱え込み、車両は混みあっていた。彼女から二列離れたところに座ってチャンスをうかがった。チャンスは来なかった。車掌が次の駅はウォリンフォードとアナウンスを始めると、わたしの新しい名前はコートを着て、バッグを肩にかけた。彼女は出口のドアの脇の人の群れに混じった。わたしはその中に割り込んだ。コートを脱ぎ、腕にかける。手がふくよかな女性のバッグの中を探った。列車が揺れながら駅に到着するタイミングで、バッグの中をかき回した。なめらかな革の手ごたえがあった。財布を掴んでコートの下に隠す。下車する客をかきわけ、次の車両に移動した。トイレに入り、ドアに鍵をかけた。

息を落ち着かせながら、財布を開けて身分証明書を調べた。彼女の名前はリンダ・マークス。完璧に上等な名前。写真をしげしげと見た。楽観的かもしれないが、自分がリンダ・マークスとして通用する気がした。

列車が停まり、ドアがきしりながら開いた。トイレのドアを開けると、ヤクザな外見の中年男が立ちふさがり、わたしをトイレに押し戻してドアをロックした。

「見てたぜ」

「見てたって、何を？」

「こっちへよこせ」

自分が犯罪者になると、他の犯罪者を告発できなくなる。レジナルド・リーのことで学んだばかりだった。バッグから財布を出して、彼に渡した。

「あげるわ」

彼は身分証明書から何から全部入った札入れを、自分のバックパックに放り込んだ。

「今度はお前の財布だ」と彼は言って、掌を差し出した。

財布に八八〇ドル、それにウェスタン・ユニオンのカードを持っていて、それを渡したくはなかった。力では勝てそうにない。バックパックの中をかき回すふりをしながら、ウェスタン・ユニオンのカードをバッグの下に落とした。それから現金が全部入った財布を渡した。男は現金の束を見て、喜んで口笛を吹いた。束から四〇ドルを抜いて、こちらに差し出した。

「交通費にな」

「チキショウ」とわたしは言ったが、金を受け取った。

「もう出ていいかしら。ここでいちゃいちゃしてたって思われるのは嫌だから」

「次はブレーキがかかるまで待つんだな。乗客は足をふんばるのにせいいっぱいで、手が妙な動きをするのなんか見ちゃいない」

「アドバイス、ありがと」とわたしは言って、後ろ手でドアを閉めた。

列車の最後尾の、一番端の席にうずくまった。その日は身分証明書を探すのはやめにした。その泥棒を二度と見ることはなかった。バーリントンに着くと夜になっていた。モーテルまで車を走らせ、ウェスタン・ユニオンのカードを使ってソニア・ルボヴィッチの名前でチェックインした。旅をした後で目が冴えていて、ライアンとの会話がまだ記憶に新しかった。

モーテルには安く使えるコピー機とコンピュータがあった。わたしはアミーリア・ライトフットの名前でプロフィールを作り、ローラ・カートライトに一言だけメッセージを送った。

「ブルー？」

五分後、ローラ・カートライトが返信してきた。

「どうしてこんなに長くかかったのよ？」

わたしたちはさらにいくつかメッセージを交換し、ブルーが「わたしたち、真面目に話をする必要がある」というメッセージと電話番号を送ってきた。

番号を検索してみた。わたしのと同じ、使い捨て携帯だ。二〇九号室に戻り、これは罠なのかと考えた。この前検索した時には、わたしの逮捕につながる情報に三万ドルの懸賞金がかかっていた。ブルーがそんな仕打ちをするとは思えなかった。彼女のためにわたしがかぶった泥のことを思えばなおさらだ。全体を合理的に考えようとした。でも正直に言えば、好奇心に勝てなかった。

わたしは電話した。

「ローラ・カートライトです」

まぎれもなくブルーの声だった。

わたしは最初何も言わなかった。怪しい音が聞こえないか、背後に耳を澄ませた。

「あなたなの？」

「そう」しばらくの後に答えた。

「デブラ・メイズはどんな具合？」

「あまりよくないわ」

「それは残念。そのことについて話したい？」

「ジャック・リードのことなら話してもいいけど」

「ああ、あいつね」

彼女はうんざりだというようにため息をついた。

「わたしを襲ってきたのよ、ブルー。銃を持ってた」

「くそお。ごめん」

「それが計画だったの？　そういうことが起きるとわかってた？」

「正直言うと、ありうるとは思っていたわ」

「わたし、殺されてたかもしれないのよ」

「でも殺されなかった、そうでしょ？」

　ブルーは辛抱強く待った。その質問の答えに意味があるとでもいうように。

「そうね、殺されなかった」

「あいつに何か話した？」

　彼女は神経質になっていた。もう少し、彼女を不安なままにしておきたかった。

「何もかも話したわ」

　彼女は少しのあいだ黙ってから言った。

「それは理解できる。あの男、説得力があるもの。でもわたしはもうアミーリア・キーンを名乗っていないから、見つかる可能性はあまりない」

「それはまずないと思う」

「どうしてよ？」

「わたしが彼を殺したから」

「どうやって？」

　これ以上ないというほどのうれしさにあふれた声。

「あなたにもらった銃」

「すごい。あれはあいつの銃だったのよ。自殺みたいに見せかけた？」

「まさか。どう見ても殺人としか思えない、ありふれた殺人に見えたに違いないわよ」

「全部話して。細かい点も省かないで全部よ」

「もうわたしは充分しゃべったでしょ。あなたが話してよ」

「何が知りたいの？」

「まずは、あの州立公園に埋めた男。いったい誰だったの？」

「まだわかってないの?」

ブルーはがっかりしたような声を出した。

「わからない。教えていただけるとありがたいんだけど?」

「レスター・カートライトよ。ローラの夫。男やもめの」

「待って? あなた、ローラ・カートライトの夫を殺したの? 葬式で会った男?」

「彼はもうわたしたちとともにはいません、という表現のほうが好きだけど」

「どうして?」

「だってあなた、あの男が奥さんを殺したと言ったじゃない。その話をしたの、覚えてない?」

「彼を殺しましょうという話をした覚えはないわ」

「あなたに全部説明する必要ある?」

「全部、の必要はないけれど。でもわたしの故郷で何をしているか、教えてくれない?」

「わたし、メリンダ・リオンズ殺人事件について本を書いているの。彼女、なかなかたいした人だったのね」

「ええ、そうだった」

「あなたが嫉妬したのも無理ないわ」

「嫉妬なんかしなかった」

「ちょっとは嫉妬したでしょ。もう行かなくちゃ。あと一五分でインタビューがあるの」

「あなたと話をする人はないわよ、ブルー」

「あなたのお母さんと話したわよ。実際、ほとんど罪の告白みたいなものを録音したわ。法廷で使えるかどうかはわからないけど。明らかに酔っぱらっていたから」

「お酒はやめたはずよ」

「やめてたわ。でも、話してもらうのに必要だったから、やめてるのをやめさせたの」

「ブルー、あなた、いったい何をしてるの?」

「あなたの罪を晴らそうとしているのよ」

「今のところ、わたしを罠にかけようとしているみたいに思えるんだけど」

「それじゃあ、わたしの動機を誤解してるんだ。あなたにしてもらったことで借りがあるのよ。何もかもちゃんとしてあげる。わたしを信じて、ノーラ」

体が大きく震えた。氷の塊に閉じ込められたみたいな気がした。最後に本名で呼ばれてから、一〇年がたっていた。

第二六章

ブルーの道徳観がどんなものであれ、少なくともわたしのとはおよそかけ離れていた。わたしの知るかぎり、ブルーの生き方は強制されたものではなく、自分で選んだものだ。彼女の冷酷なところも見ていた。とはいえ、本当にわたしの汚名を晴らす努力をしてくれていると信じたい気持ちもあった。

オースティンで別れた時、わたしの車の物入れには彼女の銃、財布には彼女の身分証明書が入っていた。デブラ・メイズとしてのわたしの人生がどうなるか、彼女はあらかじめ計算していた。ジャックが追ってくることも予想していた。居場所について彼にヒントを与えるぐらいはやったかもしれない。彼女ではなくわたしを見つけたら、ジャックには隙ができる。その時わたしが彼を撃つかどうかは、賭けだった。わたしとジャックなら可能性は五分五分だと考えたのだろう。賭けられていたのはわたしの命。でもこれでわたしは彼女に貸しがあるということ。そしてブルーへの貸しが、わたしを救ってくれるかもしれない。

こういうことが起きる前、ブルーはどんな人だったのだろう。逃亡する前から、引き金を引く指はあれほど素早かったのか、それともああなったのは後から？　彼女のようになりたくはなかった。でも今の状況は斧のように、まともな市民の部分をわたしから切り取っていく。もっと若い頃には思いもよらなかったようなことを、今ならやれる。わたしにも借りがあった。世界に対する借りだ。人生をやり直す前に、その借りを返さなければならない。自分の犯した罪のせいでレジナルド・リーを逮捕させられないなら、違うやり方をする必要がある。

次の朝遅く、モーテルをチェックアウトした。サラナク・レイクに戻る途中で、バーボンを一本とライター燃料を買った。チャーチ通り三三三の郵便受けをチェックする。触った気配はない。ドライブウェイにも、わたしのいないあいだにレジナルドや他の誰かが来た気配はまるでなかった。

わたしは感謝祭のディナーをレジナルド・リーの家で食べた。七面鳥とライスの入った缶スープと、カボチャパイ用ペーストの缶詰。バーボンを二杯飲んで景気をつけた。それまでの人生の中で一番わびしい日だった。でも今は待ち時間だ。レジーは遅かれ早かれ戻ってくるが、帰宅するようにしむけることに決めた。

レジーが隣人の誰かと知り合いかどうかはわからなかった。でも近隣に知り合いがいるなら、無断で家を使用している者がいることが伝わるだろう。わたしは薪用のかまどに火をいれて、待った。三時間後、ドアにノックの音がした。わたしは応答しなかった。またノックの音。それから男の声。

「レジー！　レジー、いるのか？」

男は、おそらく五分から一〇分ほどノックをし続けた。鍵を持っていたらどうしようかと心配になったが、やがていなくなった。時計を見ると、三時三四分。レジーは武器庫から数時間以上かかるところに住んでいるはずはない。わたしは仕事にかかった。地下に降りると、冷凍庫から肥料の袋をいくつか運び出した。プロパンガスのボンベを裏庭のグリルから持ってきて、階段の下まで下ろした。一階に戻り、さらに薪をくべる。セーター三枚、レジーの冬のコート、ニット帽、手袋、さらにその上からミトンをつけた。武器庫から銃を一丁くすねる——彼はたぶん気がつくまい——そしてそれを、コートのポケットに突っ込む。ベランダを掩蔽《えんぺい》に見立ててうずくまった。

一時間四五分後、雪に埋もれたドライブウェイをピックアップトラックが猛スピードで上ってくる音がした。彼はわたしのジープのすぐ横に駐車すると、家の周囲を調べはじめた。家の中の照明は全部消してあった。明るいのは薪の炎だけ。彼は用心深く階段を上がってきた。ドアが少しだけ開いていた。ドアがゆっくり開く時の、蝶番のきしむ音がした。わたしは手袋を脱いで銃を握りしめ、彼が中に入ると同時にベランダに上がった。

彼は照明をつけ、地下倉庫へのハッチが大きく開いて丸見えになっているのを見た。

「クソッ」と彼は言った。

「座りなさい」

わたしは彼の背中に銃で狙いをつけて言った。

「話があるから」

レジーは振り向いてわたしを見た。四五歳ぐらいだ。彼はひげを伸ばし、茶色い髪を長くしていた。フランネルのシャツ、ハンティング用のジャケット、ニット帽。銃を怖がる様子はなく、怒りをつのらせただけだった。

「お前は誰だ？」

「座るのよ」とわたしは繰り返した。

彼は粗末なチェック生地のソファに座った。目はハッチに釘づけだった。

「どこの回し者だ？　ＦＢＩか、いや、それにしちゃみすぼらしい。ＤＥＡか？」

答えないほうがよさそうだ。

「レジー、地下室の爆発物をどうするつもりだったか、話しなさい」

「爆発物って何のことだ?」

「温度調節された倉庫の中の、硝酸アンモニウム肥料一五袋」

「春が来たら庭仕事でもしようと思ってね」

「それと、あれだけの銃は?」

「鹿狩りだ」

「鹿狩りに、セミオートマティックの銃はいらないわ」

「必要な時もある」

「何を計画していたか教えなさい」

「お前には何も言わない」

彼は怒っていて、その熱が感じられるほどだった。彼は挑戦するように真っ向からわたしの目を見た。突きつけられた銃が目に入らないようだった。わたしはポケットから携帯電話を出して、それをソファの上のレジーの隣に投げた。

「警察に電話して、自宅に処分したい危険物があると言いなさい」

レジーはわたしを注視した。電話を見たが手に取らなかった。

「どうしてバックアップを呼ばない?」

「二人だけで解決できると思ったからよ」

レジーは訳がわからないという顔をした。辺りを見回し、隅に置いてある空き缶の詰まったゴミ袋に気づいた。

「ここに寝泊まりしたな?」

「電話をかけなさい、レジー」

彼はかけなかった。

「お前は誰でもない、そうだろう?」

正解だ。

「わたしは誰でもないわ」

レジーはにやりとした。歯は黄色と灰色だった。彼の恐怖が、すっと消えうせた。わたしはレジーの関心をひくために窓を撃った。彼は身じろぎすらしなかった。一方わたしの全身は反動で震えた。

「ここからとっとと出てけ、そうしたら勘弁してやる」

彼は立ち上がりながら言った。

わたしはライター用の灯油をソファに撒いた。それからストーブの横にあったブタン用のライターをソファの上にかざした。

「電話するのよ。さもないと、この場所を燃やしてやる」

レジーが飛びかかってきた。わたしは彼の腕を撃った。彼は何歩か後ろにたたらをふみ、姿勢を立て直して、血まみれの腕を見た。わたしはもう警告を与えなかった。ライターを点火した。数秒でソファ全体が火に包まれ、煙が部屋を満たした。レジーがどうすべきか考えているのがわかった。わたしは正しい方向に彼を誘導しようとした。

「これでおしまいよ、レジー。ここから出ましょう」

彼はかなり戦意を喪失したようだった。炎を見て、うなずいた。向きを変えて、正面玄関のほうへ歩いた。わたしはその後についていったが、少し距離が近すぎたかもしれない。彼は突然振り向き、手の甲でわたしを殴った。わたしは床に倒れた。レジーはわたしの肋骨を力いっぱい蹴った。

わたしは引き金を引いた。二発目の弾丸が彼の内臓に命中した。彼は驚きの表情を浮かべた。前に何歩か歩き、それから床にくずおれて苦痛のうめき声をあげた。わたしの目は煙と火のせいでうるんでいた。わたしは立ち上がり、ドアを目指した。レジーは立ち上がろうとしたが、そのたびにくずおれた。

「助けてくれ」

「何が望み?」

　わたしは振り向きながら言った。

「俺はもうだめだ。今度はきっちり片をつけてくれ。それぐらい当然だろ」

　たぶんそのとおりだ。わたしは最後に銃を持ち上げた。

「神様、お赦しを」と彼は言った。

　わたしは引き金を引いた。弾丸は彼の額にあたった。頭がうたた寝をしているように傾いた。わたしは家の外に走り出てジープに飛び乗り、ドライブウェイの出口まで目いっぱいアクセルを踏み続けた。一瞬止まってバックミラーを見る。家全体が、大きな焚き火と化していた。

　発進して、幹線道路に出た。五〇〇メートルも行かないうちに、怒りの爆発のような轟音が聞こえ、それからいくつかの小さな地震があった。路肩に停車してもう一度バックミラーを見る。レジーの家は消えていた。炎だけがあった。真昼のように明るかった。すべてが終わった。九回人生があるとしたらそのうち八つを使い果たしていた。自由に生きる時間はそれほど残されていないのではないか。何か美しいものを見たくてたまらなくなった。

　オルバニー駅まで行き、車のキーを差しっぱなしたまま駐車して、時刻表を確かめた。その夜出発する列車はもうなかった。朝一〇時発のエンパイア・サービスの乗車券を買い、安モーテルにチェックインした。

　その夜は眠らなかった。七時間のあいだ、スタッコ塗りの天井を見つめ、レジナルドの顔を繰り返し思い浮かべた――最初の挑むような表情、そして諦めの表情。

　誰かを殺してしまった時、正当防衛だと繰り返し自分に言って聞かせ、偶然のせいだ、いてはいけない場所に、いてはいけない時間に、使ってはいけない名前を使って存在していたせいだと言うことはできる。でも次に殺したら、難しい質問をしはじめなければならない。本当に正当防衛だったのか、それとも、選んだ生き方なのか？誰かを冷酷に殺すのは、自分自身の一部を殺すことだ。あの瞬間までわたしは、過去の自分にしがみついていた。心の奥底にいる本当の自分は誰か、わかっていた。もうそうではない。一〇年の逃亡生活のあげく、結局は言われたとおりの冷酷な殺人犯になり果てていた。良心が影のようにつきまとう。これからはもう、レジナルド・リーの顔を思い浮かべずに目を閉じることはできないだろう。

次の朝、列車でナイアガラ・フォールズに向かった。景色に集中して、自分が誰なのか、どういう人間になってしまったのかを忘れようとした。六時間後に列車から降りると、しっかりして見えるが期限切れのソニア・ルボヴィッチの身分証明書を使って、ホテルにチェックインした。部屋に荷物を置き、滝を目指して歩いた。耳を聾するばかりの轟音。立ちこめる霧で体が清められるようだった。これほどの力、これほどの美しさを前に、醜い考えを心に抱くことはできない。ギブアップするならまさしく今がその時。でも、まだ心の準備ができていなかった。ポケットから銃を出して、滝めがけて投げ込んだ。武器を処分するのにこれ以上いい場所があるとは思えなかった。

実は、冬にナイアガラの滝を訪れる人は少ない。凍えるような通りを一人で歩いていると贅沢な気分になった。映画で見る色々な場面――遊覧船の「霧の乙女号」や、「風の洞穴」（びしょびしょになりながら赤い階段を降りる）は閉まっていた。子どもの頃、母と一緒に映画『ナイアガラ』で見たことがある。母はマリリン・モンローに夢中だった。男の選び方が悪いという以外には、母とマリリン・モンローのあいだには何の共通点もなかった。それでも巨大な凍った滝を見ると、観光客気分になれた。わたしは寒さに耐えられるギリギリまで留まった。それから市街まで歩いて戻り、バーのあるホテルを見つけて、アイリッシュ・コーヒーを注文して冷え切った全身を温めた。

わたしは、じっと座って喉を焼くウィスキーを楽しみ、心を落ち着かせようと努力した。次の日に何が起きるか、考えるまいと努力した。とはいえ、すでにはっきりしたシンプルな計画があった。わたしはカウンターで隣に座った女性の財布を盗むまいと努力した。彼女は男に誘いをかけていたが、相手はまるで無関心な様子だった。その女性にとっては、二重に屈辱的な夜になるだろう。でもやらなければならない。ソニア・ルボヴィッチの身分証明書は期限切れで、行くべきところまで行きつく役に立たない。男を誘っている彼女は、一人ぼっちで、しかも財布もなく目覚めることになるだろう。でも彼女はちょっとだけわたしに似ていた。それで充分だ。わたしはバーから外の冷気の中へ踏み出した。

街中でも滝の音が聞こえた。彼女の財布を開けて、身分証明書を確かめてみた。モイラ・ダニエルズ。私より二センチ背が低く、九キロ体重が多く、長い茶色の髪、青い目。名前を口に出したり、自己紹介の練習をしたり、身元についての話を作り上げることは、もうやるつもりはなかった。モイラはわたしが行くべき場所に到着するまでのあいだポケットに入っている身分証明書というにすぎない。

ホテルに戻る途中、ドラッグストアでヘアカラー、コンタクトレンズ洗浄液、新しい歯ブラシを買った。部屋に戻るとショートカットの茶色い髪をブロンドに染めた。わかったことは、写真からかけ離れて見えれば見えるほど、化粧のせいだと思ってもらえるということ。カラーリング液の臭いがいつまでも部屋に漂い、寝ているあいだも鼻を刺激し続けた。朝はたっぷりシャワーを浴びた。しばらくシャワーが使えなくなるのはわかっていた。鏡を見ると、まだ自分自身のように見えた。だからあの嫌な青のコンタクトを洗って、たっぷり三〇分かけて目に押し込んだ。瞼が真っ赤になってしまったが、もう自分自身のようには見えなくなった。

荷物をまとめて、ホテルを後にした。バッファローまでのバス便があったから、出発まで一〇時間待たずにすむように、乗車券を買った。滝の見えるコーヒーショップを見つけて、しばらくのあいだ誰からも見られず、カフェインの入った液体を一杯、また一杯と飲み干した。いくつかある携帯電話の一つを取り出して、電話を一本かけた。応答はなかったが、留守番電話にメッセージを残した。

「もうこれ以上続けられない。どんな目にあってもいい。故郷に帰りたいの。また自分自身に戻りたい」

次の朝、私はレイク・ショア急行に乗り込んだ。向かい側の席には老人が座った。彼は緑内障を患っているらしく、わたしのぼんやりした影に向かって微笑んだようだった。見られていないとわかってなんだか安心できた。とはいえ、長いあいだ誰もわたしを見てはいなかった。

「おはよう」老人は言った。

「おはようございます」

「家に帰るところかね?」

「そうです」わたしは言った。

「いつだっていいものだ､家に帰るのは」老人は言った。

異論は唱えなかった。

ノーラ・グラス

第二七章

帰郷する前に、今までの他の人生すべてを捨て去ることにした。またもとの自分に戻るのだ。長いあいだ押し殺してきた記憶を生き返らせるのには、時間がかかった。

ノーラ・ジョー・グラス、それが出生証明書に書かれているわたしの名前だ。ワシントン州ビルマン、一九八七年三月一五日生まれ。しばらくは両親がいた。グラス夫妻、ナオミとエドウィン。それから父が自殺して、母親一人になった。原因は何なのか、いろんな憶測が流れた。家族を養えなくなったからだと考える者もいた。グラス家はずっと食料品店をやっていた。父が亡くなって間もなく、店もなくなった。女房が浮気していたからだという者もいる。わたしは、父は悲しかったのだと思う。

わたしの子ども時代には、普通と違うことが色々あった――父が死に、母は酔ってわたしを放置した。振り返ってみるとそれが人生の中で一番普通に近い時だった。今、バラ色のフィルターを通して過去を見ることはたやすい。オハイオの風景が列車の窓を通り過ぎるのを見ているうちに、昔の記憶があふれてきた。カウントダウンが始まった。あと五六時間で故郷に到着だ。

＊＊＊

子ども時代から一〇代までのわたしは自由だった。あんな自由はもう二度とないと思う。母は仕事に行っているか、サンダウナーズで飲んでいるか、二日酔いでベッドに倒れているかだった。

わたしは時間をつぶすために行く場所やすることを見つけた。一番の親友はエディ・パーソンズ。エディは町の反対側に住んでいた。テレビに出てくる家族が住んでいるような、ベッドルームが四つある二階建ての家だった。わたしの家からは五キロ、自転車で行ける距離だけれど、わざわざ帰宅せず夜を過ごすこともしばしばだった。

高校一年生の時、わたしは気まぐれに、逃避のために水泳部に入った。エディは両親に言われて入った。大学進学の願書に書けば有利になるからだ。やってみると、わたしには才能があった。自由形と背泳が得意だった。短距離よりは長距離が得意だったが、いずれにせよ強かった。コーチは体力よりも精神力がわたしの強みだと言ったが、わたしにはそれが理解できた。競争相手がなぜ諦めるのか、わかるのだ。エディは毎日諦めていた。授業中にはそんなことをしないのに、必死で空気を必要とする時の苦痛が嫌いなのだ。水中で胸が破裂しそうになるあの感じが、わたしは嫌ではなかった。エディはその年の終わりに水泳部を辞めて、エヴェレットの男とつきあいはじめた。エディの家に避難場所を求められなくなったわたしは、プールにいられるだけいて、それから警官に帰れと注意されるまで自転車を乗り回した。

勉強はまあまあというところだった。でも水泳はわたしのすべてだった。人生で初めて、他人より優れているかもしれない何か。ひょっとしたら、すごいのかも。初めて野心を感じた頃だった。

そしてそれから、わたしはライアン・オリヴァーと恋に落ちた。

少し先走り過ぎた。

ローランド・オリヴァーはビルマンのほとんどを所有していた。建築会社、オリヴァー&ミードを所有していて、母はそこで受付係として働いていた。ローランドは、母が寝ている男でもあった。ローランドにはローガンとライアンという二人の息子がいた。物心ついてからずっと、わたしは二人のことを知っていた。ローガンは一歳年上で、わたしよりかなり背が高く、説明しにくいある種の輝きがあった。どんなに見まいとしても、彼のことを見たくなる。誰のことも征服する笑顔。その笑顔をやたらに振りまかないのも効果的だったのだろう。

わたしが彼に惹かれたのは、ハンサムで、何の努力もせずにフットボールを見事に投げられたから、というだけではない。わたしが一一歳の時、ローガンはマイク・マイルズをぶちのめした。ダウン症の子をマイクがいじめているのをローガンが見つけた時のことだ。その後、わたしにとってローガンはアイドルだった。彼は善良で思慮深いように見えた。ありふれた片思いだ。ローガンの近くにいると膝に力が入らず、口がきけなくなった。

ある午後、わたしはローガンをつけて、ワキ石切り場の近くにある森に入っていった。その頃のわたしは、恥ずかしいことにローガンの後をつけていた。五月で、温かく湿気の多い日だった。わたしは、その名のとおりに猫がたくさんいるワイルドキャット小路まで、スパイのようにローガンをつけた。彼が振り返るたびに、木に隠れた。彼はわたしに気づかなかった。見られていることも知らなかった。後になって、彼は何が変わったのか、不思議がった。なぜわたしにだけ、彼の輝きに隠れた何かが見えるのか。簡単なことだ。わたしだけが、彼が野良猫を拾い上げて首を折るところを見たからだ。最初に見た時には、何かちゃんとした説明があるに違いないととっさに考えた。病気の猫を、やむをえず安楽死させるとか。彼の表情を見て、そうではないとわかった。ローガンは楽しんでいた。わたしは誰にも話さなかった。その後、わたしはローガンから距離をおくようになった。

でもライアン・オリヴァーは違った。彼はシャイで、もの静かだった。人々を理解しようとするかのようにじっと見た。彼は時々、わたしを見た。そしていつも目をそらした。ライアンはその頃、わたしにほとんど話しかけなかった。兄のローガンに寄ってくる女の子たちに話しかけることもなかった。そういう女の子たちを見るのがいたたまれなかったのだと思う。

ライアンはローガンより弱かった。ライアンをいじめる者がいたら、ローガンが必ずお返しをした。兄弟のあいだにライバル関係はなかった。ローガンは何にでも優れていた——勉強、スポーツ、女の子。ライアンは小さい頃から、競争する意味はないと悟っていた。それに、ローガンはこれ見よがしに自慢することもなかった。静かに勝って満足していた。

ライアンとわたしが二人で過ごしたのは、九年生の時だった。化学の授業で同じ班になった。レモンで電池を作り、亜鉛と銅の釘を使って電気を流して、クリスマスツリーの小さな電飾をともす。皆、ドラマティックで大きな音の出る実験に慣れていたので、ちっぽけな明かりには関心をもたなかった。ライアン以外は。わたしたちの電球が瞬きながらともった瞬間のライアンの間の抜けた笑顔が、今でも思い出せる。

それから、タコマ渓流でカヌーに乗る遠足の時、わたしとライアンはまた同じチームになった。パジェット・サウンドを通過する時、ライアンはわたしの名前を違った発音で、アクセントを色々な場所につけて、何度も言ってみた。

「ノー・ラ。ノ・ラ。ノーラー。しっくりこないなあ」

「ライアン、大丈夫？」わたしは尋ねた。

「おばあちゃんの名前がノーラなんだ。僕たちはノーラおばあちゃんと呼んでる。君をノーラと呼ぶのがどうにも変な感じでさ。君、ミドルネームある？」

「ジョー」わたしは言った。

「おじいちゃんがジョセフだったから、それを短くして」

「ジョー。ジョー。ジョー、元気？　またね、ジョー」

ライアンはその名前を試してみた。

「いい名前だよね。君さえよければ、僕は君のことジョーと呼ぶよ」

その頃のわたしは、別の名前で呼ばれるというアイデアが気に入った。昔の名前を切望することになるとは思いもよらなかった。

「別にいいけど」とわたしは言った。


ビルマンのティーンエイジャーにとって、ワキ石切り場は社交の中心だった。週末には穴の縁で、酔っぱらった学生たちがたむろしていた。妙な形の巨石がいくつかあるせいで、ストーンヘンジと呼ばれている場所だ。わたしは学校での練習の後、石切り場で自主練習を始めた。

ある午後、ライアンが現われた。水から上がると、彼がそこにいた。

「ここで何してるの？」わたしは言った。

「君が溺れないように見張ってる」

「溺れないわよ」

「たぶんね。でも監視のいないところで泳いじゃだめなんだよ」

「それがあなたのやってること？　監視？」

「そう」

ライアンは次の日、そしてその次の日も、監視に来た。それから、それが毎日のことになった。彼はわたしが泳ぐのを見た。わたしがまるで泳がない時もあった。わたしたちはワイルドキャット小路まで散歩するか、巨石にもたれてマリファナ煙草を吸った。噂になり、色々と尋ねられた。答えが必要だとは思わなかった。ライアンがわたしにとって何なのか、わからなかった。いつもそこにいる人。なぜなら彼はいつもそこにいたから。

それからある日、彼はいなくなった。わたしは石切り場に泳ぎに行き、水から上がると無人島にいるような気持ちになった。ライアンは次の日も来なかった。わたしは電話をかけた。母親がわたしに、ライアンは「電話に出られない」と言った。三日目、石切り場に行くと、彼ではなくローガンがいた。彼はわたしに腕を回し、お兄さんぶって話そうとした。彼の言ったことは、断片的にしか思い出せない。

くっつきすぎなんだよ
男は女とは違う
弟は君と一緒にいちゃいけない
君みたいな子はタイプが違う……

どうしてライアンは自分でそういうことを言えないの、とわたしは尋ねた。頬を涙がつたった。止められなかった。

「あいつは女の子が泣くのを見るのが嫌いだからさ」とローガンは言った。

「あなたは？」わたしは言った。「あなたは好きなの？」

どうやらそのようだった。

その日以来、わたしはライアンから距離をおいた。彼が近づいてこようとした時にも。ある時など、何がいけないのかとずうずうしく聞いてきた。石切り場で会ってくれと頼んできた。わたしの答えはいつも同じ。「別に」。「だめ」。

単語一つの答え、それ以上は何も言わなかった。彼はしばらくすると諦めた。廊下ですれ違った時にわたしにハローということすらやめた。

時には、彼が透明人間、あるいはわたしが透明人間だと思うようにした。

ビルマンから出る唯一の方法は、水泳の奨学金をとることだった。わたしは出たかった。水泳部には悪くない選手が何人かいたが、本当に競争相手になる選手、わたしに勝とうとする選手はいなかった。メリンダ・リオンズが引っ越してくるまでは。

転校生のメリンダと自由形で競争した最初の日、彼女は体一つ分わたしに勝った。楽な練習の日々は終わった。わたしは練習時間を倍にした。ライアンはどうせ姿を消していた。次にメリンダと競争した時には、ほんの髪の毛一筋の差で負けた。わたしたちは親友になった。

その頃、わたしはほとんどの夜をリオンズ家で過ごしていた。メリンダにはジェイソンという兄がいた。ある夜、寝つけなかったわたしは裏のベランダに出て、煙草を吸っていた。ジェイソンが出てきて、煙草を取り上げた。

彼はいくつかの星座を指さした。彼が空に見えるという形が見えるふりをした。彼はわたしが震えているのに気づいて、腕を回してきた。自分が何を感じているのかわからないうちに、ジェイソンがわたしにキスをした。わたしいい感じだった。彼といるとリラックスできた。わたしの本当のファースト・キスだった。もっと何か感じるのではないかと思ったが、きっとわたしはそういう心がないタイプなのだ。マネキン人形とだって恋に落ちる母とわたしとで、宇宙のバランスが取れているのだ。

三か月のあいだ、わたしは夜ジェイソンの部屋に忍び込んで、感じているふりをした。数週間後、ジェイソンは二人はつきあってると思った。学校の誰からも、わたしたち二人はカップルだと思われていた。わたしは何も思わなかった。

ある日、ワキ石切り場で追加の練習を終えた時、ライアンが待っていた。岩によじ登ると、彼がわたしの古いビーチタオルを差し出してきた。何か言いたそうだった。頭の中に色々な思いがありすぎて混乱しているようだった。そういう時にはいつも、わたしにはわかった。彼はうまく話を切り出せなくて、何度も、何か言いかけてやめた。

「何なの?」わたしの忍耐心は切れかけていた。

「彼を愛してるの?」ライアンが尋ねてきた。

「誰を?」

「ジェイソン」

「あなたに関係ないでしょ?」

「あるよ」

「あなた、いなくなったじゃない」

「君に近寄るなと言われたんだ」

「どうして?」

「わからない」

「わかってるくせに」とわたしは言った。でもわたしだって確信しているわけではなかった。

母の悪評に関係があるのだろう。それからたぶん父の自殺。それから裏庭の、枯れて茶色くなった芝生に転がっている古い四二インチ型のテレビ。

「そんなの関係ない」と彼は言った。

「ローガンをよこして、わたしと手を切ろうとしたくせに?」

「なんだって?」

「知らなかった？」

彼は知らなかった。

「悪かった」と彼は言った。

「何が悪かったのよ」

「僕は臆病者だった」

「また会えてよかったわ」

わたしは歩きはじめた。ライアンは行く手をふさぎ、わたしの両肩に手を置いて、身をかがめてキスした。ジェイソンのキスとは違っていた。わたしは彼を押しのけた。何かを感じたからだ。わたしの中に母と同じ何かがあるのが恐ろしかったからだ。わたしは服を着はじめた。

「ジョー、君に会えないのは寂しいんだ」とライアンは言った。

「何が寂しいのよ」

わたしは水着の上からトレーナーを着て、濡れた足をスニーカーに押し込んだ。

「君は僕の一番の友達だったのに」

「一番の友達にキスしたりはしないでしょ」とわたしは言って、通学かばんを拾い上げて歩きはじめた。

「そういうこともあるよ」ライアンは言って、行く手をふさいだ。

彼はまたわたしにキスをした。確かに違っていた。わたしは頭がぐらぐらして、温かくなり、それから怖くなった。これは悪戯かもしれない。ひょっとすると、ローガンが藪に隠れていて、ライアンもぐるなのかもしれない。

「もう行かないと」とわたしは言って、ワイルドキャット小路を歩きはじめた。あの日のことと、ローガンの表情を思い出しながら。

ライアンが追ってきた。

「君は僕がいなくて寂しくなかったの？」

「ちょっとはね」

「君と一緒にいたいんだ」と彼は言った。

「だめって言われたんでしょ？　忘れたの？」

「僕らは一六歳だ。あと二年隠しておけばいい」

　わたしは次の日、ジェイソンと別れた。

　それから二年近く、ライアンとわたしはスキャンダラスな不倫カップルのように、関係を隠し続けた。たいていは、午後にストーンヘンジの傍の森で会った。いつもしっかりしたアリバイを用意した。時には違った町に行き、遠く離れた場所に車を停めて、彼の車の後部座席でセックスした。車の中でするのにすっかり慣れてしまって、二人で本を書かないかと冗談を言ったくらいだ。天気のいい時は森の中で毛布を広げ、終わった後に虫刺されがないかチェックした。何回かは、ライアンがモーテルの部屋をおごった。そういう夜には、未来を想像した。わたしにはライアンのいない未来が想像できなかった。あのことの後になっても、わたしが別人になった後でさえ、わたしはまだ、彼のいる未来という夢を手放すことができなかった。

　わたしたちは何回か見つかり、厳しく罰せられた。ライアンの車は取り上げられ、売り飛ばされた。彼は兄、それから友達の車に乗せてもらわなければならなかった。母は何回かわたしをぶちのめそうとしたが、いつも罰を与える前に意識を失った。

　ローガンが最初にメリンダに注目したのは、つまり本当に彼女の存在に気づいたのは、水泳の試合の時だった。その夜パーティがあり、彼は彼女にビールを持ってきてやり、散歩しないかと誘った。彼からの誘いが断られることはめったになかったが、彼女は断った。次の日学校で、彼はロッカーのところでもう一度彼女を誘った。彼女はノーと言った。ローガンは、それまでの彼なら決してしなかったことを、あれこれとしつこくやった。花を摘んできたり、ラブレターを渡したり、水泳の練習が終わるのを見計らってホットココアを買ってきたり。メリンダはぐらつきはじめた。ひょっとすると、自分こそ彼を飼いならせるただ一人の女なのかも、と。

ある晩、二人はエヴェレットのドライブイン・シアターに出かけた。ローガンはその夜、少なくとも三塁までいけると考えた。たいていの女の子は最初のデートで屈服する。二回目のデートが必要なことはまずなかった。メリンダはローガンにキスを許し、それだけだった。

その夜以来、ローガンは、メリンダ以外の女の子のことを考えられなくなった。

メリンダは二回目のデートに応じ、それから三回目のデートにも応じた。わたしはメリンダに気をつけてと言った。自分の知っていること、ワイルドキャット小路で見たことを話した。メリンダは、何か合理的な説明がつくはずだと思った。ローガンと別れなかった。その時には。

一か月後、二人の仲が公認になった後で、メリンダは、わたしが警告したような彼の隠れた部分に気づいた。メリンダがベンと話しているのをローガンが見た時のことだ。ベンは、メリンダとフランス語のクラスが同じだった。二人は外国語で話していて、ローガンは、ベンが自分の女にちょっかいを出していると考えた。

放課後、ローガンはベンの鼻を折った。メリンダは、次は自分の鼻かもしれないと考えた。彼女はその夜ローガンと別れた。そしてすぐに別のボーイフレンドを作った。ハンク・ガーナー。化学専攻の大学生で、紳士だということだった。ドアを抑えてくれて、歩道の外側を歩く。メリンダはそういうことが大事だと思っていた。わたしは全然気にしなかった。要は、メリンダは次に進んだということ。そしてローガンはそうしなかった。彼は翌年卒業して、ビルマンに留まって父親の仕事をあれこれ手伝い、そしてメリンダにつきまとった。

高校卒業を前に、わたしたちは計画を立てはじめた。ライアンは一月に一八歳になる。わたしは三月。ライアンは東部のいくつかの大学に願書を出した。彼の成績なら充分狙えた。わたしは水泳で奨学金をもらえるかもしれないと考えていた。

ある夜、水泳の州大会で、メリンダが自由形の一位、わたしが二位になり、わたしたちはお祝いにタトゥーを入れることにした。メリンダはイルカ、わたしは中国語の「無意味」を選んだ。放課後の練習を、わたしは時々さぼりはじめていた。メリンダは目標——水泳の奨学金——をしっかり見すえていたのに、わたしの焦点はぼやけていた。ライアンとわたしはもっといろんな計画を立てた。若い娘にありがちな間違いかもしれない——男の子にうつつを抜かしてしまうのだ。でもわたしほど、その間違いに高い代償を払った若い娘はいないのではないか。

「次の停車駅は、シカゴです」

乗り継ぎでは四時間待った。情け容赦のないトイレの蛍光灯の下で、自分をじっくり観察した。ノーラ・グラスの古い写真を見て、同じ人物だと思う者はいないだろう。鏡の中に本当の自分を見出せる日がいつか来るように、願うばかりだった。

バーで飲むことにした。誰もわたしに目を向けなかった。カウンターでビールを注文した。テレビでニュースをやっていたが、音が消してあった。ぼんやりと、交通情報と天気予報を眺めた。それから見知った顔が目に入った。警察署の前で撮影された写真。やつれて、髪の抜けた頭をスカーフで覆った女。ドアをノックする死をたった今迎えに出るところといった様子。

テロップが出ていた。

「ナオミ・グラス、偽証と捜査妨害を告白」

わたしは飲み物をこぼした。バーテンがきれいに拭いて、もう一杯注いでくれた。

「音を大きくしてもらえますか?」とわたしは言った。

バーテンはテレビの音を大きくした。ちょうどその時、一〇年前のわたしの写真が画面に出た。溌剌と明るく、澄んだ目が輝いている。高校時代の写真にありがちな、馬鹿っぽい笑顔だ。

キャスターが見慣れたクラフツマンの家の前に立っていた。

「ミセス・ウェバーは、娘ノーラ・グラスが、地元ワシントン州ビルマンの名門一族が関わる陰謀に巻き込まれた被害者であり、容疑のすべてについて無罪だと主張しています。ノーラ・グラスは八年間、ターニャ・デュボイスとして暮らしていたことが最近判明しました。ターニャは現在、夫フランク・デュボイスの死に関する重要参考人となっています」

バーテンがもう一杯いかがですかと尋ねてきた。彼はわたしを真正面から見たが、何も気づいた様子はなかった。

「お願い」とわたしは言った。テレビから目が離せなかった。

「ワシントン州ビルマン警察の署長、ラース・ヘンドリックス」、とテロップが出た。あの頃の署長は彼ではなかった。ヘンドリックスは警察署の前で演台に立ち、メモを見ながら話した。

「ノーラ・グラス、どこかにいるなら、戻ってきてほしい。あなたの事件について新たな情報を入手した。いくつかの犯罪を解決する時が来たと考えている」

ニュースは再びクラフツマンの家、つまりわたしの昔の家を映し出した。ドアが開き、ガラス細工のように細くて弱々しい母がベランダに出てきた。レポーターが質問をした。母が答えた。声は聞き取れなかったが、長いあいだ見ていなかった母の今のありさまがショックだった。多くの感情がせめぎ合って自己主張していた。レポーターが消えて天気予報に画面が切り替わると、わたしの目は熱くなってうるんだ。バーテンは飲み物を注ぎ、テレビに向かって頭を傾けた。

「あの女は一〇年間、別人として暮らしていたそうですよ」とバーテンは言った。

「どうですかね？　このターニャだかノーラは、本当に何かやったんですかね？」

「何かはやったんでしょうね」とわたしは言った。

第二八章

ワシントン州エヴェレットまで、エンパイア・ビルダー号の乗車券を買った。開拓時代の探検家、ルイスとクラークと同じ道をたどる路線だ。わたしは時計を見た。あと四八時間で故郷に到着。

雪に覆われた山々の景色が風景写真のようだ。窓の外を通り過ぎる眺めを楽しみたかったが、押し寄せる記憶が邪魔をし続けた。母の顔が頭から離れなかった。ニュースで見た女ではなく、わたしが最後に見た夜の母の顔だ。酔っていたが、真剣だった。目はガラスのように無表情で透明だった。

「あの子に近づくなと言ったじゃないか」

母が震える手でヘアカラーを塗り込んでいる時、鼻孔を刺した薬品の臭い。それから、わたしが彼と一緒にいたいと思いさえしなければ、こんなことにならなかったのに、と考えたことも思い出した。

冷たい車窓に頭をもたせかけた。怒りで熱くなった頭がひんやりして気持ちよかった。あの夜、自分で自分の全人生をめちゃくちゃにした瞬間へと記憶が戻っていった。

高校のダンスパーティの夜だった。ライアンとわたしは別々に出かけた。彼は家族から厳重に見張られていた。その晩わたしたちは、一度だけダンスした。パーティが終わると全員が着替えてストーンヘンジに繰り出した。石油ランプ一ダース、ビール二樽、ウィスキーを持っていった。ウィスキーは壜から回し飲みした。湖に反射した灯りで、水が火事のように燃えているみたいだった。若い時にしか体験することのない愚かな幸福で、皆が酔っていた。

それからローガンが姿を現わした。高校を卒業した後、何年たっても週末に高校生とつるんで騒ぎ、飲み物をおごったり未成年の少女にちょっかいを出したりする地元の若者たちの車に同乗してきたのだ。ローガンは辺りをうろつき、持参した一人用のボトルからバーボンを飲み、メリンダを探した。メリンダは大きな岩の後ろでハンクといちゃついていた。と思ったら、いつのまにかいなくなっていた。二人がいなくなったことは、ローガンから車のキーを貸せと言われるまで気づかなかった。

「嫌よ。友達に乗せてもらえばいいじゃない」

「キーをよこさないと、お前たちが森でファックしてたことをばらすぞ」

「わかった」とわたしは言って、立ち上がった。

「わたしが運転する」

ライアンとわたしはローガンの後をついて空き地へと向かった。空き地に駐めてある車の中に母のおんぼろの一九八六年型ダットサンもあった。ローガンは気短そうに振り向いてわたしの手からキーをひったくり、森の中の近道を急いだ。

ライアンとわたしが追いついた時、ローガンはハンクのボルボをにらんで銅像のように立っていた。ラジオが鳴っていて、車の照明がついていた。二人のシルエットが見えた。

わたしは酔っていて、口が軽くなっていた。ローガンが皆の考えているようなご立派な人間ではないと知った時から言いたかったことを、全部ぶちまけた。

「いいかげんに受け入れなさいよ。メリンダはあなたを愛してない。これからもあなたを愛することは絶対にない。あなたが何をしても、それは変わらない」

「黙れ」とローガンは言った。

「善良で、ちゃんとした人なら、あなたなんか愛するわけがない。うまく正体を隠してしばらくはだましていても、いずれはばれることになる。よく見れば、誰にだって――」

「ノーラ、やめろよ」とライアンが言った。

わたしはやめなかった。

「あなたの中身は死人と同じよ。死んだ女を見つけたらいい――」

ローガンはわたしの喉を両手で締め上げた。溺れるってこういう感じなのか、とわたしは思った。ライアンはわたしと兄を引き離そうとしたが、ローガンに突き倒された。ボルボのエンジンがかかり、ライトが点滅した。ローガンはわたしの首にかけた手をはずした。わたしは息を吸い込んだ。ローガンはダットサンに乗り込んだ。

何が起きるのか見当もつかなかった。ローガンが何をするつもりなのか、わからなかった。今夜車なしで帰宅したら母に殺されちゃう、ということしか考えられなかった。わたしは車を回り込んで助手席に飛び乗り、ライアンは後部座席に乗った。

ボルボはドライブウェイから二車線の田舎道に出た。

ダットサンは泥をはね散らかしながらボルボの後を追った。

「ローガン、何をするんだ」とライアンが言った。

ローガンは無言だった。霧の中、レゼーボワー道路の三キロ先を走るハンクとメリンダの後を追った。アクセルを踏み続け、ハンクの車のバンパーからほんの数十センチのところまで迫った。ローガンはクラクションを鳴らしはじめた。

「スピードを落としなさいよ」とわたしは言った。

ローガンは無言だった。

「何をするんだ、ローガン?」ライアンは言った。

ローガンは無言だった。

「車を停めさせてよ」わたしはライアンに言った。

ローガンはボルボのバンパーに車をぶつけた。恐ろしいことが起ころうとしていた。ハンクはスピードを上げたが、足りなかった。きっと怖がっていたのだろう。ローガンは怖がっていなかった。

ハンクはスカイライン・ロードで右に急カーブを切って、エヴェレット方面に北へ向かった。たぶん自宅へ向かうつもりだった。ローガンはすぐ後ろについていた。手の指のような形で広がる湖を横切る一・五キロほどのスカイラインの橋まで来たところで、ハンクはスピードを落とした。その橋は幅が狭く、ガードレールは低かった。いつもなら用心深くするところだが、その瞬間スピードを落としたのはハンクの人生最大の誤りだった。

ローガンの目はすわっていた。顎をかみしめ、荒く呼吸していた。

「お願い、やめて」とわたしは言ったがもう遅かった。

ローガンはアクセルを一気に目いっぱい踏み込み、ボルボの左のフェンダーに追突した。

ハンクの頭がハンドルに強くぶつかった。ブレーキを踏む暇もなかった。ボルボはガードレールを越え、橋の下の水面に真っ逆さまに落ちた。ローガンはアクセルを踏み続けた。ハンドルをまっすぐに直しもしなかった。わたしたちの車はボルボをほんのわずか避けて湖に墜落した。

わたしはダッシュボードで頭を強く打ったが、骨の髄まで凍りそうな冷たい水が車に入ってきて意識を取り戻した。メリンダもハンクも見えなかった。ローガンがウインドウを開けて外に出るところ以外、ほとんど何も見えなかった。

ダットサンは沈みかけていた。額が激しく痛んだ。手で触ると血がついてきた。振り向くと、ライアンは後部座席でシートベルトをしたまま、ショックで茫然となり、恐怖のせいで身動きできなくなっていた。水がどっと入ってきて、彼の鼻まで上がった。わたしは自分のシートベルトをはずして、息を大きく吸い込んだ。シートを泳いで越え、ライアンのシートベルトをはずした。水が頭上を越えると彼はパニックを起こした。

わたしはライアンの腕を肩にかつぎ、後ろのドアを開けて彼を車から引きずり出すと、足で蹴って泳いで水面に出た。それからあえぐライアンを水の上に持ち上げた。

わたしたちは岸まで泳いだ。ライアンは岩だらけの岸に着くと咳き込んで、ゼイゼイ息をした。

わたしはあおむけに倒れて、空を見上げた。何千もの星が見えた。それから真っ暗になった。

目を覚ましたのは病院だった。頭蓋骨にひびが入った、と医者か看護婦に言われた。経過観察のため、もう一日入院した。母はベッドの横につきそっていたが、わたしから目をそらしていた。何が起こったのかと尋ねると、母の車がモーゼス湖に沈んだと言い、病室を出てコーヒーを飲みに行ってしまった。

医者は、ライアンがまだ肺に水が溜まっていること、ローガンが低体温状態にあることを教えてくれた。オリヴァー兄弟は、あと数日で退院できるはずだった。

母以外に見舞いに来たのは、二人の刑事だった。名前は思い出せないが一人は男で一人は女だった。ハンクとメリンダはどうなったのか、二人に尋ねた。女刑事がわたしに、二人は死んだと告げた。何の同情もない奇妙な言い方だった。どこへも行かないように、と男のほうが言った。入院中の少女にそんなことを言うなんて変だ、と思った。

知らせを聞いて、一時間ほど泣いた。慰めてくれる人はいなかった。その時には、それに気づかなかった。

帰宅するとすぐに、電話、携帯メール、パソコンのメッセージが届きはじめた。幽霊になったような気分だった。母はわたしをほとんど見ず、話しかけもしなかった。同じ二人組の刑事が来て、陳述書をとった。起こったことはそれで間違いないか、と同じ質問を何度も繰り返した。母は煙草を吸いに外に出た。わたしは覚えていることをすべて話した。二人はうなずき、メモを取り、どこへも行かないようにとまた言った。わたしがいったいどこへ行くというのか。

同じ数学のクラスだったエレンが、携帯メールを送ってきた——どうしてあんなことをやったの？

国語のクラスのジョン——死刑になりやがれ

クソ女

異常な犯罪者

死ね

人殺し

ライアンの携帯に電話してみた。出なかった。家の電話にかけた。彼の母親セーラが出た。とても落ち着いた声で、ゆっくりと滑り降りるような、引き延ばした発音だった。

「む・す・こ・は・で・ん・わ・に・で・ら・れ・ま・せ・ん」

彼はどこにいるのかと尋ねた。セーラは何かよく聞き取れないことをつぶやいて、電話を切った。エディにかけてみた。やはり応答なし。そこでエディの家に行った。エディの寝室の窓を、そっと三回叩いた。

エディは窓を開けて、言った。

「何か用?」

「いったいどうなってるの」

「自分が一番よく知ってるくせに」

「どうしてみんながわたしのことを人殺し呼ばわりするの?」

「だって人殺しじゃん」

「何のことか、わからない」

「メリンダとハンクは死んだんだよ。聞いてないの?」

「知ってる。でも運転してたのはローガンだもの」

「違う。運転してたのはあんたよ」とエディは言った。わたしのことを見る目は、何か人間ではないモノを見ているようだった。そういう目線にその後慣れていくのだが、その時にはまだ慣れていなかった。

わたしは家に帰った。母がいて、ベランダで煙草を次々とふかしながら、安バーボンを飲んでいた。わたしは何がどうなっているのか、と母に尋ねた。

「あの事故に、五人が巻き込まれた。生き残ったのは三人。そのうち二人が、あんたが運転していたと言っている」

「でもわたしは助手席にいたのに」

「あの子に近づくなと言っただろうに」と母は言った。

暗くなってから、自転車でオリヴァー家の邸宅に行った。金がかかっているものの悪趣味な三階建てで、八エーカーの地所の前には巨大な鋳鉄の門がそびえ、建物は四本のギリシャふう円柱で取り巻かれていた。庭師が芝生を刈るのにまる一日かかる、とライアンが言ったことがある。わたしは暗がりを選んで家の周りを回り、ライアンの窓にたどり着いた。それまで何度もやったように、小さな石を二階の窓めがけて投げた。ライアンはいつも応えてくれた。今回は違った。

「どうして正面玄関から入らない」

ベランダからオリヴァーさんの声がした。

走って逃げようと思ったが、意味がないと考え直した。わたしはオリヴァーさんの後について、家に入った。玄関だけでも母の家と同じぐらい広かった。オリヴァーさんは中央階段を通り過ぎて客間へ行った。セーラ・オリヴァーがソファに座っていて、その両脇にライアンとローガンが立っていた。セーラは透明な飲み物のグラスを膝の上に載せていて、冷えたグラスが汗をかいていた。

セーラは遠くの何かを見つめているようだった。ライアンは靴に神経を集中させていた。ローガンだけが、わたしの視線を受け止める根性があった。彼の目の中には、悲しみとか後悔とか、その場にふさわしいものは何もなかった。いい気味だ、ざまあみろという表情だけだった。

「かけたまえ」とオリヴァーさんは言って、家族と真正面に向きあった高級そうな革張りの椅子を指さした。

そしてソファの後ろを行ったり来たりしながら、話した。

「警察は明日の朝、逮捕状を持って君の家に行くそうだ」

「逮捕って、どうして？」

「車でメリンダ・リオンズとハンク・ガーナーを殺した。殺人罪だ」

その時までは、本当に信じていなかった。ローランドがそう言うまでは。競争で走った後のように、肺が空っぽになった。

「だって運転していたのはローガンよ！」

「違う」オリヴァーさんは落ち着いていた。

「運転していたのは君だ。ローガンとライアンは同乗していただけだ」

「ライアン」わたしは彼に目を覚ましてほしくて、言った。

彼はわたしを見ようとしなかった。

「ライアン」わたしはもう一度言った。

「誰が運転していたか、話してよ。覚えているでしょ？」

ライアンは一瞬顔を上げた。

「君が運転してた」と彼は小声で言った。

涙で頬がやけどしそうに熱かった。ライアンは見ないですむように、顔を背けた。

「ローガン、あなたは何が起こったのか知っているくせに」

「おまえが殺したんだ。俺の女を」

もし嘘だと知らなければ、彼の言うことを信じただろう。

「君さえ受け入れてくれたら、わたしが助けてあげたいのだが」とオリヴァーさんが言った。

「助ける？　あなたの助けはいらない」

立ち上がった時に、床が奇妙にぐらぐらした。彼らをぬって正面玄関へ向かいながら、頭がふらついて気持ちが悪く、それと同時に殺してやりたいほどの激しい怒りを感じていた。オリヴァーさんは玄関の間《ま》でわたしに追いついた。そっとわたしの腕をとり、穏やかな、なだめるような口調で話した。そしてハンカチを差し出した。わたしは袖で涙をぬぐった。

「家まで送る。それから君の選択肢について話そう」と彼は言った。

　わたしは車に乗り込んだ。頭がぼんやりして、視界に黒い点がいくつも見えた。オリヴァーさんは運転しながら、実際的な口調でわたしの選択肢について説明した。

「このまま留まって、法廷に出る。第二級殺人で有罪を宣告されるだろう。それは最低でも懲役一〇年、ただし七年まで減――」

「わたしは誰も殺していない。やったのはローガンよ」

「ノーラ、わたしの言うことを聞きなさい。あれは君のお母さんの車で、生き残った目撃者が二人とも、君が運転していたと証言することになっているのだ」

「わたしには、動機がない」

「君はメリンダに嫉妬していた。何もかも、君より上だったからだ」

「そんな動機って、ありえない」

「二人も目撃者がいれば、動機は必要ない」

「あなたはずっとわたしのことが嫌いだった。どうしてなの？」

「わたしは君を嫌ってはいない」とローランド・オリヴァーは言った。ほどんど信じてしまいそうになる口調だった。

「君のことが心配なのだ。だから助けようとしているのだ」

「ライアンがわたしにこんな真似をするはずない」

「ライアンが家族全員より君を選ぶと思うのか？」

「停めて」と言ったような気がする。

　オリヴァーさんは、人気《ひとけ》のない高校の建物の前で車を停めた。わたしは車から転がり出て、アスファルトの上に吐いた。オリヴァーさんは、わたしが体を二つに折って吐き気と闘っているあいだ、辛抱強く待った。

　吐き出すものがなくなると、わたしはよろけながら立ち上がって、家の方角へ歩きはじめた。オリヴァーさんは何も言わなかった。ベンツで、ゆっくりと時速四キロで家までついてきた。

家に戻るとオリヴァーさんとナオミがわたしを座らせて、選択肢について話をした。長い懲役刑から逃れられる選択肢は一つ。

「君は刑務所に行くべきじゃない」とオリヴァーさんは言った。

「刑務所に行くべきなのはローガンよ」

「君のお母さんとわたしは、君は逃亡するべきだと考えている。わたしなら助けてあげられる。でも逃げるなら今晩だ。タコマ郊外のモーテルに隠れなさい。数日後には新しい運転免許証と、社会保障番号と、出生証明書を渡す。どこか別の場所で人生を始められる。なりたいもの、何にでもなれるんだよ」

「わたしはノーラ・グラスになりたいの」

オリヴァーさんは立ち上がって、ブレザーのボタンをかけた。

「真夜中までに結論を出しなさい。二人で話しあうといい」

ローランドは出ていった。

わたしは母を見て、目の中に何か本物の感情がないか探した。その時の母は充分にしらふだった。

「母さん。こんなこと、あの人たちにできっこないでしょ?」

母はわたしの部屋に行った。わたしは後をついていった。

「荷作りしてあげたわ」と母は言った。

小さなスーツケースがベッドの上に置いてあった。

「嫌よ」とわたしは言った。

でもわたしの声は弱々しかった。もうおしまいだ。わたしの選択肢は三つ。逃亡しながら生きる。刑務所に行く。今すぐ死ぬ、父さんがやったみたいに。わたしは逃げることを選んだ。それが生きることに一番近いチャンスだと思ったから。そしてまさにそのとおりになった。生きることに一番近い何か。

母はわたしの手をとって、風呂場へ行った。その手はぶよぶよして冷たく、異物のようだった。その前母に触られたのがいつか、思い出せなかった。ナオミはバスタブの縁に腰かけて、戸棚から鋏を取り出すと、わたしの薄い砂色の長い髪を顎の線でまっすぐに切り、それから前髪を大きく、不器用に切った。鏡を見ると自分が自分でない、見知らぬ誰かになったようだった。その後、何度も同じ経験をした。

母がカラーリング液を用意しているのを見て、何時間も前にわたしを追い出すと決められていたことに気づいた。その瞬間が今も思い出せる。薬剤の臭いと、頭皮の冷たくひりひりした焼けるような感覚も。

髪に色が定着するのを待つあいだ、母が言ったのはこれだけだった。

「あなたにはわからないだろうけれど、こうするのが一番いいの」

黒髪はわたしに全然似合わなかった。その色のせいで肌がくすんで見えた。虚栄心を気にしている場合ではないというものの、醜くなった自分が嫌でたまらなかった。

「後でまた変えられるわよ。ただもとの自分には戻らないで」

オリヴァーさんは真夜中少し前に戻ってきた。母はわたしをハグしようとした。わたしは腕を両脇に下げていた。

「ノーラ、愛してるわ」ナオミは言った。

「クソババア」とわたしは言った。

オリヴァーさんがわたしのスーツケースを持ち、二人で車まで歩いた。わたしはためらわずに後部座席に乗った。二時間ドライブした後、タコマのモーテル・シックスに着いた。オリヴァーさんはフロントで部屋をとり、車に戻ってきた。

彼はわたしに部屋の鍵を渡し、車のトランクからスーツケースを出し、ビニール袋を手渡した。

「部屋は3C。部屋から出ないように。この食べ物と飲み物で二日はもつはずだ。戻ってきたら四回ノックする」

わたしは3Cで二日間待った。警察に駆け込んで本当のことを話そうかとも考えたが、夕方のニュースを見ると、わたしはもう正式に指名手配されていた。

オリヴァーさんが戻ってきて、四回ノックした。わたしはドアを開けた。彼は封筒を手渡した。

「君の名前はターニャ・ピッツ。一九八五年四月三日、アリゾナ州メサ生まれ。両親はバーナートとリオーナ。二人とも故人だ。その封筒に一万ドル、出生証明書、社会保障番号カードが入っている。きちんと就職するのに問題ないはずだ」

「どこへ行けと?」

「なるべく遠くへ。そして二度と戻るな」

エンパイア・ビルダー号がワシントン州エヴェレットに到着した時、その場で東行きの列車に乗って逆戻りすることを考えた。昔の人生とその終わり方を思い出しているうちに、故郷に戻るのが一番賢明なことなのか、わからなくなっていた。逃亡して一〇年やってこれた。たぶん、もう一〇年はやっていけるだろう。でも自由な女でいるためにやったことを全部思い出すと、もうこれ以上できない、と心が決まった。古着を詰めたかばんを座席に残したまま列車を降りた。

ワシントン州ビルマン行きのバスの乗車券を買った。

二時間後に、故郷の町でバスが停まった。一〇年間の旅が終わりかけていた。メインストリートまでの三キロをゆっくり歩く。ビルマン警察のレンガ造りの階段を昇る。

受付の男性が目を上げて、問いかけるような表情をした。

「ご用件は?」

「ノーラ・グラスです。自首しに来ました」

第二九章

勤務中の警官はわたしをちらりと見て、ティーンエイジャーのようなうんざりしたため息をつき、電話を取り上げた。

「署長。また一人、ノーラ・グラスが来てます」

警官は相手の言葉を聞いて、うなずき、何回かはい、はい、と返事をして、それから受話器をもとに戻した。

「ええとあなたは……」

わたしが名前を告げたのを聞いていなかったように、その後を言わない。

「グラス。ノーラ・グラスです。わたしに逮捕状が出ていると聞いています」

「あんたみたいな人たちのことは、わからん」と彼は言った。

「今の署長はラース・ヘンドリックスですね？　ヘンドリックス署長が対処すればいいのではないですか」

「いいですか、えぇっとお名前は……」

「グラス。ノーラ・ジョー・グラスです。本物の」

「グラスさん。わたしたちはもう一〇回以上、こんな目にあっているんですよ。わたしが三ページの報告書を書く手間を省いてくれて、この国が何世紀も闘ってあんたみたいな人に保障してきた自由を享受したらどうなんですか」

この男と議論し続けることもできた。でも「刑務所を無料免除」の許可証がもらえたら、受け取らない手はない。それに会わなければならない人がいる。閉じ込められる前に、いくつか社交的な儀礼を果たすのもいいかもしれない。

わたしはメインストリートを歩いて、辺りの様子を確かめようとした。何もかもが変わっていた。もとの場所にあるのは郵便局だけ。うちの古い食料品店は少しのあいだリサイクルショップだったが、今では高級スーパーになっていた。商品はすべて有機栽培で、普通の四倍の値段がついていた。わたしは二ドルのバナナを一本買った。飢え死にしそうだったから。水泳の練習の後でチョコレート・シェイクとハンバーガーをよく食べに行った食堂は、イタリアン・レストランになっていた。パーソンズ工具店は二倍の大きさになり、隣にあったピザ&惣菜テイクアウトの店はなくなっていた。靴修理の店があった場所には、高級ブティックがあった。サンダウナーズ・バーには新しいおしゃれな看板がかかっていて、以前の常連はお呼びでないといった店構えだった。

わたしは一〇年前と同じように、通りを歩いた。手を振ったり、ハローと言う人はいなかった。年月、余分な体重、あるいはその両方が加わった、知った顔のいくつかに気がついた。英語のウィンスロウ先生が高級スーパーで買い物をしていた。もう退職しているのだろう。以前郵便局長をしていた年取った女性が、腰を曲げて、歩行器で散歩していた。エディが、たぶん三歳ぐらいの金髪の男の子を追いかけていた。その子はローガンにそっくりだった。駆け寄って彼女を抱きしめたいとどれだけ願ったか。でも最後にわたしを見た時のエディの表情を思い出した。その表情は二度と見たくなかった。

サンダウナーズか郵便局に行って、わたしの存在を知らせようかと考えた。でも今がそのタイミングだと思えなかったし、自分が指名手配の女かただの偽物か、という議論をもう一度する気にもなれなかった。

サイプレス通り二四一番地まで歩いた。以前我が家と呼んでいた場所。ただ、それはもう我が家ではなかった。わたしの記憶の中の我が家は、大恐慌時代のセピア色の写真みたいだった——ペンキがはがれ、外階段は壊れ、屋根板がいくつもはずれていた。目の前の家は完璧だった。刈り込んだばかりの芝生は明るい緑色で、新鮮な草の匂いがした。ベランダへの階段の二段目はわたしが生まれてからずっと壊れていたのだが、今では他の部分と同じようにしっかりしていた。窓はぴかぴかに磨かれ、屋根は修繕されている。廃棄が必要なガラクタも放置されていない。ペンキがきれいに塗られたベランダには揺り椅子が二脚、それだけだった。

チャイムを鳴らした。六〇代の、灰色のひげを生やして少し腹の出た、アイロンをきれいにあてたチェックのシャツとジーンズを着た男性がドアを開けた。

彼はわたしを見ると目を大きく見開いた、その目が少しうるんだ。後ろに一歩下がり、姿勢を立て直そうとしながら息を大きく吸い込むのが聞こえた。

「ノーラ？」彼は言った。

昔の名前で呼ばれるのに再び慣れられるかどうか、わからなかった。古いセーターのようで、なじめなかった。他人の靴を履いているような気がした。

「そうです」わたしは言った。

男は温かみのある、悲しそうな微笑みを浮かべた。わたしに会えて本心から喜んでいるようだった。彼は手を差し出した。

「ピート。ピート・オーウェンズだ」

「こんにちは、ピート」

わたしたちは握手した。

彼はまだ微笑みながら、悲しそうに、途方にくれながら、そこに立っていた。

「すまない。一瞬、どうしたらいいかわからなくなって。どうぞ中に入って」

ピートは家に入った。わたしはじっと立っていた。

「ピート」わたしはベランダに立ったままで言った。

「あなたは誰?」

「やあ、これは」ピートは言い、向きを変えて戻ってきた。

「わたしは君のお母さんの婚約者だ」

彼はまた手を差し出した。わたしは握手した。

「お目にかかれてうれしいわ、ピート」

ピートはドアから一歩下がり、何も言わずに中へ入るように動作で勧めた。わたしは昔の我が家に入った。でも、別の宇宙の我が家に入るようだった。


「お葬式に来たんだね」

母のために泣くことなどないと思っていたのに、いつのまにか涙が頬をつたって流れていた。

「いつ亡くなったの?」

「二日前に」

わたしはソファに座って、涙をこらえようとした。裏切り者のために泣くつもりはなかった。

「お母さんは何もかもすまないと後悔していたよ。最後には、償いをしようとしていた」

「警察と話したそうね」

「正式な証言をした。真実を話したんだ」

「死ぬ間際にね。もう何も失う物がない時に」

「紅茶か、コーヒーはどうかな?」

「何かもっと強いもの、あるかしら?」

「この家は禁酒なんだ」

本当に運のいいこと。この家でたった一度だけアルコールがぜひ欲しい時に、ないなんて。

「紅茶をお願いします」

「ちょっと待って」とピートは言って、台所に行った。

記憶に囚われて、全身が昔に逆戻りする、そういう感覚を予期していた。

でも、ここがわたしの家だったことなんかない。だから、ほんの少しのあいだなら、思い出したくもない記憶に肩を掴まれて揺さぶられることもないだろう。

それなのに寝室のドアを開けると、記憶がどっと押し寄せてきた。大嫌いだった花柄の古ぼけたベッドカバー。何年も聴いていないバンドのポスター。父が廃品置き場から木製ブロックをくすねてきて作ってくれた本棚。水泳で取ったメダルが、壁にかかったまま埃をかぶっている。部屋は同じままだった。昔のわたしを祀った神殿のようだった。

わたしは過去へのドアを素早く閉めて、ソファに戻った。

ピートがお茶のコップを持ってきた。

「もうすぐライターが来る。君が来たらすぐ電話することになっていたんだ」

チャイムが鳴った。ピートが対応した。ブルーが、わたしの子ども時代の家に入ってきた。前と同じ、でもどこか違う。髪はシャープなボブに切りそろえ、黒ぶちのメガネをかけていた。メガネなんか必要ないのに。大量の書類で重そうなキャンバス地のショルダーバッグを肩にかけていた。

「ノーラ・グラスさん。まさかぁ、本当に」

強い南部なまり。

「わたしはローラ・カートライト。あなたの事件を調査しているライターです」

「お目にかかれてうれしいです、ローラ」とわたしは言って立ち上がった。

わたしたちは初対面のふりをして、握手をした。

「もうお聞きになった?」

「何を?」

「あなたは自由の身だってこと」

「どうしてそんなことが?」

「ライアンが供述したの。あなたのお母さまも。検事のジェイソン・リオンズを納得させるには充分な証拠でした。実のところ、わたしたちは、数分後に警察署で彼と落ちあうことになっているの。わたしの車で行きましょう」

何もかも、罠かもしれない。でもピートはとても正直そうで、ちゃんとした人のように見えた。ひょっとしたら本当なのだろうか。

「君はこの人に感謝するべきなのはわかっているよね」

とピートは言った。

「君のお母さんと、それからライアンを説得して供述させたのは、ローラだったのだから」

「本当に?」

「何でもなかったわ。ただ、二人の道義心に訴えただけ」

「どうやってお礼をしたらいいか」

「わたしたち、貸し借りはないと思うけれど」

これには同意せざるをえなかった。

「本当に、本人なのか?」

ヘンドリックス署長はブルーに言った。

わたしたち三人は、警察署の待合室で、ぎこちなく三角形をつくって立っていた。

「ノーラです」とわたしは言った。

「わたしがノーラ」

「この人よ」とブルーが言った。

「でもあなたは、本物のノーラ・グラスに会ったことがないでしょうに」

「ええ、ありません。でも何ダースもの写真を見てますし、お母さんと鼻がそっくりだわ」

ヘンドリックス署長はわたしをまじまじと見た。彼が何を考えているかはわからなかった。それからゆっくり、はっきり、まるで、わたしに英語が通じるかわからないというように話した。

「説明させてほしい。この一〇年のあいだに、一四人のノーラ・グラスの偽物が来た。そのうち半分は、その場で見破った。一人は六〇代後半だった。へたくそな女装をした男も一人いた。警察の労力を無駄にすることなど、オカマいなしだ。おっと、駄洒落のつもりはない。そして警察で偽物かどうかを確認するのは、ナオミにはとてもつらいことだった」

「母はもういないけど」

「ジェイソン・リオンズがまもなくここへ来る。彼なら確認できるだろう」

尋問室でブルーと二人、面通し用の鏡に向きあって一時間待った。

「このところ、お天気がひどいわねぇ」

ブルーは言った。彼女は、角に据えつけたカメラのほうに頭をうなずかせた。わたしたちの会話はおそらく録音されている。

受付でわたしを追い払った警官が、コーヒーを持ってきてくれた。

「あんたはノーラみたいに見えない。見たことのある写真のどれにも似ていない。それだからお引き取り願ったんだ」

「人って変わるから」

「あんたはずいぶん変わったよ」と彼は出ていきながら言った。

その数分後、ジェイソン・リオンズが入ってきた。ヘンドリックス署長が続いた。ジェイソンは、新品のように見えるスーツを着て、使い古したブリーフケースを持っていた。わたしの覚えている彼とは似ても似つかなかったが、それでも彼の中にあの少年が見えた。彼はわたしのような行くあてのない放浪者ではなかった。検察官らしい様子だった。それは彼にしっくり似合っていた。こんなふうに過去と現在が自分の中でぶつかりあっている中で、考えをまとめるのは難しかった。ジェイソンのベッドルームで交わしたぎこちないキスを思い出した。でも今の彼はまるで無表情だった。

「彼女ですか?」とヘンドリックスは尋ねた。

「やあ、ノーラ」

「ジェイソン」

「やれやれ、これで解決だ。後はまかせた」

そう言うと、ヘンドリックスは出ていった。ジェイソンはわたしの向かい側に座り、ブリーフケースを開いた。彼はブルーのほうをちらりと見て、言葉には出さずに、席をはずしてほしいそぶりをした。

「ノーラ、ここが終わったら、サンダウナーズにいるから来てね。記事を仕上げる前に、いくつか質問があるから」

「わかった、後で」

ブルーがいなくなったとたん、ジェイソンが尋ねてきた。

「どうして逃げたんだ」

「自分がやってもいないことのせいで刑務所に行きたくなかったからよ。わたしは一八歳だった。自由でいたかったの」

ジェイソンはわたしの前に書類を滑らせてよこした。

「これは君の話を裏書きする、ライアン・オリヴァーの正式な供述書だ」

「彼がこの供述をしたのはいつ？」

「昨晩電話してきた。君が戻ってくる、真実を話す時だと言った。供述したのは今朝だ。たいへん興味深い会話をしたよ」

気づかないうちに涙が頬をつたって流れていた。この二四時間で、過去一〇年間よりも多く泣いていた。

「お気の毒に、ジェイソン」

それ以外、何も言えなかった。この何年ものあいだで初めて、メリンダのことを考えた。メリンダの死がわたしにもたらしたことではなく、失われた命について。彼女が逝ってしまってすぐに逃亡生活が始まって、死をいたむ機会がなかった。皆が言ったことの幾分かは本当だった。わたしは嫉妬していた。メリンダは本当にわたしより上だった――水泳や勉強だけでなく、人間として優れていた。わたしと立場が入れ替わっても、メリンダなら逃げなかっただろう。

「ありがとう。君たちは仲がよかったよね」

「これからどうなるの？」

「我々はすべての容疑を取り下げる。ウォータールー警察とも連絡を取ったが、数週間以内に、あちらでいくつか質問に答えてほしいそうだ。でも逮捕状は取り下げられた。君は自由だ。もう何でも好きなことをしていいんだよ」

やや盛り下がる瞬間だったと認めざるをえない。長いあいだ必死に逃げ続けたあげく、結局自由だったと知ることになるとは。チャンピオンシップ目指して調整してきたのに、対戦相手が突然ばったり倒れたみたいだった。まだ闘いたかった。狭くなる一方のトンネルのような人生を生きてきて、今になって本物の世界が目の前に開けてみると、どうやって進んでいったらいいのかわからなかった。

「ローガンとオリヴァーさんはどうなるの？　逮捕するなら

の？」

「物証がないかどうか、再検証中だ。ローランドみたいな男は、短縮ダイヤルで呼び出せる弁護士をたくさん抱えている。確固とした足場がないのに、連中を呼び入れるわけにいかない」

「証人が三人いても、確固とした足場にならないの？」

「敵の実力を低く見積もってはいけないんだ」

「わたしはそんなことしないわ」

「もう一つわからないことがある。ずっと気になっていたんだが」

「何？」

「君のお母さんだ。ずっと黙っていたのはなぜなんだろう？」

母の思い出を守り、母の秘密を守るべきか悩んだ。でも嘘が多すぎる。真実を語ることに問題はないはずだ。それに、あの女は一〇年のあいだずっとわたしを売ってきたのだ。

「母はローランド・オリヴァーの愛人だったから。わたしが物心ついてからずっと、二人のあいだには何かあった」

ジェイソンはじっと動かなかった。彼の頭の中でパズルのピースが組み合わされていくのが見えるようだった。あと一つのピースだけが欠けていた。

「ということは、お母さんは、君よりも彼を選んだ？」

彼はまだ半信半疑だった。

「そう。母は彼を選んだ」

「それ以外に、何か理由があったかもしれない」

「ひょっとするとね」

でもそれはわたしたちには決してわからない。

「この一〇年、たいへんな人生だったんだね」

「あなたには想像もつかないわ」

ジェイソンとわたしは別れを告げ、ぎこちなくハグしあった。わたしは自由になって警察署から出た。解放されて、それまでとはまったく違う気持ちになると思っていたのに、実際は、それまで以上に偽物になった気分だった。もう自分のでなくなった名前を呼ばれて、それに答えているような。わたしはサングラスをかけて、サンダウナーズまで歩いた。

隅のテーブルにブルーがいた。屈託のない笑顔で、手招きで合図してきた。

「何もかも、全部話して」と言う口調は、噂話をする女子高生みたいだった。

薬指にすごく大きな石がくっついていた。

「結婚したの?」

「何か月か前にね。いつもはローラ・ベインブリッジという名前を使うんだけれど、ペンネームは旧姓のままにしているから」

「仕事が早いわね」

「確かに、求婚期間は短かったわね。でも彼、時間がないから」

「病気か何か?」

「いいえ、全然そういうのじゃない。あなた何飲むの? ジン?」

そう言うと、飲み物の好みも変装のうちだったのはわかってる、と言いたげに、一癖ありそうな微笑を浮かべた。

「ウィスキー」

ブルーはカウンターへ行き、飲み物を持ってきた。ブルーと飲んでいると、昔に戻ったようだった。ただどれほど頼んでも、ブルーは南部なまりをやめなかった。

今までどこでどうしていたか情報を交換し、どれほどうまくいっているか、比べあってみた。アミーリア・キーンになりすました彼女はローランド・オリヴァーから二万ドルだまし取った。それから彼は口座を閉じた。彼女はコロラドに移住して、ユージーン・ベインブリッジと出会った。婚約について彼女はあまり細かいことは語らず、わたしも尋ねなかった。知らない方がいいこともある。わたしもお返しに、リクルースでの教員生活の話を少しした。彼女はロードマップを使った地理の授業のアイデアが気に入った。アンドリューはどうしているだろう、とわたしは考えた。

「ずっとライターになりたかったの。知ってた？　あなたは、わたしに幸運をもってきてくれたのよ」

彼女について、わたしには同じことは言えない。とはいえ、今回の件でブルーはわたしの役に立ってくれた。

もう一杯ずつ注文した。ブルーは乾杯のポーズでウィスキーのグラスを持ち上げると、言った。

「ナオミ・グラスに。安らかに眠ってください」

彼女はわたしの目を真っ向から見つめた。

「彼女、どんなふうだった？」

「あなたのお母さんでしょ。あなたのほうがよく知っているはず」

「一〇年会ってなかったから。最期はどんな様子だった？」

「たいていの人が亡くなる前と同じ。怯えて、後悔ばかりで。普通、誰でもそうなるのよね」

わたしの良心に小さな墓をいくつも掘ったのはブルーだ。彼女をまともに見られなかった。ビルマンの町はわたしをにせの犯罪者に仕立て上げたけれど、ブルーのせいでわたしは本物の犯罪者になってしまった。

ブルーは微笑んだ。笑い声や、悦びや、懐かしい思い出に刺激されて浮かぶような、よくある笑顔ではない。満足の笑み。五分前よりもわたしについて多くを知っているからだ。いつ戻ってくる決心をしたのか尋ねるので、レジナルド・リーのことを話した。

「そいつの家、全部ぶっとばした？」

「そうしなければ、無実の人が何十人も殺されることになったんだもの」

彼女の目がぱっと輝いた。

「ビデオで録画した？」

「爆発を？」

「そう」

「しなかったわよ」

「写真も撮らなかったの？」

彼女の目が少し輝きを失った。

「撮らなかったわ」

「ふーん、まあね。それでも、あなたのこと誇りに思うわよ」

「あなたはこれからどうするの、ブルー？　家に帰る？」

「ノーラ・グラス物語の最終章を書いたらね」

「まさか、冗談でしょ」

彼女は本気だった。


ブルーはわたしを子ども時代の家まで送ってくれた。

「また明日、よね？」

わたしにとって、時間はそれほど意味をもたなくなっていた。未来に何があるかわからない時には、現在に留まるほうを選ぶ。

「明日？」

「お母さんのお葬式」

「そうだった」

サイプレス通り二四一番地のドアを再びノックするのは、奇妙な感じだった。まだ偽物の石の下に、鍵が隠してあるだろうか。

ピートがドアを開けた。彼は神経質そうな笑顔を浮かべた。

「お帰り」と彼は言った。

あの頃は、それこそわたしが聞きたかった言葉だったのに。今ではむずむずするような不快感があるだけだ。

ピートが肉とポテトの夕食を料理してくれた。わたしたちはぎこちなく黙ったまま食べた。彼はうやうやしく、母が二年前に新車で買ったトヨタのキーを渡してきた。ナオミは家をピートに遺していた。ローンを返済したのは彼だったから。それでも銀行にいくらか預金があった。ピートはわたしに書類を渡した。

「他に家族がいないのは知ってる。君がそうしたいなら、わたしのことを家族と思ってくれていいんだよ」

ピートはいい人だ。でもわたしには他の人のような家族の感覚がない。それはわたしが求めているものではなかった。

席を離れると、ベッドに戻った。すぐに深い眠りに落ちた。子どものように深く、無防備な眠り。警戒しながら生きてきた年月を取り戻そうとするような。

何時だったろうか、夜中に突然目が覚めた。誰かが、外から窓を叩いていた。

窓を開けると、彼がそこにいた。一番の親友。あまりにも長いあいだ、愛しすぎた男。わたしを他の誰よりひどく裏切った人。彼を見ると、今までにないほど幸せで、今までにないほど悲しかった。わたしは窓から外に出た。お互いを見ながら、長いあいだ立ち尽くしていた。ハグも、握手も、何もしなかった。

彼は変わっていた。髪が少し薄くなり、何キロか体重が増えていた。懸念と哀しみのしわが深く、長く、額に刻まれていた。

「君は君のように見えないね」

「わたしはわたしでいることを許されなかったのよ」

「想像していた君と違うと言いたかったんだ」

「髪の毛ね」

わたしは言って、良心を見すかされたのではないことを願った。

「ここに留まるつもり?」

「どういうつもりも考えていないけど」

「僕には家族がある」と彼は言って、何歩か近づいた。

「知ってる」

「娘が一人いる」

「そうらしいわね」

彼はさらに距離を詰めた。もう彼の目しか見えなくなっていた。何千回も覗き込んだ目。今は悲しそうだ。でも同じライアンの目、そしてその目は今でもわたしの胸を苦しくした。

彼がキスをした。彼の唇は、わたしにとって、鏡に映った自分の姿よりも親しく感じられた。一七歳の頃と同じ気持ちになった。どんなことでも可能な気がした。それから彼は身を離した。そしてわたしは、この世界であらゆる残酷な罠が待ち受けていることを思い出した。


「あなたはわたしの人生をめちゃくちゃにした」

「君は僕の人生をめちゃくちゃにした」

「ここに留まるつもりはないわ」

「よかった。もう二度と会いたくない」

そして彼はもう二度とわたしに会うことはなかった。

第三〇章

母の葬式の朝、わたしは髪を茶色に染め戻した。脱色して短く刈った髪が注目を浴びることに、うんざりしはじめていた。ヘアカラーを流して乾かすと、半分ぐらいはノーマルに見えた。内面はまるで違っていたけれど。葬式に来ていく服は、クロゼットにあった昔の服の中から選んだ。ぶかぶかだった。ヘイゼルおばあちゃんの葬式に着た、飾り気のない黒のワンピース。ヘイゼルの葬式に参列したのは三人だけだった。

母の葬式にはたくさんの人が来た——あるいは、例の娘を見ようとたくさんの人が来た、と言ったほうがいいかもしれない。町の人口の半分が葬儀場に詰めかけて、悪名高いノーラ・グラスを一目見ようとした。棺の蓋は閉じられていたから、見物するものはわたし以外、ほとんど何もなかった。

エディが入ってきて、わたしは視線をそらした。彼女は野良犬を相手にするように、用心深く近寄ってきた。それからわたしを抱きしめた。本当にぎゅっと抱きしめるのではなく、年取って弱った親戚にするような、おずおずとしたハグだった。

「ごめんなさい」と彼女は小声で言った。

「あなたがやったんじゃないって、わたしにはわかっているべきだったのに」

「彼と別れてよかった」

わたしが言ったのはそれだけだった。

ピートがドアの傍に立って弔問客を出迎えた。明らかに見物に来た人も含め、全員と握手をした。それからローランドとローガンのオリヴァー親子がやってきた。ピートは二人が透明人間であるかのように、そっぽをむいていた。人々がはっと息を飲む音がした。それから、凪いだ海のようなひそひそ声。

ローガンは弟とは違って、罪悪感で老けたりしていなかった。スマートでハンサムで、善良な人間だと相手に信じさせることができそうだった。ローガンが着席し、ローランドはまっすぐわたしのところへ来た。

「お悔やみを言わせてほしい」

「何に対するお悔やみ？　母が亡くなったこと？　わたしの人生が台無しになったこと？」

「わたしは彼女を助けようとしたんだよ。リハビリに行かせた。欲しいと言われたらいつでも金を渡していた」

「金で言うことを聞かせるのはお得意だものね」

「君には決してわからんだろうが、全員にとってベストだと本当に思っていたんだ」

「赦しの言葉が欲しいんだったら、神父様に会いに行けば」

　ローランドは後ずさりして、後方の席に座った。式が始まる直前にブルーが入ってきた。光沢のある黒のドレス、パンプス、ヴェール。

「ちょっとおしゃれしすぎじゃないの」

「出席者が多いのはいいことだわ。よかった、オリヴァー親子もいるじゃないの」

「どうしてあの人たちが来てるの?」

「葬式に出席しないと本当に何かやったように見られるわよ、と言ってやったからよ」

「本当にやったもの」

「それはとりあえず置いといて。ねえ、ノーラ、ローガンに独占インタビューをしないと、本が完成しないのよ。たった今、連れ出すつもり。退屈なお葬式のあいだずっと座っていたいとは、彼、思わないでしょ」

　わたしは離れたところから、ブルーがローガンにその邪悪な魅力を発揮するところを見守った。二言、三言交わしただけで、ローガンはブルーの後について葬儀場のドアから外に出ていった。ブルーなら、ライオンの檻からだって口先三寸で脱出できるに違いない。

　ピートは贖罪について、すてきなスピーチをした。そしてナオミが過ちに満ちた人生を償ったと、シニカルな参列者たちに本気で信じさせようとした。わたしは皆に見られないように葬儀場の後ろのほうにいたが、後ろ向きに体をひねって少しでも見ようとする人があちこちにいた。わたしが泣くのを見たいのだろうか。そうだとしたら、がっかりしただろう。わたしの目は砂漠のように乾いていた。わたしが母を失ったのは一〇年前だ。流せる涙はその時にすべて流した。

葬儀が終わったので外に出た。弔問客にうわべだけのお悔やみを言われるのはたくさんだった。空には雲がどんより垂れこめていた。細かな霧雨が降りはじめた。ブルーとローガンは、駐車場の黒のレンジ・ローヴァーの横で親しそうに話していた。

わたしは二人のほうへ歩いていった。ブルーはわたしをちらりと見て、ローガンに何か言った。彼はわたしを見ると、ブルーのために助手席のドアを開けた。それから車に乗り込んで、駐車場から出た。


母のトヨタは、駐車場の反対側の端に停めてあった。ブルーとローガンは一足先にスタートしていたが、問題はない。二人がどこへ行こうとしているのか、わたしは正確に知っていた。エンジンをかけ、駐車場から出る。バックウィート通りを右折、四七号線で左折、出口からスカイライン・ロードへ降りる。制限時速は六五キロ。わたしは九〇キロ出した。

二車線道路を一〇分間走ると、レンジ・ローヴァーが見えてきた。メリンダが死んだ夜以来、スカイラインに来たのは初めてだった。リオンズ橋まであと六キロある。全長一・五キロあるその橋に、彼女にちなんだ名前がつけられたことは、数年前に新聞で読んだ。ブルーに電話した。三回目のコールで出た。

「後にしてくれない?」

「あなたのやろうとしていることはわかってる。ブルー。やめて。それはわたしが望むことじゃない」

「ローガンのインタビューが終わったらかけ直すわね」

「ブルー……」

彼女はもう電話を切っていた。

わたしは時速一一〇キロ出していた。二人を見失わないために。橋まではほんの三キロ、あと二分足らずだ。でも時間はもう何の意味もなかった。わたしは一度に過去、現在、未来の中にいた。

　ローガンの車がふらふらし、立ち直ったと思うとまたふらつき、それから橋の鋼鉄の柵を曲げて乗り越えた。ウインドウは色ガラスだったので、車の中で何が起きているか見えなかった。でもレンジ・ローヴァーが右に急カーブを切った時、ハンドルを握っているのはブルーだった。スリップも、急ブレーキもなかった。レンジ・ローヴァーはガードレールに激突して、六メートル下のモーゼス湖へ真っ逆さまに墜落した。

　わたしはブレーキを踏み、緊急用のライトをつけると車から飛び降りた。黒い車はゆっくりと湖に飲み込まれつつあった。ブルーが助手席のウインドウから抜け出てきたのを見て、ほっと溜息が出た。色ガラスの中のローガンは見えなかったが、ブルーに彼の脱出を助ける気がないのはわかっていた。

　わたしは靴とコートを脱ぎ捨て、橋の上から濁った水めがけて飛び込んだ。泳いでブルーの横を通り過ぎてから、水中に潜り、開いたウインドウから車の中に入った。ローガンはまだ生きていた。シートベルトをはずそうともがいていた。息を詰めているせいで、顔が赤くなっていた。わたしはベルトに手を伸ばしてボタンを押してみた。でもバックルははずれなかった。もう一度やってみた。まるで動かない。空気がなくなりつつあった。わたしはもう一度、ベルトを試した。酸素が必要だった。

　ローガンはわたしが最後の息を吐いた時に立ち上った泡を見た。彼はわたしのシャツの襟を掴んで、首の周りで首輪のように引き絞った。引きはがそうとしたが、どうせ死ぬならわたしを道連れにすると決めたようだった。

　肺が爆発しそうだった。わたしはローガンの目を見て、静かに慈悲を請うた。そんな心が彼にないことは知っているはずなのに。彼は水を飲み込み、痙攣して、手を離した。わたしは向きを変えて車から出て、水を蹴って浮かび上がり、肺にたっぷりと空気を入れた。冷たい湖を泳ぎながら、酸素を補給した。

ブルーが岸辺にいた。わたしは彼女のほうへ泳いで、水から上がった。まだ息が切れていた。

「彼、死んだわ」

「そうだと思った」

ブルーは震えていて、唇が青くなっていたが、落ち着いていた。

「あなたを道連れにするんじゃないかと心配だった」

「いったい何をしたの？」

「わたしは何もしてないわよ」とブルーは言ったが、口調は弱かった。

「自由に生きられる時間が残りわずかなら、自分のやり方で退場したいと思ったのよ」

「つまり、自分で橋から落ちたってこと？」

「なんだか、つじつまが合うじゃない。最初に人殺しをした同じ橋で、自分も死ぬなんて。わたし、シンメトリーが大好き。あなたは？」

「わたしは正義のほうが好き」

「両方が手に入ることもあるのよ」

ブルーとわたしは道路まで土手をよじ登った。

「モーテルまで送って」

「警察に行かなくちゃ」

「どうして？」

「だってあなたは、彼と一緒に車の中にいたもの」

「あらそう？　覚えてないわ」

わたしは何も言わなかった。結局、それで何が変わるというのか。わたしはブルーを町はずれにあるスーパー・エイト・モーテルまで送った。車で待っていてと言われた。暖房の温度を目いっぱい上げていたが、全身びしょ濡れで震えが止まらなかった。

ブルーは、大きな茶封筒を持って戻ってきた。

「これはあなたが持っているべきだと思う。ローガンの死がエンディングにぴったりのはずだったけど、よく考えたらこれはノーラ・グラスの物語で、それはまだ終わりじゃない。このままでは出版できない。あなたはその話のほとんどはもう知っているはずよ。自分がノーラ・グラスなんだから。でもあなたがたぶん知らない、ノーラについての事実が一つある。それが色々なことをはっきりさせてくれるわ」

「いらないわ」

「とにかく取っておいてよ」

彼女は助手席に紙の束を置いた。

「ノーラ、お幸せにね。正義は行われたわ」

「正義とは何かについて、あなたとわたしはそうとう意見が違うけど」

「そう？」

「さよなら、ブルー」

「これはサヨナラじゃないわよ」

ブルーは言って、歩み去った。

昔の自分の家に戻り、熱いシャワーを浴びた。しばらくしてピートが帰ってきて、どこにいたのかと尋ねてきた。わたしは、耐えられなくて出てきたと言った。ベッドに潜り込んだが、そのうち良心の声で目が覚めた。ローガンが死を目前にシートベルトをはずそうともがいている場面が目の前から去らなかった。わたしはスタンドの明かりをつけ、ブルーの湿った原稿を手に取った。

紙をめくりながら、笑ってしまった。タイトルと最後のページ以外は全部白紙だった。最後のページは報告書で、それを読んで理解するのに少し時間がかかった。

ブルーは正しかった。わたしが自分について知らなかったことが一つあった。そしてそれは本当に、いくつかのことをはっきりさせてくれた。少なくとも、母とオリヴァーさんがあれほどわたしを追い払おうとした理由がやっとわかった。それでも、別のやり方だってあったはずだ。

その後二日間、ピートが母の遺品を整理するのを手伝った。彼の傍に立っていた時に電話が鳴り、ピートがローガンのニュースを聞いた。警察は自動車による自殺と断定していた。

わたしは母の車に荷物を積み込んで、ピートにさようならと言った。目指したのはローランド・オリヴァーの自宅。ビルマンを永久に去る前に、やるべきことが一つだけあった。

オリヴァーさんはベランダでウィスキーを飲んでいた。すでに何杯も飲んでいるようだった。

「お気の毒に思うわ」

「そうかね？」

「少しはね。今では、ローガンのことで別な考え方ができる気がするから」

「知っているのか？」

「知っているわ」

「それじゃ、わかってくれるのか？」

「どうしてあなたと母が、わたしを遠くにやりたかったかはわかる。どうしてオースティンに殺し屋をよこしたのかは、わからない」

オリヴァーさんはため息をつき、目を閉じた。

「あれはわたしじゃない。ローガンは君が連絡してきたことを知って、それで——」彼は最後まで言わなかった。

「そうなの」

「ライアンは知らなくていい」

「わたしもそう思う」

「許してくれ」

「それは無理よ」

わたしはオリヴァーさんに封筒を押しつけた。

「これは何だ?」

「借りたお金。返すの」

「君の金は欲しくないよ、ノーラ」

「わたしはあなたのお金が欲しくないの」

立ち上がると、最後にもう一度老人を見下ろした。今までとは違う目で見たかったが、やはり同じ彼だった。

「さよなら、お父さん」

エピローグ

　わたしは車を走らせた。州間五号線から四〇五号線を南方向に入り、州間九〇号線へ降りて東に向かった。真夜中まで走り続けた。モンタナ州ミズーラで安モーテルに泊まり、次の朝起きるとまた運転を続けた。暗くなる頃、ワイオミングに着いた。それからキャスパー目指して州間二五号線を南下する。「陽気な幽霊ホテル」にチェックインして熱いシャワーを浴び、服を着替え、それからちょっと気合いを入れて化粧した。

　通りを歩いて、サイドラインという店に入り、一番高級なバーボンを注文した。無罪のお祝いだ。座って飲み物を手に持ったまま、彼が気づくのを待った。飲み物がほとんど空になった頃、彼がわたしの隣に座った。用心深そうにこちらを見たが、何も言わなかった。わたしは彼の額から髪を払いのけ、急ブレーキを踏んだ時にできた傷に触った。

「傷はちゃんと治っているみたい」

「外側の傷だけはね」と彼は言って、ウィンクした。

「きっと大丈夫よ」

「で、この町にどういう用なんだい、カワイ子ちゃん？」

「ドメニック、わたし、後ろを気にしてビクビクする必要あるかしら？」

「さあ、わからん。俺は自分の後ろを気にし続けるべきかな？」

「わたしは自由でいたいの。わたしは自由？」

彼はわたしの目を見た。その質問について考えているようだった。

「法を守る市民でいると約束するかい？」

「できるかぎりはね」

「誰にもそれ以上のことは言えんさ」

「わたしたち、最初からやり直したらどうかしら」

「そのセリフは気に入ったよ。一杯おごろうか？」

「わたしのほうがあなたに一杯借りがあると思う」

「そうだな」と彼は言って、手を差し出した。

「俺の名前はドメニック」

わたしたちは握手した。

「お目にかかれてうれしいわ、ドメニック」

「それで君は、カワイ子ちゃん？　君の名前を教えてもらえるかな？」

謝辞

ステファニー・キップ・ロスタンとメアリスー・ルッチにいつもながらの感謝。バーでほんの少し話しただけのアイデアから本が書けると信じてくれるエージェントと編集者がいてくれるのは、ありえないほどの幸運だと思う。

S&Sのキャロリン・リディとジョン・カープに感謝。二人はこれ以上ないほど寛容で、支えになってくれた。恩に着ます。S&Sでは他にも：リチャード・ローラー、ローラ・レーガン、アマンダ・ラング、セーラ・リーディ、マリリン・ドゥーフ、アリソン・ハーツヴイ、クリステン・ルミール、エボニー・ラデル、モーリーン・コールに感謝。すばらしい人たち。最後ジョナサン・エヴァンスに特別の感謝を。英語という言語をしっかりマスターしきれていない私を助けてくれる人。

私のエージェンシーであるレヴィン・グリーンバーグ・ロスタンの本当にすばらしい人たち全員に感謝！（感嘆符をつけましたが、これは適切だと思います）。ジム・レヴィン、ダン・グリーンバーグ、メリッサ・ロウランド、ベス・フィッシャー、ミーク・コチア、モニカ・ヴァーマ、ティム・ウォジック、ケリー・スパークス、リンジー・エッジコム、シェルビー・ボイヤーへ。感謝してもしきれません。

クレア・ラムとデイヴィッド・ヘイワードのお二人には、草稿の最初の段階から辛抱強くつきあってくれたことに、特に謝辞を表したい。二人は適切な表現を見つける驚くべき能力を発揮して、わたしが先に進むのを助けてくれた。お二人に愛を。

それから友人たち：モーガン・ドックス、スティーヴ・キム、ジュリー・ウルマー、ジュリー・シロイシ。あなたたちがいてくれて、本当によかった。ディエゴ・アルダナ、前の本では罠について、それからこの本では隠れ家についてのアイデアをありがとう。ホープトン・ヘイとティム・チェンバレン：オースティンについてのスクープと、ステキなインタビューをありがとう。デイヴィッド、キャンプ・スカティコの見学ツアーをありがとう。

家族の人たち：ベヴおばさん、マークおじさん、ジェフおじさん、イヴおばさん、ジェイ、アナスタシア、ダン、ロリ。

わたしにも仲間がいると感じさせてくれる犯罪者の皆さん、ありがとう。皆さんのお名前は多すぎて掲載できません。でもご自分で思い当たるはず。

この原稿の締め切り直前に、忘れていた人を思い出しました。それは

＊＿＿＿＿＿＿＿＿＿＿、

ありがとう。あなたは私のいちばん大好きな人です。

＊ここに自分の名前を書き込むこと。

訳者解説

本書を読んでくださったミステリ好きのあなた、楽しんでいただけたと思う。女性の主人公が活躍する物語を読んでスカッとしたかったあなた、期待は裏切られなかったはず。

本書は*The Passenger*（Lisa Lutz, Simon & Schuster, 2016）の翻訳である。著者リサ・ラッツは一九七〇年カリフォルニア生まれ。映画の脚本家を志すが採用された脚本は一〇年に一本のみという不遇時代を経て、二〇〇七年に脚本として書き始めた私立探偵ものを小説として書き直したのが長編第一作『スペルマン・ファイルズ』（邦訳『門外不出　探偵家族の事件ファイル』）だという。『スペルマン・ファイルズ』はサンフランシスコを舞台に、家族ぐるみで探偵業をいとなむスペルマン一家の次女レイの誘拐事件を軸に展開するユーモラスなミステリで、長編第一作にして『ニューヨーク・タイムズ』のベストセラー入りするヒット作となった。ラッツは「スペルマン」のシリーズをさらに五冊発表し、二作目の『スペルマンの呪い』はエドガー賞の候補にもなっている。ラッツは売れない脚本家時代に家族経営の探偵事務所で働いたことがあり、その体験がこのシリーズに生かされているそうだ。

『スペルマン・ファイルズ』が、二〇代後半にして両親との愛憎関係を整理しきれていない長女イザベルと、その兄、妹、ボーイフレンドや女友達を含めた周囲の人々を中心とする「青春小説」「成長物語」の要素が強いのにひきかえ、ノン・シリーズの本書は、より本格的なミステリ、本格的なクライム・ノベルの要素がストレートかつ色濃い。

ミステリの中核が、犯人は誰か、動機は何か、犯罪はどのように行われたかが突き止められていくプロセスにあることは言うまでもない。その上で、読者にあらかじめ犯人が明かされており、探偵が真相に到達する経緯をたどる「倒叙もの」、謎の解決よりも犯人と探偵の対決を主眼にするもの、警察や犯罪組織の集団の描写や人間関係の描写の比重が大きいものなどのさまざまなパターンがあり、そのパターンは、たとえば「密室殺人」の手口同様、かなりアイデアが出尽くした感がある、ということもまた言うまでもない。

ところが、本書では、語り手「わたし」とはいったい誰なのかが最大の謎なのだ。自分なりの人生を生きていこうと模索する「自分探し」「アイデンティティの追求」を主人公とともにたどりつつ、読者は文字どおりのアイデンティティの追求へと誘い込まれていく。これがミステリというジャンルの中で、本書をきわめて興味深いものにしている特徴だと思う。

第一章の冒頭部分で、主人公「わたし」の夫はすでに死んでいる。夫の死に自分は関与していない、と「わたし」は読者に告げる。しかし事故死であっても、警察は呼ばなければならない。妻である自分のことも調べられるかもしれない――「わたし」は素早く荷物をまとめ、引き出せるだけの現金を引き出し、夫が隠していたへそくりも頂戴して逃亡する。

なぜ「わたし」は警察に調べられたら困るのか。なぜそれまでの生活をすべて捨て、心を許せる数少ない友人にすら何も言わず、偽造パスポートとなけなしの貯金を頼りに逃亡しなければならないのか。彼女の逃亡を助ける「オリヴァーさん」とは何者か。これらの謎は、公立図書館でしかインターネットに接続できない「わたし」と「ライアン」という男性との断続的なメールのやりとりをヒントにしつつ、次第に明らかになっていく。「わたし」の過去にいったい何があったのか、結末に向け、次第にスピードとスリルを高めつつこの謎が解き明かされていくところがミステリとしての本書の第一の魅力と言える。

本書のもう一つの読みどころは、主人公「わたし」のフットワークの軽さと、直面するさまざまな困難に向きあっていく行動力とタフさだ。

空腹とあればハンバーガーとフライドポテトをあっというまに平らげ、トライアスロンの選手さながらに泳ぎ、走り、時速一〇〇キロ越えのカーチェイスや、スタントさながらの荒っぽい運転をものともしない女主人公「わたし」は、偽造した身分証明書を使い、髪を染め、体重を増やし、カラーコンタクトを入れてアイデンティティと外見を次々と変え、移動し続ける。追跡されないように車を買い替えては乗り捨て、クレジットカードやキャッシュカードをゴミ箱に投げ入れ、使い捨て携帯電話を買って通話しては捨てる。

薄茶色の髪と茶色い目、中肉中背という「わたし」の外見は、変装の土台として最適だ。ブロンドで青い目が美人の条件とばかりに髪を染めただけで軽薄そうな男が寄ってくる、という状況は日本だとピンときにくいかもしれないが、「痩せてスタイルがよくなったとたんに男にチヤホヤされる」ならわかりやすいのではないだろうか。それと同じような「ブロンド・青い目」効果が「わたし」の皮肉な目からみた男たちの描写でよくわかる。

「ブロンド・青い目」がそれだけで男性の注目を集めるのとはうらはらに、平凡な茶色い髪と茶色い目、ノーメイク、質素でスポーティな服装、さらにダメ押しで体重を増やすと、男たちの目には見えなくなる——ダイエットをしたとたん、ヘアメークをきちんとしたとたん、おしゃれをしたとたんにモテモテで人生が変わりました！という広告がインターネット時代だからこそ野放図にあふれ、若い女性の自信のなさを刺激してビジネスにつなげている現状は日本でも米国でも問題になっている。軽薄な見た目重視を逆手にとってあえて「透明人間」になるだけではなく、「結婚して苗字が変わる」「暴力をふるう男から身を隠している」といった、女性にありがちなストーリーをうまく使って逃げ続ける主人公には、しかしそのことで「男社会を出し抜いた」「男を手玉に取った」という痛快感はない。自分を一人の人間として見ようとしない男たちに対する怒りは通低音のように奏でられ続ける。そして主人公の逃亡につぐ逃亡が読者に爽快に感じられるのは、このような怒りが彼女の行動を支えているからに他ならない。ラッツは本書を執筆する際、トマス・ペリーの『蒸発請負人』『老いた男』など、さまざまな事情で身元を変える登場人物を描いた作品を参照したそうだが、女性ならではの手段を使った変身、という本書のユニークなアイデアは、作品全体のテーマともマッチした巧妙な仕掛けと言えるだろう。

女性作家が女性を主人公に書いたミステリは、一九八〇年代に荒っぽいアクションも辞さない私立探偵、ヴィク・ウォーショースキーやキンジー・ミルホーンの活躍するシリーズで大ブレークする（それぞれ、著者はサラ・パレツキーとスー・グラフトン）。本書もそのような「女性活躍」ミステリの系譜の中に位置づけることができるのはもちろんだ。そして女性が被害者の立場に甘んじることなく事件を解決する側に回り、場合によっては実力行使も辞さないこれらのミステリ作品の中で、主人公の女性は、多くの男性主人公のミステリのように一匹狼ではなく、さらに、女性同士で助け合い支えあうエピソードが次第に増えていく。そのような、女性同士の連帯の物語が多くの女性に支持される時代の空気も、「わたし」と女バーテンン「ブルー」との奇妙な友情と連帯へと受け継がれている。

氷のような青い目をしたブルーは、ストーリーにさらなる謎とハードボイルドの要素をもちこむ名脇役で、「わたし」とブルーとの出会いと二人の関係が、本書のもう一つの魅力であり読みどころだ。「わたし」とはまるで違ったドライな性格でもあり、「わたし」の分身のようでもあるブルーは、ストーリーに大きな転換点をもたらし、最終的な謎解きにも意外な役目を果たす。協力しあいながら、その一方で相手をどこまで信頼していいのか探り合いつつ、次第に気脈を通じていく「わたし」とブルーとのテンポの速い会話では、知性と皮肉のきいたユーモアが楽しめる。

一人旅の女と見くびり先入観を押しつけてくる男たちに「わたし」はカチンときたり反論したり、皮肉で相手をへこませたりせずにいられない。こういう「黙っちゃいられない」女性キャラクターの活躍はラッツの他の作品にも共通している。一方、逃亡につぐ逃亡の合間に小さな町の私立小学校の教員として勤める数か月は、ややリラックスした時間を「わたし」にも読者にももたらしてくれる。偽教師だと悟られないように緊張の連続ではあるものの、好奇心旺盛な生徒アンドリューをはじめとする子どもたちとの交流、アンドリューの祖父でいきつけのバーの主人ショーンとのちょっとしたやりとりに心が温まる。先述したように、ラッツが私立探偵も含めてさまざまな仕事を転々としていたことは、本人のウェブサイト等で紹介されているが、代用教員の経験もあるそうで、子どもたちと「わたし」のやりとりや授業の工夫などには、おそらく彼女の体験が直接反映されているのだろう。

二〇一九年のノン・シリーズ *The Swallows* は、不気味なスクールカーストを背景に起こる悪質なセクハラ事件と、若い女性教員の着任をきっかけに立ち上がる女生徒たちを描いて、寄宿学校を舞台にした“#MeToo”ストーリーとして話題になった。やはりフェミニストとしてのラッツの信条と、教員としての体験の両方が生かされている作品で、スリルも読み応えも充分だ。独特の作風によるノン・シリーズは『スペルマン』シリーズほどの注目を浴びてこなかったとはいえ、ラッツの今後のさらなる活躍に期待したい。

最後にタイトルについて、一言だけつけ加えておきたい。「パッセンジャー」は、移動し続ける主人公のことではあるものの、車の場合「パッセンジャー」というと「運転しないで同乗している人」という意味があり、「パッセンジャー・シート」というのは特に「助手席」を意味する。主人公はある事件のトラウマから車の助手席に乗ることができなくなっていて、「トランクに入ったほうがまし」とまで思いつめている（これは本書の最後のほうで明かされる主人公の過去と関係があるので、ここではこれ以上の説明は避ける）。自分でハンドルを握り、自分で行き先を決めて運転し続けることを選んだ主人公が悔恨とともに振り返る過去を、タイトルの「パッセンジャー」はまた表現している。

本書を訳したいと思ってからずいぶん時間がたってしまった。その間、世界でも日本でも、女性をめぐってさまざまな発言・議論があり、状況も変化した。と思う一方、あまりの変わらなさに愕然とすることもまた多々あった。先に言及した#MeToo運動の広がりはもちろん重要だし、日本でも"#MeToo"にかけて、職場における服装のダブルスタンダードを問題にした"#KuToo"運動が記憶に新しい。二〇二一年、オリンピック・パラリンピックをめぐる要職者の女性蔑視発言をきっかけに「#わきまえない女」がツイッターでトレンド入りする一方、二〇一七年に判明した複数の大学医学部で女性受験生を差別していた問題にはいまだに決着がついていない。

その中で、お隣の韓国で『82年生まれ、キム・ジヨン』(二〇一六)がベストセラーになって映画化もされ、日本でも二〇一八年に翻訳が出版されるや多くの読者を得たことが、あらためて本書を翻訳・出版したいという気持ちを後押ししてくれた。女であることの不条理に直面しても前を向いて生きることを諦めない、「#わきまえない女」が主人公の話を読みたい――そういう読者に本書を読んでほしいと思った。そして念のために繰り返すと、ジェンダーとかフェミとか知らないし、というあなたでも、本書はミステリとして充分に楽しめる。

最後になったが、本書の出版について快く相談に応じ、さまざまなアドバイスとサポートをくださった小鳥遊書房の高梨治氏と担当の林田こずえ氏、最終稿のチェックを手伝ってくれた友人の笠松綾氏、そして質問に親切なお返事をくださった著者リサ・ラッツ氏に謝辞を表明したい。

杉山直子

【著者】

リサ・ラッツ

(Lisa Lutz)

1970 年生まれ。
脚本家から小説家に転身、長編第一作で、
探偵一家の長女イザベルが主人公の
『門外不出　探偵家族の事件ファイル』と
その続編シリーズがベストセラーになる。
シリーズ以外にも女性 3 人の友情を描いた
『火を起こす』等、女性を主人公とする話題作を書き続けている。

【訳者】

杉山 直子

(すぎやま・なおこ)

1960 年生まれ。
主な著書に
『アメリカ・マイノリティ女性文学と母性
——キングストン、モリスン、シルコウ』、
『アメリカ文化年表』(共著)、
主な訳書に
ベル・フックス『アート・オン・マイ・マインド
——アフリカ系アメリカ人芸術における人種・ジェンダー・階級』、
アマンダ・クロス『インパーフェクト・スパイ
——プロフェッサーは女探偵』がある。
日本女子大学教授。

パッセンジャー

2021年9月15日　第1刷発行

【著者】
リサ・ラッツ
【訳者】
杉山 直子

発行者：高梨 治
発行所：株式会社**小鳥遊《たかなし》書房**
〒102-0071　東京都千代田区富士見1-7-6-5F
電話 03 (6265) 4910（代表）／FAX　03 (6265) 4902
http://www.tkns-shobou.co.jp

装幀　坂川朱音（朱猫堂）
印刷　モリモト印刷（株）
製本　（株）村上製本所
ISBN978-4-909812-69-8　C0097